書下ろし

紺碧（こんぺき）の死闘

傭兵代理店・改

渡辺裕之

祥伝社文庫

目次

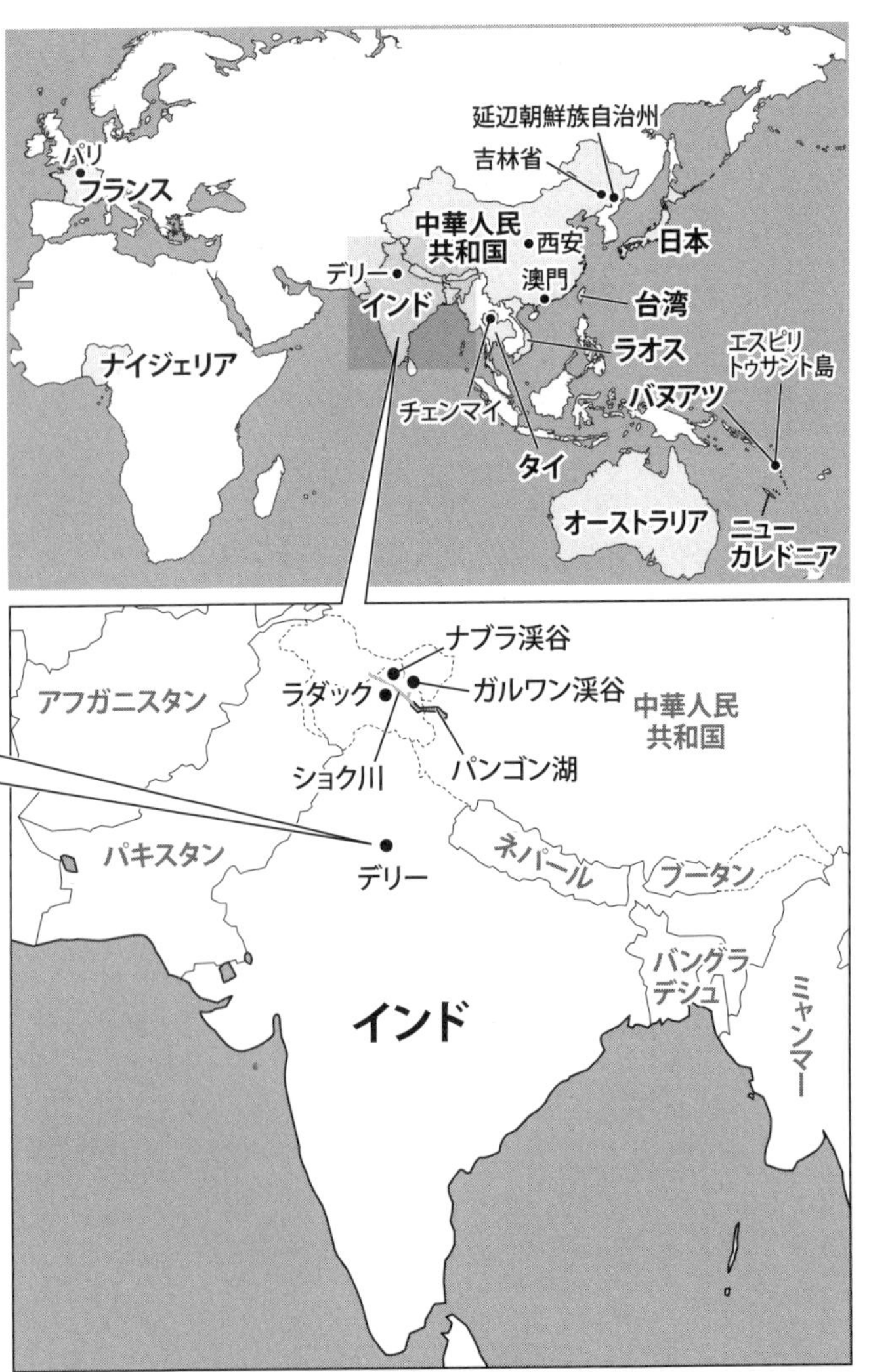

延辺朝鮮族自治州
吉林省
パリ
フランス
中華人民
共和国
西安
日本
デリー
インド
澳門
台湾
ラオス
エスピリ
トゥサント島
ナイジェリア
バヌアツ
チェンマイ
タイ
オーストラリア
ニュー
カレドニア
ナブラ渓谷
アフガニスタン
ラダック
ガルワン渓谷
中華人民
共和国
ショク川
パンゴン湖
パキスタン
デリー
ネパール
ブータン
バングラ
デシュ
ミャンマー
インド

『紺碧の死闘』関連地図

オールドデリー
カロル・バック
ニューデリー
パラム空軍基地
バサント・ビハール
インディラ・ガンディー
国際空港
デリー

各国の傭兵たちを陰でサポートする。
それが「傭兵代理店」である。
日本では防衛省情報本部の特務機関が密かに運営している。
そこに所属する、弱者の代弁者となり、
自分の信じる正義のために動く部隊こそが、“リベンジャーズ”である。

【リベンジャーズ】

藤堂浩志 ……………… 「復讐者（リベンジャー）」。元刑事の傭兵。
浅岡辰也 ……………… 「爆弾グマ」。浩志にサブリーダーを任されている。
加藤豪二 ……………… 「トレーサーマン」。追跡を得意とする。
田中俊信 ……………… 「ヘリボーイ」。乗り物ならば何でも乗りこなす。
宮坂大伍 ……………… 「針の穴」。針の穴を通すかのような正確な射撃能力を持つ。
瀬川里見 ……………… 「コマンド1」。元代理店コマンドスタッフ。元空挺団所属。
村瀬政人 ……………… 「ハリケーン」。元特別警備隊隊員。
鮫沼雅雄 ……………… 「サメ雄」。元特別警備隊隊員。
ヘンリー・ワット …… 「ピッカリ」。元米陸軍デルタフォース上級士官（中佐）。
マリアノ・ウイリアムス … 「ヤンキース」。ワットの元部下。黒人。医師免許を持つ。

【ケルベロス】

明石柊真 ……………… 「バルムンク」。フランス外人部隊の精鋭“GCP”出身。
セルジオ・コルデオ …… 「ブレット」。元フランス外人部隊隊員。狙撃と語学が得意。
フェルナンド・ベラルタ … 「ジガンテ」。元フランス外人部隊隊員。狙撃の名手。
マット・マギー ………… 「ヘリオス」。元フランス外人部隊隊員。航空機オタク。

森　美香 ……………… 元内閣情報調査室情報員。藤堂の妻。
梁羽 …………………… 諜報員。人民解放軍総参謀部の大幹部。
馬用林 ………………… レッドドラゴン幹部。本名：トレバー・ウェインライト。
影山夏樹 ……………… フリーの諜報員。元公安調査庁特別調査官。

プロローグ

二〇二〇年五月九日午後七時二十分、陝西省西安市。

西安はかつて長安の名でシルクロードの東の起点として栄え、近郊の平野にある秦始皇帝陵と兵馬俑は、この地が古くから栄えていた証とも言える。

長安の都の名残である城壁の中心に、東西に長く左右に物見の塔のような構造物があった。陝西省人民政府庁舎である。西安は特に重要な地級市（二級行政区）として大幅な自主権が与えられていた〝副省級市〟だけに、妙な中国式デザインはともかく立派な建物である。

その庁舎の最上階の四十平米は優にある一室に、二人の初老の男がテーブルを挟んで革張りのソファーに座っていた。

大きな執務机を背に座っているのは恰幅のいいスーツ姿の男で、西安のナンバー2である張明康・市党委副書記である。

「張市党委副書記、習主席の視察に列席されたことで何か耳寄りな情報があると聞きましたが、私を呼びつけるほどの価値があるんでしょうな？」

人民服に身を包んだ質素な佇まいだが、大物を目の前にしてリラックスした様子である。一見痩せて見えるが、人民服から覗く首筋の発達した筋肉は、鍛え上げた体の持ち主であることを物語っている。人民解放軍の情報機関、人民解放軍総参謀部・第二部第三処のトップである梁羽であった。階級は大校、諸外国の軍隊で大佐の上である将補クラスである。

習近平国家主席は国内のコロナ禍を鎮めるべく、地方都市の幹部を叱咤激励する視察を行っていた。その一環としてではあるが、陝西省を四月の二十日から二十三日まで異例ともいえる三泊四日の視察で訪れている。

二〇一二年に総書記就任直後の習近平と陝西省指導部とが対立したことが、因縁であろう。陝西省指導部は、管理下にある国定公園の違法な建築物撤去を指導した習近平の命令に従わなかったのだ。習近平は二〇一八年までに陝西省指導部を力ずくで排除し、自分の意向を受けた党幹部とすげ替えた。

就任時の屈辱が未だに癒えないのか、今回の視察中に「二度と歴史に悪名を残してはならない」という趣旨の演説を行っている。

「もちろんですよ。梁委員」

張は上目遣いで笑ってみせた。第三処は総参謀部の中でも特別の権限を与えられた部署で、梁羽は中央軍事委員会のナンバー5の肩書を持っている。地方都市のナンバー2では、頭が上がらないようだ。

　梁羽は党や軍の幹部の脱税や汚職、家族の犯罪など個人的な弱みを握り、彼らを情報屋として使っている。張は家族で経営している会社が脱税して巨万の富を手にしており、それを見逃す代わりに党幹部から得た機密情報を報告させていた。

「勿体ぶらないで、見せてもらえますか？」

　梁羽は眉を吊り上げた。張の姑息な笑みには必ず裏がある。何か見返りを求めているのだろう。

「私を監視しているあなたの部下を陝西省から引き揚げさせるという条件ならお見せしますよ」

「あなたは私に条件を出せる立場だと思っているんですか？　もっとも、情報次第では考えないでもありません。私を満足させるだけの情報なら、あなたは自由になれる」

　梁羽は鼻先で笑った。

「残念ながら私には機密文書を読みこなす力はありませんが、書類の表紙に記載されている極秘という文字の意味は分かりますから」

　張は立ち上がると、自分のデスクの引き出しから書類を取り出し、梁羽に渡した。

「確かに表紙に極秘文書だと書かれている。しかも中央統一戦線に宛てた命令書のようですな」

梁羽は書類を捲って文書を読み、両眼を見開いた。

「どうやら、価値がありそうですね。文書中の〝等離子兵器〟というのはすごい兵器なんですか？」

張は狡そうな顔で尋ねた。

「どこで手に入れた？」

梁羽は鋭い視線で睨みつけた。

「主席が演説されている時に、書類バッグの中から適当に抜き取りました。演説中、護衛はすべて会場にいたので簡単でした。誰にも見られていないので犯人は分かりませんよ。その証拠に私は未だに囚われていない」

張は自慢げに言った。

「なんてことを……」

絶句した梁羽はライターで書類に火を点けると、デスク脇のゴミ箱に投げ捨てた。

「なっ、何を！」

張は悲鳴を上げた。

梁羽は振り向きざまに懐から出したナイフで張の首筋を切り裂いた。

「この馬鹿者が」

噴水のように血を吹き出して倒れる張を、梁羽は振り返ることなく執務室を出た。

「どうかされましたか？」

廊下に控えていた梁羽の部下が、近付いてきた。

「張がドジを踏んだ。私の立場をも危うくするだろう。すでに維尼熊に知られているはずだ。ヒットマンが送られている可能性もある。脱出するぞ。宗、自力で脱出するように、他の部下に連絡しろ」

梁羽は命じると、宗の肩を叩いた。

「はっ！」

頭を下げた宗は、廊下を走って行く。

銃撃。

宗が後方に弾け飛んだ。

突然廊下に飛び出してきた黒い戦闘服を着た男たちが、宗の死体を越えてやってくる。

振り返ると、反対側からも兵士が押し寄せてきた。

「何事だ！」

梁羽は大声で怒鳴った。だが、銃を手にした男たちに取り囲まれる。

「梁大校、あなたを国家政権転覆罪で逮捕します」

指揮官らしき背の高い男が右頰に刀傷がある将校を伴い、兵士らの背後から出てきた。

「おまえは鄧威（とうい）だな」

梁羽は背の高い男を見て、落ち着いた声で尋ねた。怒声は演技である。

「私は、陳龍（ちんりゅう）少校です。あなたを逮捕します」

背の高い将校は反応せずに、頬に傷痕がある将校が名乗って前に出た。

「おまえたちは、工作部の兵士だな。私を逮捕する権限があるのか？」

梁羽は陳龍ではなく、背の高い将校を睨みつけて尋ねた。軍服の徽章（きしょう）は上校で陳龍の上官らしいが、名乗らないことが気に入らない。

「ありますよ。我々は中央委員会直属ですから」

陳龍は平然と答えると、梁羽に手錠をかけた。

死の依頼

1

タイ、チェンマイ、六月九日、午後六時。

藤堂浩志は旧市街近くにある三つ星ホテル〝ザ・ルナ・コンパスホテル〟の一室で、ソファーにゆったりと座りテレビを見ていた。

黒と白を基調としたシンプルなデザインの新しいホテルで設備も充実しており、繁華街ではない旧市街から二キロ北の住宅街にある。

恒例となっているタイ国軍第三特殊部隊の特別教官として、一週間前からチェンマイに滞在していた。浩志が率いる傭兵チーム、リベンジャーズの仲間も教官と訓練を兼ねて一緒に日本から来ている。

爆弾の専門家である〝爆弾グマ〟こと浅岡辰也、オペレーターのプロフェッショナル

〝ヘリボーイ〟こと田中俊信、追跡潜入のプロフェッショナル〝トレーサーマン〟こと加藤豪二の三人だ。

日本に残っているのは、狙撃のプロフェッショナル〝針の穴〟こと宮坂大伍、陸自空挺団出身の〝コマンド1〟こと瀬川里見、それに海上自衛隊の特殊部隊である特別警備隊の元隊員だった〝ハリケーン〟こと村瀬政人と〝サメ雄〟こと鮫沼雅雄の四人であるが、一週間後に帰国する浅岡らと入れ違いにタイに入国する予定である。

米国在住の仲間である米軍最強の特殊部隊デルタフォース出身の〝ピッカリ〟ことヘンリー・ワットと〝ヤンキース〟ことマリアノ・ウイリアムスは、予備役の将校としてノースカロライナ州フォートブラッグ基地で教官を務めているため、タイに来ることはない。

浩志は英国の特殊空挺部隊ＳＡＳの特別講師として呼ばれているため、五日後にタイを離れる予定だった。英国には一週間、その後にドイツの特殊部隊ＫＳＫにも招かれていたが、新型コロナが猛威を振るっているためにＫＳＫは五日前にキャンセルになっている。

ＳＡＳの仕事は三ヶ月前に依頼が入っていたが、一週間前に待機と連絡が入っていたのだ。英国も新型コロナが蔓延しているため、この先どうなるか分からない。

タイ国軍の仕事は数年前から定期的に行っており、ＳＡＳも以前、臨時教官を務めたことがある。だが、ＫＳＫから呼ばれたのは初めてである。その他にもこれまで付き合いのない国々から教官や講師としてのオファーがあったが、多忙ということで断っていた。どのみち断らなくても、新型コロナのせいですべてキャンセルになっただろう。

タイでの仕事を引き受けている理由は、古くからの友人でいまや将軍になったスウブシン・ウィラサクレックとの長年にわたる友好関係からである。また、世界的に猛威を振るっている新型コロナもなぜかタイでは発症例が少なく、訓練地としても安全であるという理由からでもある。

浩志や仲間に講師や教官としての仕事が頻繁に来るようになったのは昨年の夏過ぎからのことで、それには理由があった。

昨年の一月、浩志率いる傭兵特殊部隊・リベンジャーズは、中国の情報機関中央統一戦線工作部による新型エボラウィルスを使った米国でのテロと、ウィルス株を本国に運び出そうとした謀略を阻止した。

作戦中に浩志と明石柊真はウィルスに感染し、特効薬である血清を打つことにより、ことなきを得ている。後に米国の米国疾病予防管理センター（ＣＤＣ）の検査で二人は感染したことにより、抗体が出来ていたと判明した。皮肉なことにその抗体は新型コロナウィルスにもある程度有効だと、つい最近追加報告を受けた。

同じく昨年の六月、リベンジャーズは、西側諸国の情報機関に〝クロノス〟と呼ばれていた国際犯罪組織ＮＧＳ（ニュー・ガバメント・ソサエティ）の前哨基地を破壊している。いずれも関係諸国の政治的問題で情報は公開されなかったのだが、情報を共有するファイブ・アイズの加盟国を通じて、国際的な犯罪を阻止したリベンジャーズの活躍は西側諸国に知れ渡ったのだ。

ありがた迷惑な話であるが、結果として浩志をはじめとしたリベンジャーズの仲間は諸外国の特殊部隊や軍上層部から招かれるようになったのだ。もっとも各国の軍隊からお呼びがかかるのは、武勇伝ではなくNGSや中央統一戦線工作部の脅威を直接聞きたいからだろう。

政治利用されずに闘うという浩志の意思でリベンジャーズは誕生した。その信念に惚れ込んで、自衛隊や米軍を辞めてまで参加している者もいる。そのため働きを政府に認められなくても気にすることもなかった。当初の思いからするといささか複雑な現状である。

だが、NGSの存在を知らしめることも仕事の一つだと我慢しているのだ。

ドアがノックされた。

「どうぞ」

右手をクッションの下に伸ばし、グロック17を摑んだ。三つ星のホテルでセキュリティもしっかりしているが、仕事柄警戒を怠らない。銃を手元に置くのは、傭兵の習慣でもある。

「飲みませんか?」

辰也がシンハービールのボトルを両手に現れた。

「どうした？」

浩志はグロック17から手を離し、テレビの音量を下げた。新型コロナの状況を知ろうとニュース番組を見ていたのだが、タイは感染者が少ないせいかあまり取り上げられないのだ。

「中條（なかじょう）に確認したら、俺たちも帰国後にＰＣＲ検査をして二週間の自宅待機をしなければならないそうです」

辰也は栓抜きで王冠を勢いよく外して、ボトルを浩志に渡した。入国の手順を傭兵代理店のスタッフである中條修（おさむ）に聞いたのだろう。

「俺たちは作戦中じゃなきゃ、ただの民間人なんだ」

浩志はシンハービールを一口飲むと、苦笑した。あまり冷えていないが、後味はすっきりとしてキレがいい。海外でビールを味わうのなら、日本のようには冷えていないことに慣れることだ。

「一週間後に宮坂らと交代することになっていますが、自宅待機するくらいならこのまま訓練を続けられませんか？」

辰也は瓶を軽く掲（かか）げると、勢いよくビールを飲んだ。

「問題なく許可は得られるだろう。だが、コロナはいつ収束するのか、分からないぞ。おまえの会社は大丈夫なのか？」

浩志は首を傾げた。傭兵仲間はリベンジャーズとしての活動だけでは生活の保証はないため、副業を持っている。金に関係なく正義を貫くと言えば格好いいが、納得した仕事が必ずしも実入りがいいとは限らないためだ。辰也は宮坂と加藤の三人で〝モアマン〟という自動車修理・中古車販売の会社を立ち上げており、そこそこ繁盛している。

「俺たちがいなくても一、二ヶ月は大丈夫でしょう。仕事の三十パーセントはリモートでできますし、残りは社員とバイトでなんとかなりますから。藤堂さんの方こそ予定通りなんですか？」

辰也はにやりとした。

「ドイツはキャンセル。英国は、今日中に連絡が来るそうだ」

浩志はソファーの端に置いてあるスマートフォンを手に取った。メールの確認をしていなかったのだ。

「うん？」

案の定、スマートフォンにメールの着信があった。メールを開くと、送り主は英国陸軍となっている。

「ひょっとして？」

辰也が浩志のスマートフォンを指差した。

「ＳＡＳもキャンセルだ」

肩を竦(すく)めた浩志は、苦笑した。

2

ふと目覚めた浩志は、枕下のグロックを抜くとベッドから下りた。

廊下で微(かす)かな音がした。ドアの前で足音が止まったらしく、就寝中にもかかわらず浩志の聴覚を刺激したのだ。寝込みを襲われたことも一度や二度ではない。長年傭兵業を続けていると、自然と危険を察知する能力は備わるものだ。就寝中はドアを蹴破(けやぶ)られないように、ドアノブに椅子(いす)を斜(なな)めに立てかけてある。傭兵は臆病(おくびょう)と言われるほど用心深くないと、長生きはできない。

足音を立てないように銃を構えてドア横の壁の前に立った。

ドア下の隙間(すきま)から封筒が差し込まれた。足音が遠ざかって行く。

ドアスコープを覗(のぞ)くと、制服姿の男である。急いでいる様子もなくぷらぷらと歩いているので、従業員のようだ。

封筒を拾うと、ベッドサイドのライトを点けて光にかざした。薄いカードが入っているらしく、危険物ではなさそうだ。それでも直接触りたくないのでソファーに座り、封筒を逆さにしてカードをテーブルに出した。カードに炭疽(たんそ)菌などが付着していないとも限らない。昨年から生物兵器である新型エボラウィルスに関わりを持ち、今では新型コロナが流行っているため何事にも注意を払っているのだ。

「むっ」

カードを見た浩志は右眉を吊り上げた。〝チェンマイ競馬場、メインスタンド　013　0　by　ホース〟と書かれているのだ。腕時計で時間を確かめると、午前一時十四分になっている。

浩志はスニーカーを履くとグロックをズボンに差し込み、銃を隠すために地元で買った柄シャツを羽織った。

ホテルの駐車場に停めてある二台のハイラックスのうちの一台に乗り込んだ。ピックアップトラックのハイラックスは、タイでは人気の車種であり、リベンジャーズの足としてレンタカーを借りているのだ。

浩志はホテル前の路地から幹線のチョタナ・ロードに出ると、近くの横断歩道から反対車線に出て北に向かって走った。数年前まであまり店舗もなかったが、雑木林や荒地が開発され、道の両側にレストランや車のディーラーなどが建っている。チェンマイは古都というイメージから脱却しつつあるようだ。

行き交う車もなく、浩志は二分ほどで一・五キロほど先にあるチェンマイ競馬場の駐車場にハイラックスを停めた。競馬場はゴルフ場と併設されているというかゴルフ場の真ん中にあり、軍が管理している。昼間は警備兵が詰めているが、この時間に人影はない。ゲートはないため駐車場までは自由に出入りできるが、目視できる範囲で車は一台も停められていない。

車を降りた浩志は、グロックを抜き、暗闇を注意深く進む。チェンマイは十数年通っているので、この場所も知り尽くしていた。

駐車場から競馬場のコースに沿った遊歩道を進み、西に位置するメインスタンドを目指す。真夜中に来場する者はいないため、外灯も点いていない。月明かりに従って暗闇を進むほかないのだ。

銃を構えた浩志は、メインスタンドの階段をゆっくりと上って行く。階段を上り切って通路に出るとメインスタンドの上部に出た。スタンドといってもコンクリート製の階段があるだけである。だが、優に百メートルはありそうなので、意外と収容人数は多いだろう。

スタンドを見下ろすと、圧倒的な開放感がある空間が眼前に広がっている。目の前は競馬場のコースと、その中のグリーンもゴルフ場になっていた。タイではたまに見かける不思議な構造である。

「久しぶりだな、ミスター・藤堂」

メインスタンドの中ほどの闇から聞き覚えのある声がした。奥の階段に隠れていたらしい。

浩志はグロックの銃口を向けながら、声の聞こえた方角に進む。

観客席に背の高い男のシルエットが浮かんだ。浩志は男に銃口を向けながら近寄った。

「私一人だ。銃を下ろしたまえ」

声の主は笑った。馬用林（マーヨンリン）こと、トレバー・ウェインライトである。ホテルの部屋に届けられたメモに書いてあった「ホース」は、彼の名前と競馬場を掛けた洒落（しゃれ）だろう。

彼は米国人で、米国の軍需会社サウスロップ・グランド社の幹部であった。だが、会社はNGSの下部組織であったアメリカン・リバティ（AL）という犯罪組織の隠れ蓑（みの）で、その野望を知ったウェインライトは命を狙（ねら）われた。亡命を画策して逃亡する彼の窮地（きゅうち）を救ったのは、人民解放軍総参謀部の幹部である梁羽であった。

ウェインライトはサウスロップ・グランド社と米軍の機密情報と引き換えに、中国での身分を得てレッドドラゴンという中国共産党の裏組織の幹部になったのだ。浩志と敵対することもあったが、ALや中国共産党の裏の情報を流すことでお互い関わらないという協定を結んでいる。

「夜中に俺を呼びつけなくてもいいだろう。バーで飲みながら話はできないのか？」

浩志は辺りを窺（うかが）いながら、ウェインライトの前に立った。周囲に浩志の五感で捉（とら）えられる人の気配はない。

「君は有名になりすぎたのだ。人目も憚（はばか）らずに会えるはずがないだろう」

ウェインライトは笑うと、近くの観客席に足を組んで座った。

「望んだ訳じゃない」

浩志はグロックをズボンに差し込んだ。

「突然呼び出したことは、詫（わ）びよう。だが、私も公務にかこつけてチェンマイに来た。部下の目を欺（あざむ）いてここまで来るのに労力を要したことは理解してくれ」

ウェインライトは中国国営の武器メーカーのコンサルタントという表の身分を持っており、東南アジアや中東諸国で活動している。数度にわたる整形でアジア人のような顔になったため、馬用林という中国名は違和感なく使えているようだ。

「分かった。要件を聞こうか」

浩志は少し離れた席に腰を下ろした。

「君は知っているかどうか分からないが、今、中国で大変なことが起きている」

ウェインライトは低い声で言った。暗いので表情まではよく見えない。だが、声の調子からすると、込み入った話だということは分かる。

「いまさら言うのか？」

中国の武漢（ぶかん）で発生した新型コロナが、世界中で蔓延しているのは周知の事実である。

「勘違いしないでくれ。中国では今、新型コロナの混乱を利用して政府の方針に異を唱える者は、密かに捕らえられ、中には処刑される者までいる。また、新型コロナを発症したという偽の情報で中央執行部の政敵が拉致されて粛清されているのだ」

「中国らしいじゃないか。中国政府が武漢で起きた状況にすぐ対処し、情報を公開していたらこれほど世界中に蔓延することはなかったはずだ。それとも、国内の政敵を倒すためにわざとウィルスをばらまいたのか？」

浩志は聞いていて呆れるとともに腹立たしく思った。

カナダの研究所から盗み出された新型コロナウィルスが、〝武漢ウィルス研究所〟と呼ばれている中国科学院武漢病毒研究所に送られたことは梁羽から聞いて知っている。故意なのか、それとも不注意なのかは分からないが、ウィルスが研究所から漏れて広まった。その事実を武漢地方政府と中央政府が隠蔽したことが、事態を深刻化させたのだ。

「新型コロナに関しては、私も当局の政策が間違っていたと思う。正しく対処していれば、世界中に広まることはなかったかもしれない。だが、そんなことは今となってはどうでもいい。梁羽老師が新型コロナに感染したという理由で行方不明になっているのだ」

ウェインライトはそう言うと、頭を抱えた。

「何！」

浩志は思わず声を上げた。梁羽からはこれまでさまざまな情報の提供や便宜を受けてきた。また、中国政府の暴走を防ぐため、陰で活動している彼のレジスタンス精神も評価していたのだ。

「一ヶ月ほど前の五月九日に、老師は西安の陝西省人民政府庁舎から忽然と姿を消した。その際同行していた六人の部下は、新型コロナで病死している。妙だとは思わないか？　老師は陰で党の暴走を抑制するよう働きかけてきた。多分それを咎められて、拘束されたのだろう。私は老師が行方不明になった翌日から動き始めたが、未だにその所在を摑めないでいる。もっとも表立って動けば私も粛清されてしまうがな」

ウェインライトは、大きな溜息を吐いた。

「殺害された可能性はないのか？」

「殺害されれば、どこからか情報は入るだろう。それに老師を慕う軍や情報機関の幹部も大勢いる。もし、粛清したことが公になれば、政権は敵を作るだけだ。それはさすがに避けるはずだ」

「梁羽もおまえも部下は沢山いるだろう。所在ぐらいすぐ摑めないのか？」

「老師は軍総参謀部・第二部第三処の長だった。だが、彼の直属の部下は転属されて行方すら分からなくなっている。あと、共産党の裏組織だったレッドドラゴンも解散させられ、その機能は中央統戦部に移行している。私は共産党の幹部であることに変わりはないが、ただの武器商人に成り下がっているのだ。私に何ができるというのだ」

ウェインライトは首を横に振った。中央統戦部とは、中国共産党中央統一戦線工作部の略称である。

「おまえは梁羽の息がかかっているはずだ。確かに動けないかもな。力になりたいのは山々だが、だからと言って俺に何ができる？　中国語は片言だぞ」

苦笑した浩志は腕を組んだ。梁羽にはこれまで世話になっている。それに、人間的にも尊敬していた。だからと言ってむやみに手が出せる仕事ではない。

「私も部下も動くことはできない。だが、情報なら密かに渡せる。だから、老師を見つけて救出して欲しい」

ウェインライトは小型の衛星携帯電話を渡してきた。

「おまえ以外に、誰と繫がっている？」

渡された携帯電話機を手にした浩志は首を捻った。助けを求めてきたウェインライトとだけ繫がっていても意味はないはずだ。

「信頼できる仲間だ。この衛星携帯を我々は〝暗号携帯〟と呼んでいる。通話はスクランブルがかけられるので盗聴の心配はない。また、通信は中国国外にあるサーバーを経由して痕跡を消すので位置を特定できないようになっている。むろん国家安全部から追及されることはない」

ウェインライトは自慢げに言った。

「何人の仲間がいるんだ？」

「五人だ。メンバーを明かすことはできない。必要な情報が入ったら、この携帯に連絡するように頼んである。電話番号を知っているのは五人だけだ」

「まさか、メンバーに俺のことを教えたのか？」

「馬鹿な、さっきも言ったように君は有名人だ。君の名前を出せばかえって警戒され、情報は得られないだろう。〝鳳凰(ほうおう)〟というコードネームを持つ中国系米国人だと言ってある。〝鳳凰〟は暗号でもある。相手が『〝鳳凰〟か？』と尋ねてきたら仲間だという証拠だ。君が『〝鳳凰〟が飛ぶとは限らない』と答えれば、相手は認証したと認識する。仲間は全員英語が話せるから心配はない。それから、これを使うといい。新型コロナのワクチンだ。二週間のインターバルを設けて接種すれば効果が上がる。ただし、十二度以上の環境にさらすと不活性になるから注意してくれ」

ウェインライトはポケットから保冷剤と小さな器具を二つ取り出した。針なしの圧力注射器である。

「中国でも治験中だと聞いたが」

浩志は注射器を受け取り、首を捻った。ワクチンは注射器に内蔵されているようだ。

「私も驚いたが、今開発中の民間人向けじゃなく、昨年の八月から開発されていたらしい。すでに共産党の幹部にだけ配られている。だが、民間のワクチンもこのワクチンの基礎データを元に間もなく完成する。もっとも、大量生産するため品質低下は免(まぬが)れないが、免疫力が上がることは確実だ。中国は強権でウィルスを封じ込め、ワクチンで世界をリードする。当然経済もすぐに立て直すことができる。これからの世界は、米国でなく中国を中心に回っていくだろう。そう考えると、ウィルスが不可抗力で漏れたとは考えにくいと、私も思っている」

ウェインライトは渋い表情で首を横に振った。彼は中国に亡命したが、そうかと言って中国を礼讃しているわけでないようだ。

「昨年の八月から開発？　やはり生物兵器としてコロナウィルスを開発していたんだな。手違いはあったかもしれないが、それも予想の範囲だったのだろう」

浩志は唸るように言った。武漢で最初の感染者が発症したのは、昨年の十一月と言われているが、それよりも三ヶ月も早くワクチンが開発されていたというのなら中国の戦略と見て間違いないだろう。

「引き受けて……」

ウェインライトは言葉の途中で崩れるように前に倒れ、下のスタンドに転がり落ちた。仰向けに倒れたその胸から血を吹き出している。

咄嗟に床に伏せると、頭上で風切音がした。狙撃されたのだ。

「ウェインライト！」

浩志は呼び掛けながら銃弾を避けるために走った。

3

浩志はスタンドを駆け下り、芝生に飛び下りた。

反対側のコース脇の森の中に、微かなマズルフラッシュを確認している。最近の銃弾は炎や煙をあまり吐かないため、ひと昔前のようにマズルフラッシュを確認することが困難になっている。だが、周囲があまりにも暗く、浩志は夜目が利く。また、敵の銃弾の火薬に混じりものが多い可能性もある。

角度からして、距離は三百メートルというところだろう。それ以上は離れていないはずだ。狙撃手は暗視スコープとサプレッサーを装着したアサルトライフルで銃撃してきたに違いない。

芝生の端のフェンスを飛び越えてコースを横切り、さらに内側にある柵も乗り越えてゴルフ場に侵入する。

ゴルフ場には競馬の邪魔にならない程度の低木が植えてある。標的にならないように木々の合間を縫うように走った。暗視スコープは素早く複雑な動きに合わせることはできない。

斜め前の木の枝が吹き飛んだ。狙撃手がまだ狙っているということはウェインライトだけでなく、浩志も殺すつもりなのだろう。それなら話は早い。殺される前に捕まえればいいのだ。

二百五十メートルほど進んだところでグロックを抜き、マズルフラッシュが見えた周辺を撃ちながら走る。反対側のコースを走り抜けるのは、隠れる場所もなく無防備すぎるからだ。それに競馬コースは砂利が交じった硬めの砂だった。馬と違って人間が走るのには適していない。

砂に足を取られながらもコースを横切ってフェンスを飛び越え、遊歩道から近くの大木の陰に転がり込んだ。肩で息をしながら、周囲の気配を探った。

日中は三十九度まで上がった気温も、二十六度まで下がって過ごしやすくなっている。だが、三百メートルの猛ダッシュで汗が滝のように流れる。鍛えてはいるが、年齢的な衰えをこんなところで感じるものだ。

風は吹いていていない。それに恐ろしく静かだ。敵が動けば、気配を感じることができるだろう。だが、暗視スコープを備えたアサルトライフルを持っている分、狙撃手が有利なことに変わりはない。

周囲は森というほどではないが木々が生い茂り、月光すら遮る闇を作っていた。中腰になり、耳を澄ませる。

右の闇が動いた。

浩志は左に飛んで銃撃。同時に耳元を銃弾が抜けて行く。転がりながらマズルフラッシュの残像を撃った。押し殺すような呻（うめ）き声が一瞬響いた。

足音が遠ざかる。

立ち上がった浩志は足音を追った。

バイクのエンジン音。

「くそっ！」

舌打ちをした浩志は木々の暗闇から抜け出し、グリーンに出た。アサルトライフルを背負った男が、バイクに乗って走り出す。

立ち止まって狙いすまし、男の右足を撃ち抜いた。

バイクが転倒し、男が芝生に転がった。

駆け寄った浩志は男の顎（あご）を蹴り抜き、背負っていたアサルトライフルを取り上げて芝生に投げ捨てた。

「フリーズ！」

浩志は男に銃を突きつけてボディチェックし、サバイバルナイフを取り上げる。

「おっ、おまえは、……何者だ？」

男は口から血を流しながら苦しげに尋ねた。右足の傷はたいしたことはないが、腹に二発も銃弾を受けている。浩志がマズルフラッシュの残像に撃った三発のうち、二発が命中したらしい。

「おまえが狙撃した男は、誰だか知っているよな？」

跪いた浩志は、淡々と言った。

男は浩志の鋭い視線を外した。

「黙って死ぬつもりか？」

浩志は中国語で尋ねた。発音が合っているかどうかは分からないが、この程度ならなんとか話せる。

「……何も……話さない」

男は中国の標準語（北京語）で答えると大量の血を吐き出し、動かなくなった。

浩志は立ち上がると、男から取り上げた銃を拾った。サプレッサーと暗視スコープを取り付けたＭ４である。競馬コースの外側にある遊歩道を歩き、メインスタンドに戻った。

ウェインライトはスタンドに仰向けに倒れたままである。生死を確認するまでもない。胸から溢れ出た血は、下の段まで流れて血溜まりを作っていた。

浩志はウェインライトの体を調べたが、所持していたのは中国製のハンドガン92式手槍だけである。身分を証明するものは一切持っていなかった。

ウェインライトは、夜空を睨みつけるように両眼を見開いている。死を受け入れることができなかったのかもしれない。彼はこれまでＡＬの魔の手を逃れ、必死に生き延びてきた。だが皮肉なことに、安全を求めて新天地とした中国のヒットマンに殺されたのだ。

「要請は引き受けた」

浩志は右手でウェインライトの顔にそっと触れ、その目蓋（まぶた）を閉じた。

沈黙の要請

1

ナイジェリア、六月九日、午後七時四十分。

首都アブジャに向かうターシャ＝ブワリ・ロードを四台の車が、疾走している。

「残り七十キロを切った。油断するな」

最後尾のハイラックスの助手席に座る明石柊真は、無線で他の車両にナイジェリアの公用語である英語で連絡した。

ハンドルを握るのは、狙撃の名手でスペイン人のセルジオ・コルデロ、後部座席の右側にはイタリア人のフェルナンド・ベラルタ、左側にはアメリカ先住民の血を引く米国人のマット・マギーが座っていた。いずれも柊真と同じフランス第二外人落下傘連隊出身の傭兵仲間である。

第二外人落下傘連隊はコルス島に駐屯するフランス外人部隊の中でも精鋭と言われている空挺部隊であり、四人はその中でも勇猛で知られた第一中隊に所属していた。また、柊真はさらに選び抜かれたコマンドグループ（特殊部隊）であるＧＣＰの隊員になった経験を持つ。

先頭のパトカーには現地の警察官が四人、二台目と三台目のハイラックスの荷台には医療器具が積まれ、フランスの慈善団体〝人民の絆〟の現地スタッフを含む医師と看護師の八人が乗っていた。

柊真と仲間は、ナイジェリアに派遣された慈善団体の医療チームの護衛を任されている。彼らは三週間前からナイジェリアの各地を回り、新型コロナに対処する医療活動だけでなく現地の医療関係者に指導を行っていた。

ナイジェリアでは、イスラム過激派組織であるボコ・ハラムの活動がこの数ヶ月の間で強まり、護衛なしには医療活動ができない。現地の状況を踏まえて、慈善団体がフランス外人部隊出身者の互助組織である〝七つの炎〟を介して依頼してきたのだ。

柊真をはじめ仲間は全員、七つの炎の社員（会員）になっている。また、昨年は傭兵特殊部隊であるリベンジャーズと一緒に高度な任務に対処していることが評価され、〝七つの炎〟から優先的に仕事が入っていた。

ちなみにボコ・ハラムはイスラム過激派であるサラフィー・ジハード主義組織で、ＩＳ

IL（イスラム国）に忠誠を誓いナイジェリア各地で武装闘争をしていた。彼らは西洋文明を敵視しており、ボコ・ハラムの過激思想を理解しない者はイスラム教徒ですらテロの対象としている。

二〇一四年に女性は教育を受けるべきでないという偏狭な思想の下に、公立女子学校から二百七十六人の女子生徒を誘拐して性的奴隷にした。この事件を例に挙げるまでもなく、彼らはアフリカ大陸で最も残忍で凶暴な武装組織であった。

二〇一九年にニジェール軍とカメルーン軍による掃討作戦で弱体化していたが、新型コロナの感染対策により、軍や警察から人手が奪われたことでテロ対策が手薄となり、ボコ・ハラムは復活したのだ。

慈善団体はナイジェリア最大都市のラゴスがある南部の都市を廻り、一週間前からテロが頻発する北部の都市を巡回していた。今日は最終地であるカノでの活動を終えて、アブジャに向かっているのだ。その活動が奏功してか、感染者数は猛威を振るっていた四月に比べて半減しており、営業が規制されていたホテルや宗教上の集会も緩和されるそうだ。

アブジャから六百二十キロ北に位置するカノに拠点を構え、周辺の小都市を巡回してきた一週間、ボコ・ハラムの襲撃や拉致事件を耳にすることが多く、直接遭遇することはなかったが、緊張を強いられた。

柊真らはシャルル・ド・ゴール国際空港からチャーター便で医療チームとともにナイジ

エリアに入っている。医療器具を移送するためであるが、柊真らが携帯するグロック17とH&K（ヘッケラー&コッホ）HK416などの武器も運ぶ必要があったからだ。武器はすべて七つの炎から供給されている。

HK416は米陸軍のM4カービンの改修を受けてH&K社が製造している、5・56ミリNATO弾を使用するアサルトライフルである。HK416は高性能な暗視スコープが装備されており、ハンドガンは第五世代のグロック17を配給されていた。七つの炎がボコ・ハラムに対して神経質になっているためでもあるが、慈善団体の安全と任務の成功を重視しているからだ。

「ところで、俺たちもリベンジャーズみたいにチーム名を付けないか？」

大きな欠伸（あくび）をしたセルジオがフランス語で尋ねてきた。四人はそれぞれ国籍が違うが、外人部隊の公用語であるフランス語で常に会話している。

ナイジェリアは主要道路が舗装されてインフラは整いつつあるが、照明のない道路も多い。夜景もない暗闇を単調に運転することに飽きたのだろう。

「賛成！」

後部座席のマットが声を上げた。

「そうだな。何がいい？」

柊真も周囲に目を光らせながら答えた。任務はアブジャに到着すれば終わる。明日の午前中に専用機でフランスに帰国する予定になっていた。

「リベンジャーズは、リーダーのムッシュ・藤堂のコードネームであるリベンジャー（復讐者）をそのままチーム名にしているぞ」

セルジオがちらりと柊真を見ながら言った。

「バルムンクズか。いいねえ」

すかさずマットが返事をした。

柊真のコードネームになっているバルムンクは、ドイツの壮大な叙事詩〝ニーベルンゲンの歌〟に出てくる名剣のことである。

「語呂が悪いなあ」

柊真は渋い表情になった。

「それじゃ、俺たちの店の名前はどうだ？」

フェルナンドが口を開いた。

柊真らは、パリ＝オルリー空港に程近いヴィスーのジョルジュ・コラン通り沿いに〝スポーツ・シューティング＝デュ・クラージュ（Du courage）〟という射撃場を共同経営している。彼らはリベンジャーズに倣って主義に合った仕事のみ引き受けていた。生計を立てるために副業として射撃場を運営しているのだ。日頃は自分の射撃訓練もでき、一石二鳥であった。

「デュ・クラージュだと、フランス語圏での受けはいいかもしれないが、そうでなければピンとこないぞ」

セルジオは首を捻った。

「強そうな名前がいいな」

マットが眠そうな声で言う。この三週間、交代で休みは取っていたが、常に緊張を強いられていたせいで疲れが溜まっているのだ。

「冥府の番犬、ケルベロスは、どうだ？　教官だった鬼軍曹が、腕にその刺青をしていたぞ」

手を叩いたフェルナンドが発言した。

「ケルベロス！　厳しいことで有名なあのルブーフ軍曹か。『自分を守れない奴は、仲間も守れないぞ』が口癖だったな。訓練は厳しかったが、兵士を思ってのことだ。意外と軍曹は好かれていたよな。名前は悪くないが、地獄の番犬とも言われているぞ。それに、ケルベロスは頭が三つだが、俺たちは四人いる」

マットは笑った。

「いや、意外といいかもしれない。地獄に落ちてくる魂を取り込み、逃げ出そうとする魂を貪り食うと言われている。ある意味、ケルベロスは世の中を守っているんだ。ルブーフ軍曹もそういう意図で彫ったと聞いたことがある。四にこだわるのなら、ケルベロス・クアトロっていうのはどうだ？」

セルジオは真面目な顔で言った。

「ケルベロスだけでいいんじゃないか。正義を守るのに、手段を選ぶつもりはない。俺たちにふさわしい名前だ」

柊真は頷（うなず）いた。

2

「残り、四十キロ。もうすぐ、ブワリだ」

スマートフォンの地図アプリで現在地を確認した柊真は無線で連絡し、全員に警戒を促した。

ブワリはアブジャの三十キロ北に位置する田舎町（いなかまち）である。町の目抜き通りになるターシャ＝ブワリ・ロードの沿道には、昔ながらの日干し煉瓦（れんが）の壁にトタン板で葺（ふ）いた屋根の建物が不規則に並んでいる。中には屋根さえない建物もあるが、廃屋か倉庫なのだろう。昼間には、キャッサバなどの農産物や不純物が混じったペットボトル入りのガソリンなどを売る露店が道の脇に並ぶ。

「街に入ったようだな」

ハンドルを握るセルジオが息を吐いた。

暗闇に建物の輪郭が見えてきた。午後八時というのに、灯りの点った家がないのだ。電気は通じているはずだが、照明器具がない家もあると聞く。あったとしても節約しているのだろう。粗末な建物はそのまま生活レベルを表しているのだ。

突然前方が光り、轟音とともに先頭のパトカーが吹き飛んだ。

「敵襲！」

柊真の声とともに仲間は銃を構える。

「くそっ！」

セルジオは急ブレーキをかけ、ライトを消して車を路肩に寄せた。

「行くぞ！」

柊真の号令で全員車から飛び出した。

道の両側から銃撃を受ける。建物の陰で点滅しているマズルフラッシュが、無数にあった。敵の数は二十人前後だろう。

柊真とフェルナンドは道の右側、セルジオとマットは左側に向かって反撃する。四人とも外人部隊で受けた対テロ訓練の他に、柊真の提案によりＧＣＰ仕込みの厳しい訓練も重ねてきている。

「二号車、バックしろ！」

柊真は銃撃しながら前の車の助手席のドアを叩いた。運転しているのは現地スタッフである。襲撃された際にどうするか、あらかじめ行動パターンを教えてあった。待ち伏せ攻撃の場合は、柊真らが援護射撃をする間に現場から逃走するように指示してある。ちなみに医療チームの車には、単純に一号車、二号車と数字を割り振ってあった。

「はっ、はい！」

パニック状態だった運転手が、バックで走り出した。

「どうした！　一号車もバックするんだ！」

柊真は一号車に近付き、車体を叩いて中を覗き込んだ。

「セルジオ、マット！」

柊真は大声でセルジオとマットを呼び、ハンドシグナルで一号車の運転席を示した。

「おう！」

呼応したセルジオが一号車の運転席のドアを開けると、マットが負傷した医療チームのスタッフを引っ張り出して担ぎ、投げるように荷台に乗せた。負傷者だからといって丁寧な扱いなどできない。すかさずセルジオが車に乗り込み、ライトを消すと一号車をバックさせて走り去る。

残った柊真とフェルナンドとマットは、互いに援護しながら自分たちの車に移動した。

柊真らは暗視スコープで的確に敵を倒しているが、相手はライトを点灯させた車という大きな標的に、銃弾を浴びせるという雑な攻撃である。手口からしてボコ・ハラムに間違いないだろう。

すでに八名ほど敵を倒していた。味方の方は四人の警察官がパトカーごと吹き飛ばされた。道路に手製の地雷が仕掛けられていたのだろう。彼らが生きている可能性は低い。医療スタッフは、一人の負傷を確認しているだけだ。

「先に乗れ！　援護する」

柊真は車の陰に入り、銃撃を続けながら手を振った。

「サンキュー！」

マットが運転席に収まると、フェルナンドが銃撃しながら助手席に乗り込んだ。

「いいぞ！」

荷台に飛び乗った柊真はフレームに摑まり、片手でHK416を銃撃する。

マットは百メートルを一気にバックで走ると、ハンドルを切ってUターンした。ライトを点けていないため、敵の銃撃は止んだ。ナイジェリア人は夜目が利くが、射撃が上手いかどうかはまた別問題である。彼らも弾が無駄になることは分かっているらしい。

――こちら、ブレット。バルムンク、応答願います。

セルジオからの無線連絡が入った。

「こちら、バルムンク。怪我人は大丈夫か？」

膝立ちになった柊真は、暗視スコープで後方を確認しながら聞き返した。

——先に脱出した二号車とも合流した。運転していたスタッフは、肩と腹部に銃弾を受けている。助手席にいた看護師も肩を負傷した。重傷のスタッフはすぐに手術しないと、助からないかもしれない。とりあえず、三キロ先の街外れまで出るつもりだ。追手はいないか？

「了解。追手はいない。合流する」

柊真は答えると、荷台に腰を下ろした。

五分後、柊真らを乗せたハイラックスはターシャ＝ブワリ・ロードから外れ、荒地にある廃屋の陰に停められた。セルジオから無線で指定されていたのだ。

廃屋の出入口で銃を構えていたセルジオが手を振った。

柊真が荷台から飛び降りると、マットとフェルナンドは車から降りてターシャ＝ブワリ・ロードに向かって走って行く。追手がいないか、確認と見張りに行ったのだ。柊真が指揮を執っているが、仲間は指示されなくても必要な行動を取る。

「どうだ？」

柊真は廃屋をちらりと見て尋ねた。出入口と窓にシートを被せてはいるが、隙間から光が漏れている。小さな光だが、周囲は真の闇に包まれているので遠くからでも視認できるだろう。

「スタッフと看護師が緊急手術の準備をしている。撃たれたのが、医師でなくて助かった。手術は一時間ほどかかるらしい。機材や薬品はある。なんとかなるだろう」

セルジオは手短に報告した。一時間は動けないということだ。

「さっきの銃撃戦で敵の半数は倒した。だが、応援を呼んで追いかけてくる可能性もある」

柊真は渋い表情になった。さきほど襲撃された地点から三・五キロほどしか離れていない。追跡に慣れたものであれば、砂塵で覆われたアスファルトの路面に残されたタイヤ痕を追うことなど容易いことである。

「怪我人を連れてここまで来るのが精一杯だったんだが、ここじゃ、籠城はできない」

セルジオは顎の無精髭を触りながら溜息を漏らした。

「ネガティブな可能性は、潰すしかないな」

柊真はセルジオの肩を軽く叩くと、ハイラックスの運転席に乗り込んだ。

3

午後九時、無灯火のハイラックスが、ターシャ＝ブワリ・ロードを低速で走っている。

柊真がハンドルを握り、セルジオが助手席に乗っていた。マットとフェルナンドには、負傷者の手術をしている廃屋の警備をさせている。

「こんな時、四人じゃ足りない。ウィリアムとマルコも、鍛える必要があるな」

セルジオが何気なく言った。二人は、襲撃してきたボコ・ハラムであろう武装集団の残党を殲滅するつもりである。郊外の廃屋でスタッフの手術をしている医師団を守るには、敵を叩いておく必要があった。残党はまだ十人前後いるが、こちらから奇襲をかけるのなら勝算はある。

四人が経営している射撃場〝スポーツ・シューティング＝デュ・クラージュ〟は、新型コロナが流行している中でも繁盛している。というのも、パリ市内の複数の警察署と契約しているので、民間人の入場は制限されているが、警察官なら訓練として使えるからだ。

もともとテロに対する護身ということで射撃場の人気は高いが、指導にあたる柊真らがフランス外人部隊でも精鋭揃いの第二外人落下傘連隊出身ということで評判がいい。日常的に休みが取れないほどの人数の客を相手にしていたために、昨年の暮れに新たに講師として仲間を雇った。

柊真らが傭兵としてパリを留守にする際、臨時に射撃場の管理を頼んでいたウィリアム・ボリとマルコ・ブリットは、第二外人落下傘連隊時代の友人である。ウィリアムはコートジボワール出身だが、外人部隊を退役した際にフランスに国籍を変えていた。マルコはオランダ人で、二人とも二十八歳と若い。

「そのつもりだが、彼らはまだ七つの炎の社員じゃないからな」

柊真は注意深く前方を見ながら言った。

七つの炎は、外人部隊の象徴である〝七つの炎の手榴弾〟に由来する現役の外人部隊員と退役軍人で構成されている互助会だ。だが、不良軍人を排除するために審査が厳しく、存在も極秘扱いになっているため秘密結社として活動していた。また、後から聞いた話だが、基本的にフランス国籍であることが条件らしく、柊真らのように外国籍の場合は審査に時間がかかるようだ。

入会の際は入会金も取られるが、低金利で金を借りたり、仕事の紹介をされたりと特典がある。また、政財界に繋がりがあり、正規軍が派遣できないような仕事を紹介してくれるなど利点が多い。

今回の慈善団体の護衛もその一つであるが、武器の供給を七つの炎から受ける必要があり、当然のことながら社員である必要があった。ウィリアムとマルコは七つの炎の入会審査をまだ受けておらず、社員でもないのだ。

「リベンジャーズのように八人以上いると、チームとして活動範囲が広がるだろうな」

セルジオは羨ましそうに言った。

「慌てることはない。生死を共にする仲間だ。じっくり選んで増やしていくさ」

柊真は答えると、車を路肩に停めた。襲撃された場所から一キロほど北に位置する場所である。

二人はターシャ＝ブワリ・ロードから外れ、まばらに建っているトタン屋根の家屋を回り込んで南に進む。

暗闇に怒号と人々の泣き叫ぶ声が聞こえてきた。

柊真は近くの建物の陰からターシャ＝ブワリ・ロードに面した広場を覗いた。二台の古いトラックの荷台に何人もの女性が、銃で脅されて無理やり乗せられている。拉致して奴隷にするつもりなのだろう。彼らの目的は医療団の襲撃ではなく、村人の拉致だったのかもしれない。

たまたま通りかかったパトカーが運悪く地雷を踏み、医療団は巻き添えを食らった可能性もある。途中でパトカーの残骸（ざんがい）を見たが、死体は黒こげだった。これら残虐な手口はボコ・ハラムの常套（じょうとう）手段である。

柊真とセルジオは、周囲の状況を調べるために場所を移動した。二台の古い六輪トラックが並んで停めてあり、その周囲に十二人の武装民兵がいる。今のところ、それ以上の敵は確認できない。

充分に対処できる人数だが、問題はトラックに乗せられる女性が列を作っていることだ。荷台に十数人、並んでいる女性は二十人前後いる。年齢も五、六歳から四十代までと幅広い。子供や年齢が高い女性は飯炊(めしたき)に、若い女性は性的奴隷にされるのだ。銃撃戦ともなれば、彼女らにも被害が及ぶ。

「どうする？」

セルジオが囁(ささや)くような声で尋ねてきた。二人とも幾多の戦闘に参加してきたが、これほど多くの民間人がいる場面を経験したことはない。

「銃はなるべく使わず、敵を減らすほかないだろう」

柊真は銃のスリングを斜(なな)め掛けにして、ＨＫ４１６を背中に回した。無音で行動するには敵を素手かナイフで殺し、最悪の場合はハンドガンで対処する。

頷いたセルジオも銃を背中に回すと、グロックを抜いた。彼は柊真と行動を共にし、援護する。二人しかいないため、柊真の背後をカバーするのだ。高い建物があれば狙撃で援護するのが効果的だが、ここには教会らしき建物があるものの、せいぜい二階建ての高さしかない。低い屋根の上では逃げ隠れできず、かえって狙い撃ちにされてしまうのだ。

柊真は建物の裏側を抜けてトラックの前方から近寄った。

運転席の前にＡＫ47を肩から提(さ)げた男が、煙草(たばこ)をふかしている。

背後から近付いた柊真は、左手で男の口を押さえて右手で一気に首を捻った。ぐったりとした男を車の下にそっと転がす。隣りのトラックに移動すると、別の男が助手席側に立っている。今度は左腕で首を絞めた状態で後ろに引き倒し、右肘(みぎひじ)を前に突き出す形で首の骨を折った。残酷で非道な手段ではあるが、気絶させるだけでは息を吹き返して攻撃される可能性もなくはない。そのため完全に無力化する必要があるのだ。

同じ要領でトラック周辺の五人の男を、悲鳴を上げさせることなく倒した。だが、トラックの荷台側とさらにその後ろにいる男たちに近付くことができない。

「困ったな」

セルジオは銃を住民に向けている男たちを見て首を横に振った。

「離れた場所で悲鳴を上げてきてくれ」

柊真はセルジオに悪戯っぽく言った。

「任せろ」

にやりとしたセルジオは、トラックから離れて暗闇に消えた。柊真もトラックから離れるとセルジオと反対方向に進んだ。

「警官が来たぞ。助けてくれ！」

悲鳴が聞こえてきた。セルジオが声を変えて叫んでいるのだ。荷台の近くに立っていた三人の男が、声がした方角に走っていく。

柊真はすかさずトラックの荷台に駆け寄り、続けざまに銃を構えている四人の男たちの額を正確に撃った。

「家に隠れるんだ！」

柊真はトラック周辺と荷台の女たちに声をかけた。

我に返った女たちは、悲鳴を上げながら走って逃げ帰る。

銃声！

陽動作戦に引っ掛かった連中とセルジオが銃撃戦になっているようだ。柊真は走って彼らが消えた方向に向かった。

「むっ！」

柊真は咄嗟に右斜め前に飛んで地面に転がった。左の暗闇から突風のように動く気配を感じたのだ。立ち上がって身構えると、正面から男が大鉈を振り下ろしてきた。AK47を背負っている。銃弾を撃ち尽くして大鉈で攻撃してきたのだろう。

グロックをベルトに挟み込むと、軽く体を左に入れて大鉈を避けた。すかさず男の手首を大鉈の柄ごと左手で摑むと、柊真は大鉈の背を右手で押して回転させながら男の左大腿動脈を切り上げた。相手の力を利用した古武道の秘技である。幼き頃から祖父の明石妙仁の教えを受けている古武道の技は、頭より先に体が動くのだ。

血飛沫を上げながら倒れる男に目もくれず、柊真は先を急いだ。

「撃つなよ。三人倒した」

建物の陰からセルジオが、出てきた。左肩を押さえている。柊真が相手をしたのは、伏兵だったらしい。

「負傷したのか?」

柊真は銃を下ろし、周囲を警戒しながらセルジオに近付いた。

「かすっただけだ。仲間のところに戻るか」

セルジオは笑顔で答えた。

「連絡する」

ポケットから自前の衛星携帯電話機を出した。

「おっ」

マットに電話をかけようとしたら、逆に電話がかかってきた。

「ハロー」

非通知だが、何気なく電話に出た。電話番号は関係者にのみ、教えてあるからだ。

——ボニートだ。元気かい?

渋い男の声である。

「ご無沙汰しています」

柊真は笑顔を浮かべた。電話の相手は影山夏樹(かげやまなつき)という、年上だが友人と呼べる人物である。ボニートは彼がよく使うコードネームだ。

彼は公安調査庁の元特別調査官で、殺人や拷問(ごうもん)も厭(いと)わない非情な手段で諜報(ちょうほう)活動をしていたため、中国や北朝鮮の情報機関から〝冷たい狂犬〟と呼ばれて恐れられていた。現在はフリーのエージェントとして、主に日米の諜報機関の仕事をしている。

——直接会って話がしたいんだが、近いうちに会えないか？

「多分、明日にも任務が終わると思いますが、今アフリカなんですよ」

柊真は話しながら歩き出した。セルジオは柊真が電話に出ているため、銃を構えながら先を歩いている。まだ残存兵がいる可能性もあり、油断はできないのだ。

——奇遇だな。私もそうだ。エチオピアにいる。君はどこにいる？

「そうなんですか。私はナイジェリアです。これから、アブジャに向かう予定です」

——こんな時間にナイジェリア北部を移動中とは、相変わらずハードな仕事をしていそうだな。どこかで待ち合わせをしないか。詳しくはまた連絡する。それじゃ。

「はっ、はい……」

通話を一方的に切られた柊真は、苦笑した。

4

パリ、シャルル・ド・ゴール空港、六月十日午後五時二十分。

柊真とセルジオとマット、フェルナンドの四人は、慈善団体の医療チームとともにエールフランス航空のチャーター便で帰国し、入国手続きをしている。

昨日負傷した現地スタッフの緊急手術は成功し、アブジャの病院に搬送した。フランス人の看護師も肩を負傷していたが、銃弾は貫通し、車椅子(くるまいす)での移動は可能なため一緒に帰国している。医療チームをアブジャに届けたことで、柊真らの任務は終わった。

入国審査官は柊真のパスポートにさっと目を通して入国スタンプを押すと、にこりともしないで返してきた。チャーター機の乗客の素性(すじょう)が分かっているので、事務的に作業しているのだろう。

「待たせたな。飯でも食って帰ろうか」

最後に入国審査を受けていたセルジオが、到着ロビーに出てきた。彼も肩を負傷していたが、五針を縫ったに過ぎない。その場で医師に縫合されており、普通に行動している。チャーター便で機内食のランチが出たが、新型コロナの影響でパッケージに入ったサンドイッチとペットボトルのミネラルウォーターだけだったために、誰しも腹が減っているのだ。

「悪いが、俺は人と会う約束がある」

柊真は右手を軽く振って言った。

昨年まで四人ともヴィスーの射撃場内にある小部屋で寝泊まりしていたが、会社が繁盛しているために今年に入ってからそれぞれ近隣のアパルトマンに引っ越している。柊真もヴィスーに隣接するアントニー地区の比較的新しいアパルトマンを借りていた。

射撃場には愛車のバイク、ホンダXR125Lで通勤しているが、幹線を通らないため渋滞もなく、所要時間は八分前後である。また、アントニーには自動化メトロ・シャトルサービスがあり、パリの南北方向の幹線でシャルル・ド・ゴール空港とオルリー空港を結ぶ〝RER　B線〟とも通じているため、なにかと便利な場所であった。セルジオらは〝RER　B線〟に乗って帰るつもりなのだ。

「おいおい、俺たちに内緒で彼女と会うのかよ」

マットが口笛を吹いた。

「そうじゃない。打ち合わせだ」

柊真は苦笑いした。昨夜夏樹から二度目の電話があったので、柊真はチャーター機でフランスに帰国予定だと伝えた。すると、夏樹はそれに合わせてフランスに来ることになり、シェラトン・パリ・エアポート・ホテルで待ち合わせをすることになったのだ。フランス全土で〝コンフィヌモン（自己隔離）〟が実施されており、パリ市内で会うのは難しいためである。

また、夏樹からは遅くなるかもしれないから、先にチェックインするように言われていた。エチオピアから向かっていると聞いているので、航空便の都合で夜になるのかもしれない。

「任務を終えたばかりなのに、もう新しい仕事を受けるつもりか？」

両眼を見開いたセルジオがわざとらしく、仲間と顔を見合わせている。

「内容は分からない。とりあえず、話だけでも聞こうと思っている」

「お手柔らかに。リーダーに任せるよ」

肩を竦めたセルジオが手を振った。

「分かっている」

柊真は苦笑しつつ仲間と別れた。

空港内には他にもエアポートホテルがあるが、シェラトン・パリ・エアポート・ホテルは、ターミナル2の施設内にある。徒歩で移動できるために夏樹は待ち合わせ場所に選んだのだろう。

だが、チャーター機は東の端のボーディング・ブリッジを使用したため、西寄りにあるシェラトン・パリ・エアポート・ホテルまでは一キロ近く歩かねばならない。距離はたいしたことはないのだが、身の隠しようのないコンコースをひたすら歩くのはあまり気持ちのいいものではない。

数分後、柊真は上部に大きなSのシンボルマークがあるエントランスの回転ドアからホテルに入った。中は意外と広く、カウンターと反対側の壁がライトパネルになっているため、ガラス窓から光が射しているような錯覚を覚える。

「予約を入れた柊真・明石です」

柊真はフランス語で言うと、パスポートとクレジットカードを出した。何年もフランス語が主体の生活をしているので、自然と口をついて出る。考え事をする際も、フランス語が頭の中で飛び交っていることがあった。

「ムッシュ・明石ですね。承っています。サインをお願いします」

フロント係の女性が宿泊カードを差し出すと、クレジットカードをリーダーにかけて笑顔とともに返してきた。

「ありがとう」

柊真はあえてにこりと笑うと、宿泊カードにサインした。昨日まで銃を手に走り回っていただけに、過剰に普通の民間人とコミュニケーションを取ろうとして変に気を遣ってしまう。そうでもしないと、自分が単なる殺人鬼に思えてしまうのだ。

「お帰りなさい。ムッシュ・ベルナルド」

フロント係が、エントランスに入ってきた黒縁眼鏡をかけた金髪の白人に笑顔で挨拶をした。

「まいったよ。コロナのせいで、仕事がキャンセルになったんだ」

ベルナルドと呼ばれた男は、ぼやきながら廊下の奥へと歩いていく。

柊真はフロント係からカードキーを受け取り、バックパックを手にエレベーターホールに向かった。

「何階ですか？」

ベルナルドが親切にもエレベーターのドアを押さえて待っていた。

「四階です。ありがとう」

柊真は軽く頷き、エレベーターに乗った。

「尾行はなかったよ」

ドアが閉まると、ベルナルドが日本語で唐突に話しかけてきた。

「えっ！」

柊真は驚いてベルナルドの顔をまじまじと見た。年齢は四十代半ば、ブルーの瞳に白い肌と金髪、どう見てもフランス人に見える。だが、声からすると夏樹のようだ。

「到着ロビーからここまで君に尾行がないか確かめたのだ。今回は最新の素材を使ったフルフェイスのマスクを被っている。部屋に荷物を置いたら四一八号室に来てくれないか」

四階に着くと、夏樹は右手に歩いて行く。いつものことながら彼の特殊メイクには驚かされる。遅くなると聞いていたが、チャーター便で到着する柊真を待ち構えて尾行や監視がないか確認していたようだ。エチオピアにいると言っていたのは、盗聴を恐れての嘘だったのかもしれない。

柊真は自分の部屋に荷物を下ろすと、すぐに夏樹の部屋に向かった。各階の天井は高くないが、建物の中央は一階までの吹き抜けになっていて開放感がある。また、手すりがある廊下はガラス張りの回廊になっており、一階まで見下ろすことができた。

回廊を歩き、四一八号室のドアをノックした。

「呼びつけて、すまなかった」

フランス人の顔をしたベルナルドが、部屋に招き入れた。先ほどと違うのは、瞳がブラウンになっていることだ。カラーコンタクトを外したらしい。

「あらかじめ夏樹さんと会う約束をしていなければ、分かりませんでしたよ。何か、緊急の用件でしたか？」

柊真は、カーテンが閉められている窓の下にあるブルーのソファーに座った。部屋の造りは柊真の部屋と同じである。リビングスペースにソファーセットにデスクに棚、部屋の隅には木製の円筒形のミニバーもあった。奥のドアの向こうはベッドルームである。全体的にコンパクトな造りだが、ゆとりを感じさせるデザインである。

「我々にとってゆゆしき事態が発生している可能性がある。だから、君に直接会って説明する必要があったのだ」

夏樹は勿体ぶっているのか、妙なことを言った。

「聞かせてください」

柊真は話を促した。

「君も知っている梁羽が、先月の九日に、西安で消息を絶った。同行していた六人の部下は新型コロナで病死したことになっているそうだ。その日、張市党委副書記も病死と発表されている。西安で大きな事件があったに違いない。だが、私ですら詳細は摑めないでいる」

夏樹は淡々と言った。表情は全くない。それがマスクのせいか、彼の職業柄なのか理解することはできない。

「梁羽氏は、政府によって密かに拘束されたんじゃないですか？」

柊真は眉を顰めた。中国では政府の意にそぐわない者は忽然と消える。密かに逮捕され、監禁、処刑なんでもありだ。共産党の独裁国家であるため、珍しいことではない。

「私は梁羽の生き残った部下から密かに連絡を受け、老師の消息を追っている。だが、同じく消息を追っていた馬用林という男が、昨日チェンマイで殺害された。梁羽と旧知の仲だったそうだ。また、未確認の情報だが、昨夜彼は藤堂と会っていた際に暗殺されたらしい」

夏樹は浩志とも仕事上で知り合っている。

「えっ、藤堂さんに会っていた？　その馬用林という人物も藤堂さんに梁羽氏のことを相談していたんじゃないですか？　藤堂さんは大丈夫なんですか？」

柊真は矢継ぎ早に質問した。

「彼のことなら、心配はいらない。ヒットマンは返り討ちにしたそうだ。君に会った後で藤堂に会うつもりだったが、別々に行動することにした。情報を得る手段は多い方がいいからな。彼にも連絡を取ったが、成果が出たら互いに情報の擦り合わせをするつもりだ」

夏樹は眼鏡を外すと首の下の皮を両手で摑んで上に捲り上げ、特殊メイクのマスクを脱いだ。

「なっ！」

柊真は両眼を見開いた。

「さっぱりした」

夏樹は額に浮いていた汗をバスルームにあったタオルで拭きながら言った。

「それって、素顔ですか？」

思わず尋ねた。夏樹の素顔を初めて見たのだ。

「そういえば、君に素顔を見せるのは初めてかもしれないな。このマスクは特殊な超軟質ウレタン樹脂を使っている。粘着剤を使わなくても済むんだ。通気性はあるがやっぱり蒸れる。そんなことより、梁羽の消息を追っただけで、それなりの地位があった馬用林が消されたということが重要なのだ」

夏樹は相変わらず表情も見せないで言った。冷たい狂犬と呼ばれるだけあって、感情を出さない性格なのだろう。だが、どこか異国の血が混じっているような彫りが深い端整な顔立ちをしている。美形ともいえる素顔は、かえって目立つかもしれない。

「どういうことですか？」

　柊真は首を捻った。

「梁羽は現中国政府の狂気に満ちた世界戦略に密かに反対し、行動を起こしていた。それで拘束されたと思っていた。中国ではよくあることで珍しくもない。だが、梁羽の行方を探っていた幹部まで殺害するとなると、異常を通り越している。考えうることは、梁羽が国家機密に触れたからじゃないかと私は思っている」

「国家機密？」

　柊真は身を乗り出して尋ねた。

「国家というより、現政権の存在を危うくするような情報という意味だよ。新型コロナの件も中国の陰謀だと囁かれている。それを上回る重大な謀略を梁羽に邪魔されたくないために幽閉した可能性もある」

「あまり考えたくないのですが、それなら梁羽氏もすでに殺害された可能性があるのではありませんか？」

　拉致して地下に幽閉するよりも、殺害して口を封じる方がはるかに簡単である。

「梁羽は、現代の諸葛孔明（しょかつこうめい）と言われるほどの知恵者で、軍では彼の信奉者も多い。もし暗殺したとなれば、政府は軍を敵に回すことになるだろう。政府もそれほど馬鹿じゃないはずだ。生かさず殺さず、地下牢で拷問して洗脳し、政府の傀儡（かいらい）に仕立て上げて再び公（おおやけ）の場に出すというのが彼らのやり口だろう」

「早く助け出さないと、彼の健康状態が心配ですね」

「梁羽の命も大事だが、彼の摑んだ情報が私は気になる。協力してくれないか？」

夏樹は射るような強い眼差し（まなざし）を向けてきた。

「分かりました」

柊真は迷うことなく答えた。

香港の男

1

六月十一日、午前八時、チェンマイ。

ザ・ルナ・コンパスホテル最上階のデラックスルーム。

「さすがに暑苦しいですね。というか密ですね」

辰也は部屋を見回して傍らに立つ浩志に言った。

日本在住のリベンジャーズの仲間が揃っている。それに部屋の片隅に用意したデスクの前に代理店スタッフである岩渕麻衣の姿もあった。

一昨日の夜に殺害されたウェインライトからの要請に従って、日本に残っていた宮坂、瀬川、村瀬、鮫沼の四人を昨日のうちに呼び寄せたのだ。四十九平米ある広い部屋だが、日頃鍛えている男たちがマスクをして八人も集まれば、狭く感じる。全員分の椅子がないため床に座っているのだが、辰也の言う通り暑苦しいのだ。

　コロナ禍でソーシャルディスタンスを提唱されているので、余計そう思うのだろう。しかも、傭兵のブリーフィングにマスク姿は滑稽ともいえる。

「一昨日、極秘に俺に会いにきた馬用林が、暗殺された」

　浩志は仲間の顔を見ながら話し始めた。仲間には、どんな通信手段も現段階では使いたくないということだけ伝えて招集してある。また、全員一堂に集めてスキルアップを図るための軍事訓練もしたかったという理由もあった。

　麻衣も呼んだのは、日本で仕事をしているスタッフの土屋友恵と連絡を密にし、最新の情報を得たいからである。スーパーハッカーである友恵に教育された麻衣は、ハッカーとしても使えるようになってきた。彼女がいれば、友恵と暗号化された情報のやり取りができるのだ。

「ちょっと待ってください。馬用林って、レッドドラゴンの馬用林ですか！」

　傍の辰也が声を裏返らせた。他の仲間も顔を見合わせてざわついている。リベンジャーズはレッドドラゴンから何度も煮湯を飲まされていた。驚くのも無理はない。

「馬用林の本名は、トレバー・ウェインライトという米国人だ。今まで詳しく話すことができなかったのは、彼は中国共産党の秘密組織であるレッドドラゴンの幹部でありながら二重スパイをしていたからだ。彼からは仲間にも身元を明かさないという条件で、ＡＬの情報や中国の裏情報を得ていた。もっともレッドドラゴンは、中央統戦部に吸収されたそうだ」

「中央統戦部？」

辰也が首を捻(ひね)った。

「中央統一戦線工作部の略です。中央統戦部は中国の最高指導機関である中央委員会直属の組織で、内外の反政府組織や反抗分子に対して軍事行動や工作活動をする機関です。主席の意向を受けた直属の組織と考えてください」

事情通の瀬川が浩志に代わって説明した。

「知っているさ。略称を忘れただけだ。一月にやつらと闘ったばかりだからな」

辰也が頭を掻(か)いてみせると、仲間の笑いを誘った。

「ウェインライトは、彼をＡＬの魔の手から救い、中国に亡命させた恩人である梁羽が、先月の九日に西安で消息を絶ったことを俺に告げ、その捜索を依頼してきた。梁羽は、人民解放軍総参謀部・第二部第三処のトップだったが、現政権の〝一帯一路〟という覇権主義の世界戦略に反対し、西側に情報を流してきた人物だ。実は昨年と今年の一月の任務では、彼からの情報によって俺たちは有利に闘いを展開できたんだ」

浩志は簡単に説明したが、実際は梁羽と夏樹が陰ながら動いてくれていたのだ。

「なんと、知らないうちに世話になっていたんですか。梁羽という人物は、中国のレジスタンスなんですね」

宮坂が何度も頷いてみせた。浩志は彼らにも危険が及ぶ恐れがあるために、情報源を話さないようにしている。浩志がもたらす極秘情報の発信元を、彼らが問うこともない。聞かれても答えられないことを知っているからだ。

「作戦は？」

辰也が仲間を代表して尋ねてきた。

「詳しく聞く前にウェインライトは殺された。今はこの衛星携帯が頼りだが、情報は一方通行だ」

浩志はポケットから小型の衛星携帯電話機を出した。ウェインライトの仲間から連絡が入ると聞いているが、まだ連絡はない。

「動きようがありませんね」

辰也は両手を広げて溜息を吐いた。

「そういうことだ。だが、もし、中央統戦部の特殊部隊を相手にするようなことになれば、激しい戦闘が予想される。今できることは、あらゆる場面を想定して訓練することだ」

浩志は拳を握りしめた。ウェインライトの死に顔が脳裏を過ったのだ。彼は決して私利私欲のために活動していなかったのだろう。方法はともかく、彼なりに悪と闘っていたのだ。

「提案があります」

加藤が珍しく手を上げた。彼は戦闘前のブリーフィングでいつも熱心に耳を傾けているが、提案することは滅多にない。

浩志は頭を軽く上下に振って促した。

「リベンジャーズは個々の戦闘力が高いプロフェッショナルの集まりです。そのため、分野によっては個人差がありすぎます。私は追跡と潜入のプロですが、爆弾の解除と製造は、基本的な知識しかありません。狙撃もそこそこ自信がありますが、宮坂さんの足下にも及びません。まして、田中さんのようにヘリや飛行機を飛ばすような技術や知識もありません」

加藤は立ち上がって発言した。よく仲間から「糞（くそ）」が付く真面目と言われる男である。

「プロフェッショナルの集まりだからいいいんじゃないのか？」

宮坂は首を傾（かし）げた。

「加藤の言いたいことは分かる。極端な話、爆弾と狙撃と格闘技のプロでヘリも飛ばせたら無敵の兵士だと言いたいんだろう」

辰也は苦笑した。

「まるで007だな。確か、ランボーもヘリの操縦はできたぞ」

宮坂が茶化した。

「だめですか?」

加藤は頭を掻きながら腰を下ろした。

「良い心がけだ。世界レベルの特殊部隊はあらゆる技術に長け、数ヶ国語に通じている。人並み外れたプロが仲間にいるのに、学ばない手はない。辰也、全員から希望を募って、希望が多い分野の訓練もすることにしよう」

浩志は大きく頷いた。敵は常に進化している。リベンジャーズも進化しなければならない。前回の戦闘では、ＡＩを搭載した小型ドローンの攻撃に手こずった。傭兵だからと、いつまでも肉弾戦だけを想定していては取り残されてしまう。

「了解です」

辰也は宮坂と顔を見合わせている。今さら新兵のように学び直すということに違和感を覚えるのだろう。

「新手の敵は想定外の闘い方をするかもしれないぞ。死にたくなかったら学ぶことだ」

浩志は立ち上がると、仲間に発破をかけた。

2

午後四時半、チェンマイ、タイ国軍第三特殊部隊基地。

基地の北側の雑木林を切り開いた、一ヘクタール（百メートル四方）ほどの土地に模擬市街地があった。小規模なものはもとからあったのだが、拡張計画の際に浩志がアドバイスをして、倍近い規模になっている。

タイプ3のボディアーマーとタクティカルヘルメットを身につけ、バラクラバを被った男たちが、M4を構えて模擬市街の一角にある建物の正面ドアの左右に立っていた。辰也、田中、村瀬、鮫沼の四人である。

昨年、リベンジャーズは、ニューヨークで市街戦を経験していた。紛争地での市街戦は皆経験していたが、大都市での市街戦には苦戦を強いられた。地理的な問題もあるが、一言でいえば訓練不足だったのだ。

午後三時まで浩志と仲間は第三特殊部隊の教官として働き、午後三時半からはリベンジャーズの訓練の時間としている。市街戦を想定した訓練は実弾を使う実戦的なものだ。

鮫沼が、ドアノブの下に五センチ四方の小さな箱状の機具を取り付け、その上にあるボタンを押すと、ドアから離れた。辰也が作った小型プラスチック爆弾である。

三秒後に爆発し、ドアの鍵が破壊されると、辰也を先頭に建物に突入して行く。建物の裏口に待機していた浩志、宮坂、加藤、瀬川の四人が正面玄関のチームと同時に突入した。

村瀬と組んでいる辰也が、部屋の隅に設置してあるマンターゲットを銃撃して無線を通じて「クリア！」と叫んだ。二人一組で辰也らは各部屋の標的を撃って敵を排除していく。

辰也らは二つの部屋の確認を終わると、廊下の反対側にいる田中と鮫沼に合図して奥に進んだ。

建物の中央には階段があり、その下に浩志らのBチームがすでに立っていた。今回は辰也らのチームをAとし、浩志のチームはBとしている。

――Aチーム、援護を頼む。

浩志は辰也に軽く手を振ると、階段を駆け上がっていく。

「ちっ！　やられたか」

辰也は舌打ちをすると階段下に駆け寄り、チームの仲間と周囲の警戒に当たる。

建物は正面口と裏口のどちらから入ってもほぼ同じ造りになっており、先に四つの部屋を攻略したチームが二階を攻め、残ったチームが彼らの援護に付く。辰也のチームは浩志のチームに後れをとったことになるのだ。

無線には浩志らのチームの「クリア！」という声が次々と聞こえてくる。

「オール、クリア！」

浩志の声が無線を通じて全員に響き渡ると、二階からBチームが降りてきた。

「撤収！」

浩志は声を張り上げると、駆け足で建物から出て模擬市街地の入口近くにある建物に入った。管理センターと呼ばれており、模擬市街地訓練センターを管理している兵士が常時数名詰めている。また、百インチのモニターが置かれ、四十人を収容できるブリーフィングルームもあった。これらの施設は先進国の特殊部隊を参考に造られたもので、浩志やワットの意見も取り入れて昨年完成している。

浩志らは入口近くの部屋でＭ４からマガジンを外し、残弾がないか確認すると所定の位置に武器を片付けた。その間、管理センターに詰めている兵士が、武器の返却が確実に行われているか確認する。

「サインをお願いします」

兵士は手持ちの書類をチェックすると、浩志に渡してきた。武器が返却されたことを確認したという書類である。

「ご苦労さん」

浩志はサインした書類を返し、兵士を労（ねぎら）った。面倒な手続きではあるが、訓練後の手順は事故を防ぐために浩志自身が指示して作り上げたものだ。

武装を解除して身軽になった男たちは廊下の奥に進み、ブリーフィングルームに入る。

奥の壁に百インチモニターが壁にかけてあり、テーブル付きの折り畳み椅子が、二十脚ほど整然と並べてある。

「次の講義に移る前に、戦闘チェックをする」

浩志が百インチモニターの前に立つと、辰也らは折り畳み椅子に座った。次の講義では、中国語が話せるタイ国軍の指揮官に講師を頼んであるのだ。今後、中国に潜入する可能性もあることを想定し、最低限の中国会話を学ぶ。短期間では付け焼き刃になるだろうが、努力はすべきだろう。

浩志はモニターの近くにあるデスク上のノートPCを操作した。モニターに分割された映像が映し出される。さきほどの訓練施設は、建物内部に監視カメラがいくつも設置してあり、攻撃時の映像をリアルタイムでも録画でも見ることができる。普段は、第三特殊部隊のチームの訓練を指揮官が評価するために使う。

「まず、Ａチームをチェックする」

浩志は各部屋と廊下の監視映像を頷きながら順番に見た。

「鮫沼、おまえは援護で部屋に入る際に、先に突入した田中と視線が被っていた。田中が確認する場所以外の敵をおまえは察知する必要がある。コンマ二、三秒だとしても、トリガーを引いて敵を倒すには充分な時間だ。逆に敵に倒される可能性もあるということだ」

浩志は厳しい口調で言った。命をやり取りするのだから真剣にならざるを得ない。

「すみません」

鮫沼は頭を何度も下げた。

「次にBチームだ」

浩志は画面を切り替えて、Bチームの突入映像を見ると、一つの映像を選んで再度再生した。

「宮坂、先に突入した際にドアの後ろの確認が甘い。ベテランのおまえが実戦で見逃すことはないとは思うが、ドアの後ろに隠れていた敵に背中を撃たれるぞ。死にたいのか？」

浩志は首を振ると、溜息を吐いた。

「訓練だと馬鹿にしていた訳じゃないんですがね」

宮坂は苦笑した。ベテランゆえに、訓練だと身が入らなかったのだろう。だからといって許されるものではない。実戦なら死んでいたということだ。

「全体的に言えることだが、腰が高い。銃弾は5・56ミリ、9ミリ、0・45インチ、0・50インチなど様々な口径があるが、0・50インチでも12・7ミリだ。とすれば、二センチ腰を低くするだけで助かる場合もあるということだ。実際、銃弾が耳元を掠めた経験は誰でもあるだろう。俺たちはたった二センチの差で生き残ってきたんだぞ」

浩志は仲間の顔を一人一人見ながら自分に言い聞かせるように言った。叱りつけている
わけではない。傭兵という職業は死と隣り合わせだが、仲間を死なせたくないという思い
で口にしているのだ。

「すみません。明日から気合いを入れ直します」

宮坂が真剣な表情で頭を下げた。

ポケットから電子音が響いた。

浩志はポケットからウェインライトから預かった衛星携帯電話機を出した。

辰也が頷き、麻衣に電話をかける。駄目元で逆探知をするのだ。彼女を呼び寄せた理由
の一つである。

「ハロー？」

浩志は英語で電話に出た。

――鳳凰か？

相手は指定の暗号で尋ねてきた。

「鳳凰が飛ぶとは限らない」

浩志はウェインライトから聞いた合言葉を言った。

――よかった。外部と通じた。

男は謎めいたことを言った。

「何者だ?」

——私は〝麒麟(きりん)〟と呼ばれている。君は中国系米国人だと聞いた。

男は怯(おび)えているのか、声が幾分震えている。

「そうだ」

——私が米国に亡命するのを助けてくれないか。米国に行くことができたら、君に有益な情報を渡すことができる。

「なんで俺にとって有益だと分かる」

浩志は質問を続けながら辰也を見た。会話を延ばし、時間を稼いでいるのだ。辰也は右手を軽く横に振った。

——老狐の情報が欲しいんだろう?

老狐とは、紅的老狐狸(ホンダラオフーリー)のことだろう。梁羽のコードネームである。

「いいだろう。力を貸そう。指示してくれ」

——必要な情報は、テキストで送る。

電話は唐突に切れ、代わりにメッセージが送られてきた。

「やはり、駄目でした」

スマートフォンで麻衣に確認を取った辰也が、首を横に振った。逆探知は無理だったということだ。この衛星携帯電話機には、もともと逆探知防止機能がついているそうだが、ハッカーの麻衣ならと思ったのだ。どのみち、短い通話では追跡することも困難だったのだろう。

「香港(ホンコン)か」

送られてきたテキストを見た浩志は、ぼそりと言った。

3

六月十一日、午後一時五十六分、パリ18区、グット・ドール。

柊真は、ジャン・ロベール通りの六階建てのアパルトマンの前でホンダＸＲ１２５Ｌを停めた。

ヘルメットを脱いだ柊真は周囲を見回すと苦笑し、バイクのタイヤに二重のチェーンロックをかけた。一年半前まで目の前のアパルトマンに住んでいた。治安はあまりよくないエリアだが、気取らない下町の雰囲気が気に入っていたのだ。

玄関ドア横のテンキーに暗証番号を入力してロックを解除すると、軋(きし)む階段を四階まで上がった。玄関の暗証番号だけでなく、階段や壁の傷(いた)み具合も住んでいた時と変わらない。

各階に四部屋ずつあり、柊真は以前借りていた部屋のドアをノックした。

「時間通りだね」

ドアを開けたのはラテン系の黒髪の男であるが、声は夏樹である。どことなく夏樹の風貌を残しているので、フルフェイスの特殊マスクではないのだろう。

「どうも」

柊真は軽く頭を下げると、部屋に入った。さすがに夏樹の変装にも慣れてきた。

昨日、夏樹とシェラトン・パリ・エアポート・ホテルで打ち合わせをし、今日の午後二時にここに来るように言われていたのだ。夏樹は宿泊したようだが、柊真は自分の家に帰っている。

「なんでまた、この部屋なんです？」

部屋の中を見た柊真は、改めて質問をした。リビングは、柊真が住んでいたころと違って高級な家具に入れ替わっている。家具付きの部屋なので、自費で交換したのだろう。もっともソファーや椅子はカビ臭くて傷だらけだったので、大家も文句は言わないはずだ。

「パリの拠点が欲しかったのさ。まあ、拠点といえば格好いいが、パニックルームのような場所だ。以前、この部屋を訪れた時に周囲の環境を調べて気に入ってね。だから、君が引っ越したと聞いて、すぐに購入したんだ」

夏樹は淡々と説明した。世界を股にかける諜報員だけに至る所に隠れ家を持っているのだろう。

「購入したんですか⁉」

柊真は呆れ気味に尋ねた。

「パリ中心部からも近いし、ここは隠れ家としては最適な場所だ。それに、勝手に手直しができる。セキュリティは、結構しっかりしたよ」

夏樹が口角を僅かに上げた。笑ったらしい。建物の各所に監視カメラを設置したのだろう。おそらく、警報も付けたに違いない。確かにパリの中心街では維持費も高くつくだろうが、何よりも目立つ。その点、グット・ドールは移民も多く、雑多な街のため隠れ家を構えるには最適なのかもしれない。

「昨夜、必要な物を揃えるとおっしゃっていましたが」

柊真は首を捻った。夏樹がいつになく、のんびりとしている。まるで時間を稼いでいるように思えるのだ。

「正確に言えば、これから揃えるんだ」

意味ありげに言った夏樹は、突き当たりのドアを開けた。

「えっ」

柊真は右眉をぴくりとさせた。以前のままなら寝室であるが、予想に反してコンピューターや機械が載せられたスチールラックが並べられている。その奥には複数のパソコンモニターに囲まれたデスクがあり、男が一人で作業していた。

「紹介するよ。裏社会ではマジック・ドリルと呼ばれている天才ハッカーの森本則夫だ。実は、この部屋は彼の作業部屋にしたんだ。彼は公安調査庁時代からの付き合いでね。昔から、情報が欲しい時は彼に依頼していたんだ。だが、この数年、私は日本より海外にいることが多くなったこともあってね。パリの隠れ家に引っ越さないかと彼を口説いたのだ」

夏樹は唐突に紹介した。森本は振り向きもせずに右手を軽く上げて見せた。相当な変わり者らしい。

「はあ」

訳が分からないため、気の抜けた返事をするほかない。

「フリーのエージェントでもＣＩＡやＭＩ６並みの知識や技術を持っていないとね、死活問題になるんだ。紹介したのは、君には傭兵代理店の友恵君が味方に付いているが、緊急時には彼を使って欲しいからだ。頼りになるよ」

「ありがとうございます」

柊真は真剣な表情で頷いた。夏樹が自分のスタッフを紹介するのは、手の内を見せるようなもので、それだけ柊真を信じているということなのだろう。

「森本君、パスポートはできているか？」

夏樹が声をかけた。

「右の棚の上」

　森本は無愛想に答えた。

「中を確かめてくれ」

　夏樹はスチール棚から数冊の冊子を柊真に渡してきた。

　臙脂色の中華人民共和国のパスポートが二冊、小豆色のフランスのパスポート、紺色のカナダのパスポート、それに赤い日本のパスポートもある。

「これは……」

　IDのページを開いて柊真は唖然とした。すべて柊真の顔写真が貼り付けてあるのだ。名前はすべて別人なので、よく出来ているが偽造パスポートということだ。

「君の写真は昨日撮影させてもらった。私と一緒に行動するのなら、パスポートも予備があった方がいいだろう。ちなみに君は、何ヶ国語が話せるんだ？」

　夏樹は目の上を右指で指した。昨日は黒縁眼鏡をかけていたが、その中に小型カメラが仕込まれていたようだ。

「英語、フランス語、アラビア語、パシュート語は自信があります。スペイン語と中国語は片言ですね」

　柊真は正直に答えた。ＧＣＰでは数ヶ国語の習得を義務付けられており、軍事訓練の他に言語の習得にも時間を費やした。

「用意できたよ」

キーボードを叩(たた)いていた手を止めた森本は、欠伸(あくび)をしながら言った。

「すぐに使うわけではないが、君の掌(てのひら)の情報を登録用データとしてもらえないか？」

夏樹は森本のデスク脇にある小さなスキャナーを指差した。掌の情報ということは、掌の皺(しわ)だけでなく、五本の指の指紋も含まれるのだろう。

「傭兵代理店でも登録しましたが、どこに登録するんですか？」

柊真は首を傾げた。傭兵代理店で登録する理由は、紛争地で死んだ場合に指紋等で本人確認できるようにするためである。また、世界中の傭兵代理店で武器などを購入する際に使う場合もあるが、七つの炎に入会してからは基本的に傭兵代理店をあまり使っていない。

「フランス系中国人として、中国人民解放軍のサーバーに登録するんだ」

「えっ、どういうことですか？」

柊真は両眼を見開いた。

「実は私はつい最近まで、楊豹(ようひょう)という名前で人民解放軍総参謀部・第二部第三処に所属する諜報員として登録してあったのだ。だから、世界中の中国大使館や秘密施設を利用し、中国の極秘情報だけでなく武器も得ることができた。だが、梁羽が事実上失脚したので、私は中国から再び追われる身になった。だから、別の人物になって再度登録するつもりだ。そのついでに君もフランス在住の中国人スパイにしようかと思ってね」

夏樹は真剣な表情で言った。「再び」というのは、冷たい狂犬と呼ばれて活躍していた公安調査庁の特別調査官時代のことだろう。彼の過去はほとんど知らないが、あだ名の由来は聞いている。中国や北朝鮮の諜報機関から命を狙(ねら)われているそうだ。

「冗談でしょう？　本当ですか？」

柊真は訳が分からずに首を振った。

「中国の諜報員は世界中に何万人もいる。また各国にいる潜伏工作員つまりスリーパーセルの人数も入れれば、一千万人は下らないだろう。実はその数は中国当局すら把握していないのだ。条件を選ばなければ、なりすますのは簡単なんだよ」

「条件？」

ＧＣＰで軍事的な諜報活動をするための訓練は受けたが、夏樹の知識には到底及ばないだろう。

「スリーパーセルになりすましても何もできない。戦力外ということだ。その点、梁羽が用意してくれた楊豹は、少校だった。だから、世界中どこでも自由に諜報活動ができた。条件は高度な諜報活動ができるかどうかだ。私は今度も少校か上尉クラスの人物になりすますつもりだ。それだけに、しっかりとした出自が求められる。君の場合は、中国語が話せないから、海外在住の工作員として登録する。下っ端(したっぱ)クラスだが、スリーパーセルよりはマシだ。得られた身分は今回の作戦だけでなく、今後も役に立つはずだ」

「高度な諜報活動ですか。私の分野ではありませんが、作戦上必要になるかもしれないということですね。それは、森本さんの力で何とかなるんですか」

柊真は小型スキャナーの前に立ったが、渋い表情になった。指紋はできれば保存されたくないので戸惑っているのだ。まして、中国に記録が残されるとなれば腰が引ける。

「人民解放軍のサーバーを書き換えるのは、彼ならわけもない。実際、それでも活動はできるだろう。だが、諜報機関となると、記録を改竄するだけではだめなのだ。偽物が紛れ込むのを防ぐために人物保証という形で定期的にチェックしている。だから、実在の人物じゃないとだめなんだ」

夏樹は淡々と説明する。

「ひょっとして」

柊真は険しい表情になった。考えうることは、その人物を殺害して入れ替わることだろう。

「方法は私に任せてくれ」

夏樹は氷のような冷たい表情で答えた。

4

パリ8区、ボーヴォ広場一番地、午後六時。

ソセエ通りに面した内務省の職員用の出入口から、スーツを着た金髪の女性が出てきた。三十代後半、書類ケースを小脇に抱え、いかにもキャリアウーマンという格好である。内務省事務総局の職員、サブリナ・ジェラールという名で、夏樹から尾行するように言われている。理由は彼女を尾行すれば分かると言われたが、未だに謎である。

ジェラールは通りを東に向かい、次の交差点を左に曲がってソセエ広場に出た。彼女は三角形の広場の横に停めてあるベンツCクラスに手を振ると、その助手席に乗り込んだ。車はライトを点灯させて直進し、ソセエ広場からカンバセール通りに入った。

フルフェイスのヘルメットを被った柊真は、ソセエ広場に停めていたホンダXR125Lに跨がり、ベンツCクラスを追う。パリは外出制限がされているので、早い時間だが人気もなく、うらぶれた感じがする。

ベンツCクラスは、アルジャンソン通りとラボルド通りの交差点を左折するとオスマン通りに入った。1ブロック過ぎてテエラン通り手前でUターンし、反対側にあるアパルトマンのような建物の前に停まった。ヴァン・フォーレン・パリという高級アパルトマンタイプのホテルである。

柊真はベンツを通り越し、百メートル先で停めて歩道のゴミ箱の後ろに隠れた。

ベンツの運転席から背の高い男が降りてきた。気取った仕草で助手席のドアを開け、ジエラールの手を取ってエスコートし、ホテルに入っていく。

「やはり、そうか」

柊真は頷くと、近くに停めてある白いシトロエンのバン、ディスパッチの後部ドアをノックした。

ドアが開き、ブルーノ・アストリーニと名乗っている夏樹が顔を見せた。彼はホテルの近くで監視活動をしているため、後で合流しようと言われていたが、その言葉通りになったのだ。

柊真は周囲を見回すと、乗り込んでドアを閉めた。

後部荷台には、ノートPCが載せられたパソコンデスクがあり、モニターにヴァン・フォーレン・パリの玄関と廊下、それに客室内などの映像が画面に九分割されて映し出されている。夏樹は椅子に座って監視映像を見ていたのだ。

「潜入して監視カメラを設置したんですか?」

別の椅子に座った柊真は肩を竦めた。

「基本だよ」

夏樹はパソコンデスクの上に置いてある白無地カードを指先で叩いた。ホテルの部屋のカードキーなのだろう。セキュリティーシステムにハッキングして、カードを偽造したらしい。

「ベンツの二枚目は、サブリナ・ジェラールをたらし込んでいる中国系フランス人の王俊鉄、二十七歳、国籍はフランスだ。君と背格好が似ているだろう？　両親は中国共産党員だったが二番目の息子をフランスで育て、一人っ子政策から逃れたのだ。そして、成人した息子を国家安全部第二局のスパイに仕立てた。フランス育ちだから中国語は片言だ。金にものを言わせて名門の寄宿学校を出たが、国籍を得るためにフランス外人部隊に五年間勤務し、任期満了で国籍を得ている」

夏樹は監視映像を見ながら抑揚のない声で言った。第二局は、国際戦略情報収集を行う部署である。

「後ろ姿は確かに似ていました。よく見つけられましたね。彼の経歴を盗むんですか？」

柊真は浮かない表情で聞き返した。殺すという言葉を使いたくないのだ。

「そのつもりだ。国家安全部の極秘サーバーにアクセスし、二十万人の諜報員の中から彼を選び出した。キーワードでパリ在住の四名まで絞り込んで、さらに顔が似ている男を選び出したんだ。王俊鉄なら、君は髪型とちょっとした特殊メイクで変わることができる。監視映像と盗聴器から、彼の話し方や仕草を学んでほしい」

夏樹は柊真の態度を無視して説明を続けた。

「梁羽氏を捜索するために協力することは、やぶさかではありません。しかし、彼を殺して入れ替わるということに私は強烈な違和感を覚えます」

敵と認識すれば、殺傷も厭わない。だが、任務の手段として殺すのは抵抗がある。

「彼はこれまで六人のフランスの女性国家公務員を誘惑し、彼女らから国家機密情報を得ている。そのうちの二人は失踪、残りの三人は自殺と見せかけて殺された。行方がわからないもう一人も殺されたのだろう。ジェラールは、七番目の被害者になる。彼女はおそらく今夜、情事の後に情報を漏らすだろう。その後に殺されるはずだ」

「えっ、そうなんですか？」

柊真は眉をぴくりとさせた。

「情報を盗むのも情報源の口封じも、王俊鉄にとっては上から命令された仕事だが、連続殺人犯であることに変わりはない。任務とはいえ、そんな非道な奴に同情するのか？」

夏樹は鼻先で笑った。

「いえ……」

柊真は首を横に振ったが、それでも納得できないでいる。王俊鉄が殺人を犯したのを、自分の目で見たわけではないのでピンとこないのだ。

監視映像の王俊鉄とジェラールが、リビングでキスをしながら服を脱ぎ始めた。王俊鉄は六〇三号室を借りていると聞いている。

「諜報の世界は君ら兵士と同じ、生きるか死ぬかの戦争なんだ。敵対分子は抹殺される」

夏樹は冷淡に言った。

「なるほど」

柊真はぼそりと答えた。戦場では武器を持っている者は容赦なく銃撃するが、テロリストだろうと、武器を持たない者は撃たない。むろん素手で闘う場合はその限りではないが、少なくとも敵対行為をしていない者は攻撃しないのが、兵士の鉄則だと柊真は考えている。

「君の懸念は分かる。軍人は頭が固い。というか、そうでなければ、一般市民を巻き添えにするからな。君の反応は分かっていた。王俊鉄の始末までさせようとは思っていない。ただ、君を呼んだのは、あの男が殺害も厭わない冷淡な諜報員だと知っておいて欲しかったからだ。とりあえず、彼女が殺されるまで数時間はあるはずだ。その間、あの男を観察してくれ。すまないが、私は買い出しに行ってくる。君のバイクを借りてもいいか？」

彼は朝の打ち合わせ後から監視活動をしている。食事もほとんどしていないのだろう。

「いいですよ」

柊真は気軽にバイクの鍵とヘルメットを渡した。

夏樹はヘルメットを提げて車を出ると、ホンダＸＲ１２５Ｌに乗って立ち去った。

数十分が経ち、柊真は欠伸を漏らした。王俊鉄とジェラールはリビングからベッドルームに移動して激しいセックスをした後で、半裸でワインを飲んでいる。監視映像と盗聴器から得られる音声で、王俊鉄の仕草や癖を習得しようとしているが、たわいもない会話ばかりである。

「遅いな」

腕時計で時間を確認した柊真は、溜息を漏らした。午後七時二十分になっている。夏樹からの連絡はなく、帰ってくる様子もないのだ。レストランはコロナ規制で閉まっているので、テイクアウトの店を探しているのかもしれない。

「むっ！」

柊真はパソコンデスクの白無地カードをポケットに突っ込むと、車から飛び出した。道を渡ってヴァン・フォーレン・パリのエントランスに入る。フロントはあるが、係はいない。エントランスの内側のガラスドアも閉まっている。ドア横のスキャナーに白無地カードを当てて開けた。アパルトマンスタイルのため、時間帯によってフロントは無人になるようだ。

エレベーターに乗って六階で下りると廊下を走り、六〇三号室の電子錠も白無地カードで開けた。

部屋に忍び込んだ柊真は、足音を立てずにベッドルームを覗いた。

下着姿のジェラールが、照明器具に繋がれたロープで首を吊ってぶら下がっている。彼女が会話の途中で王俊鉄に何かを渡した。その直後、ロープを手にした彼がジェラールの背後から近づくのを監視映像で見たのだ。慌てて車を飛び出したのだが、間に合わなかった。

「くそっ！」

柊真は鋭く舌打ちをした。

5

「手を上げろ！」

シャワールームから銃を構える王俊鉄が現れた。

気配を感じていたが、あえて気付かない振りをし、右手をズボンのポケットに入れた。むろん銃を持っていることも、予測の範疇である。

「私は国家安全部第二局の武成林だ。銃を下ろせ」

柊真は、中国語で捲し立てた。

「国家安全部？　すまないが私は中国語が苦手なんだ。フランス語で言ってくれ」

王俊鉄は両眼を見開いたものの銃を向けたままである。職業柄、用心深いらしい。「国家安全部」という単語だけ聞き取れたようだ。早口で言ったのは、発音を誤魔化すためでもあった。

「私は本国からやって来た武成林だ。サブリナ・ジェラールから情報は得たのか？」

柊真はフランス語でゆっくりと尋ねた。

「疑り深いな。内務省職員の住所録とメールアドレスは手に入れた。だから、女を殺したんだ」

王俊鉄は銃を手にしたまま柊真の顔を不思議そうに見ている。自分と似ていると思っているのだろう。

「質問してもいいか？　仕事とはいえ、女性を食い物にして罪悪感はないのか？」

柊真は首をだらりと垂らしてぶら下がっているジェラールを見つめながら尋ねた。

「そんなものを感じていたら、仕事なんかできないだろう。むしろ、セックスを楽しんで殺すことに快感を覚えている。だから、続けられるんだ。これも国家のためだよ」

王俊鉄は悪びれることもなく答えた。

「クズだな」

柊真は吐き捨てるように言うと、右手を振った。

「げっ！」

王俊鉄が悲鳴を上げて銃を落とした。柊真は隠し持っていた鉄礫を王俊鉄の右手の甲に当てて骨を砕いたのだ。古武道の印地という飛礫術である。

すかさず柊真は王俊鉄の顔面を蹴り抜いた。男は三メートル後方に飛んで、動かなくなった。首の骨を折ったので即死だろう。手加減するつもりはなかった。

「むっ！」

柊真は王俊鉄が落とした銃を拾ってベッドルームから出た。微かに表のドアが開いた音がしたのだ。

「遅かったらしいな」

夏樹がジェラールの死体を見上げながら、柊真のヘルメットとバイクの鍵を返してきた。

「ひょっとして、私が王俊鉄を殺害するように仕向けたのですか？」

柊真の怒りはまだ収まっていなかった。肝心な時に夏樹が不在だったことを怪しんでもいるのだ。

「買い出しは口実だ。王俊鉄の連絡役だった工作員を始末してきた。王俊鉄の仕事の結果に限らず、彼が行方不明になれば怪しまれる。フランスの連絡役を抹殺すれば、本国から王俊鉄へ連絡はできなくなる。両親も他界しているので、この死体は自由の身になった。彼女はできれば助けたかったが、まさかこの男がこんな早い時間に手を出すとは私も思っていなかったよ。彼女が死んだのは、君のせいじゃない」

夏樹はベッドルームの王俊鉄の死体を見て、いつにも増して冷酷な表情で言った。というか、あえて感情を抑えているようだ。怒りを悟られないようにしているのかもしれない。

「どうすればいいのか、教えてください」

柊真は王俊鉄の死体を見下ろして尋ねた。紛争地でない場所で人を殺せば罪悪感に襲われるかと思ったが、この男の場合はそうでもないらしい。

「まずは、この死体を片付ける。手伝うかね？」

夏樹は柊真を横目で見た。

「方法さえ教えて下されば、自分でやります。私がしたことですから」

柊真は苦笑した。

「どのみち、ここから先は私がしようと思っていた。手伝いはいらない」

夏樹は小さく頷いてみせた。

「しかし、それでは私があまりにも無責任じゃないですか？」

柊真は首を振った。

「じゃ、少し手伝ってくれ。このホテルの監視カメラは、映像をループさせている。心配はない」

夏樹は一旦部屋を出ると、清掃道具を入れる大きなカートを押して来た。

「それから、どうするんですか？」

柊真は王俊鉄の死体を軽々と持ち上げ、カートに入れた。

「路上に捨てる。それだけだ。私がやる。君は家に帰ってくれ」

夏樹はいとも簡単に言った。

「ちょっと、待ってください。事前に指紋や顔面を焼いて、身元が分からないようにする必要はありませんか?」

柊真は死体にシートを被せながら尋ねた。

「古臭いことを言うな。すでに彼の記録は別人に変えてある。いまどきコロナで、野垂れ死にも珍しくない。警察が指紋を調べてもフランス在住の台湾人が死亡したことになるんだ」

夏樹はそう言うと、ポケットからパスポートを出して渡して来た。

「感謝しますが、複雑な気持ちです」

柊真はパスポートの中を確認し、溜息を漏らした。王俊鉄のパスポートである。柊真の顔写真と入れ替えてある。

「君の新しい身分だ。連絡を待ってくれ」

夏樹はカートを押して先に部屋を出て行った。

「帰るか」

呟いた柊真は、床に落ちている鉄礫を拾った。

二人の侵入者

1

六月十二日、午後三時四十五分、香港、旺角(モンコック)。

マスクをした浩志は小雨(こさめ)降る中、亜皆老街(アーガイルストリート)と彌敦道(ネイザンロード)の交差点に建つ十八階建てビルの屋上から通りを見下ろしていた。

武装した警官隊がデモ隊に襲いかかり、通りは修羅場(しゅらば)と化している。警官隊はデモ隊だろうと傍観する市民だろうと関係なく化学物質を混入させたペッパースプレーを吹きかけ、怯(ひる)んだところを殴る蹴(け)るの暴行を働く。彼らは警察官の制服を着た暴力団に過ぎない。そこになり振り構わない共産党の独裁統治の姿を読み取ることができる。

中国政府は二〇二〇年五月二十二日、新しい国家安全法を香港に導入する方針を発表した。中国本土にはすでに採用されている内容で、煽動や破壊行為の禁止を目的としたものだが、この法律を盾に政府は裁判や証拠もなしに反政府的な言動や民主主義的な思想の人物を逮捕、拉致監禁している。この法律の導入により「香港の終わり」と市民は猛反発していた。

さらに同月二十八日、中国政府は〝香港国家安全法〟の制定方針を全国人民代表大会で採択し、混乱に歯止めがかけられなくなっているのだ。

「大変な時に付き合わせたな」

浩志は険しい表情で言った。

気温は三十度、ウィンドブレーカーを着ているので雨は気にならないが蒸し暑い。

「香港は好きな街だったわ。この街に住んでいた人たちもね。私の情報では国家安全法は七月には成立する。これで、自由を尊ぶ香港市民も共産党の奴隷になるのよ。でも自由市民の最後の闘いをこの目で見られて良かったわ」

隣りに立つ妻の森美香は、大きな溜息を漏らした。彼女は内閣情報調査室、いわゆる内調の特別調査官だった。だが、数年前に新しく発足した非公開の国家情報調査局にリクルートされている。

彼女と兄である片倉啓吾は、実の父親で米国在住の誠治から多言語教育や格闘技の訓練を受けて育てられた。というのも誠治はＣＩＡの諜報員で、二人の子供を諜報員にすべく英才教育をしたのだ。啓吾は内調の特別分析官として中東専門の研究者になっているが、美香は父親の薫陶を受けて一流の諜報員になった。

昨夕、浩志は麒麟と呼ばれる男と、梁羽の情報を得る約束をしている。ただし、香港に潜んでいる彼を米国に亡命させるという条件付きである。中国語の日常会話もままならない、まして亡命援助などという傭兵とはかけ離れた内容のため、仲間ではなく美香に助っ人を頼んだのだ。

彼女は中国語の標準語だけでなく広東語も話せる。麒麟を米国に亡命させるということで、父親の誠治とも連絡がついていた。彼女ほど今回の仕事に向いている人材もいないだろう。

美香は日本で仕事をしていたため香港国際空港で待ち合わせをし、尖沙咀地区にあるカオルーン・シャングリ・ラ・ホテルにチェックインしている。急な呼び出しではあったが、基本的に日本で勤務をしている時は、暇と決まっていた。また、彼女は国家情報調査局内でフリーランスのように自由に活動することを許されるポストに就いている。それだけ彼女に信頼があるということだが、これまで国家に尽くしてきた実績で身分を保証されているのだ。

ウェインライトから渡された新型コロナのワクチンは、空港で彼女に使用した。いまのところ副反応は見られないが、経過を見る必要はあるだろう。

「五分待って連絡がなかったら、一旦ホテルに戻るか」

腕時計で時間を確かめると、浩志は言った。警官隊が発射した催涙弾のガスはいつの間にか消えて視界もよくなり、交差点の混乱が収まりつつある。

麒麟とは午後三時に待ち合わせをしていたのだが、まだ連絡もない。

「デモの混乱で外出できないのかもしれないわね」

美香は窓の外を見ながら言った。彼女もレインコートを着ているが、二人とも足元はかなり濡（ぬ）れている。

ポケットの衛星携帯電話機が呼び出し音を発した。

——鳳凰か？

麒麟である。

「来ないつもりか？」

浩志は冷たく尋ねた。

——すまない。近くまで行ったんだが、警官隊がいて近付けなかった。

「デモは毎日のように行われているんだぞ。この場所を指定したのはおまえだ」

旺角は香港でも指折りの繁華街のため、デモの標的になっている。浩志らもデモ隊と警官隊を掻（か）い潜（くぐ）り、ビルに侵入するのに苦労した。

——私は内陸人だ。香港のことはよく知らないんだ。

「俺はよく知っている。どこがいいか教えてやろう。そっちの電話番号を教えろ」

浩志はドスの利いた声で言った。

――君を全面的に信頼しているわけじゃない。電話番号を教えることはできないよ。

麒麟は弱々しい声で答えた。

「こっちも命懸けでここまで来ている。本当に引っ越ししたいのなら、協力することだな」

衛星携帯電話機はスクランブルがかけられているが、念のため亡命は「引っ越し」という言葉に置き換えている。

――分かっている。だが、隣りにいる美しいご婦人を連れてくるとは聞いていなかった。素性を教えてくれたら、次の待ち合わせ場所を教える。

右眉を吊り上げた浩志は、交差点の周囲をゆっくりと見渡した。浩志らがいるビル以外は、三十階を超える高層ビルばかりである。麒麟はいずれかのビルから浩志たちを見ているに違いない。互いに素性も知らないために信用できないのは当然であるが、秘密の連絡手段である衛星携帯電話機と合言葉で身分を保証するという約束だった。

「私の妻だ。彼女は多言語話者で、私のアシストをしてくれている。怪しい者じゃない。だが、もし、彼女に何かあれば、おまえを殺す。分かったな」

浩志はわざと怒ってみせた。美香を一般人と思わせる必要があるのだ。

――君には働いてもらわなければならない。手を出すはずがないだろう。

麒麟の声が上ずった。よほど臆病な人間なのだろう。

「正直言って俺はおまえのことなど、どうでもいい。情報が早く欲しいだけだ。おまえが先延ばしするのなら、立ち去るだけだ」

――それじゃ、警官隊が帰ってから会おう。今は、互いにリスクが高すぎる。

「分かった。連絡を待つ。だが、明日までだ」

浩志は通話を切った。

「かなり用心深そうね。会えないんだったら、ちょっと早いけど、食事に行きましょう」

美香は電話の会話で状況が分かったらしいが、落ち着いている。取り繕っているわけでない。彼女も命懸けの仕事をしてきた強者なのだ。紛争地は別だが、彼女は心強い存在である。

「警官の数が減れば、会うと言っている。デモ隊が完全に消えるまでに、一時間近くかかるだろう。先に早飯するのはいいアイデアだ。だが、開いている店があるのか？」

浩志は首を傾げた。デモの騒動もあるが、コロナで営業規制がかかっているはずだ。

「任せて」

美香は胸を叩いてみせた。

2

午後四時二十分、香港、旺角。

旺角交差点の騒ぎから抜け出した浩志と美香は、亜皆老街を西に進み、2ブロック先を左に曲がって上海街（シャンハイストリート）に入った。

早めの夕食を食べるということで店を探しているのだが、たまに開いている店もあるものの美香は目もくれないで黙々と歩いている。

1ブロック先で車止めがある快富街（ファイフストリート）を右に曲がり、次の交差点で新填地街（リクラメーションストリート）に入った。

「やはり、私の知っている香港は消えつつあるようね」

美香はシャッター街と化した街を見て溜息を漏らした。彼女は不機嫌そうな顔で三百メートルほど進むと左に曲がり、次の交差点で右に曲がって再び上海街に戻った。新型コロナで外出制限はあるものの、デモ帰りの人々なのか、人通りはある。

「タクシーはつかまりそうにないわね。歩くわよ」

通りをさりげなく見回し、美香は浩志と腕を組んで歩き始めた。通りはタクシーだけでなく、普通乗用車も走っていない。デモのとばっちりを避けているのだろう。

「二人か？」

浩志はさりげなく尋ねた。尾行している男が二人いる。彼らも傘を差していない。マスクをしているが、目付きが鋭いのだ。

「そのようね」

美香は楽しそうに答えた。彼女はレストランを探すためだけに歩いているのではなく、尾行者の確認をしていたのだ。諜報員としての勘もあるのだろう。

「美味（うま）い店を見つけるまで歩くか」

浩志は頷（うなず）くと、歩き出した。

上海街を南に進み、旺角から油麻地（ヤウマティ）に入る。油麻地は北側に繁華街の旺角、南側に高層ビルが並び建つ九龍（クーロン）半島南端の商業地区に挟まれているが、昔ながらの庶民的なエリアだ。古（いにしえ）の香港と言ってもいいだろう。

二人は大通りである窩打老道（ウォータールーロード）を渡った。

「しつこいわね。多分、安全部ね」

美香は後ろを振り返りもせずに言った。路肩に停められているバンのバックドアのウィンドウで尾行者を確認したのだろう。

男たちは一キロ近く付いて来ている。先ほどまでは五十メートルほど後方だったが、三十メートルまで距離を縮めている。大通りを渡って人通りも減ったので、尋問でもするつもりかもしれない。もっとも、尋問は形式的なもので、声をかけてきた時点で逮捕するということだ。

「俺もそう思う。外国人と見られているんだろう」

浩志は小さく頷いた。二人ともマスクをしているので分からないはずだと思ったが、それでも微妙に雰囲気が違うのかもしれない。あるいはそれを確かめるために尾行されている可能性もある。

旺角で他にもデモを見物していた外国人がいたが、やはり尾行されていた。中国政府は政治的なデモが起きるたび、外国の情報機関の陰謀だと内外に主張するのが常だ。美香が「安全部」と言ったのは、中国の情報機関、国家安全部のことで、外国の諜報員の取締りを主な任務としている。自由香港と言われた都市に、中国本土の警官隊や情報機関が目立つほどうろついているようでは、すでに香港は中国化してしまったということだ。

安全部の諜報員は外国人を尾行し、怪しい素振りを見せれば逮捕するつもりなのだろう。それが外国の諜報員でなくても、デモを煽動した外国人だと宣伝するのが彼らの仕事である。

「ちょっと、運動する？」

美香が唐突に尋ねてきた。

「やつらをどこかで始末するということか？」

裏通りに入れば、いくらでも人目を避けることができるだろう。

「まったく、ここは紛争地じゃないのよ。走って逃げるという意味よ」

美香は笑った。二人とも傘を差していないのは、いざという時に備えてである。

「殺すとは言ってない。気絶させて路地裏に転がせばいいんじゃないのか？」

二人ともブルーのサージカルマスクをしているので、人相を特定されているわけではない。顔さえ見られなければ大丈夫だろう。

「その手もあるわね。でも、そんなことしなくても追手の目から逃れればいいの」

美香が意味ありげににやりと笑い、浩志の腕を離して早足で歩きはじめる。

苦笑しながら浩志は、美香と歩調を合わせた。

「どこまで行くんだ」

二百メートルほど進み、目の前の珍しい光景を見ながら尋ねた。立体駐車場のビルに高速道路が貫通しているのだ。

駐車場は一九七五年に完成しており、その後、都市計画で高速五号幹線を建設する計画が持ち上がった。だが、香港は深刻な駐車場不足という事情もあり、一九七七年にビルを取り壊さずに大改修して高速五号幹線を貫通させたのだ。世にも珍しい構造物は隠れ観光スポットにもなっているが、二〇二一年に解体が決まっている。

「たぶんだけど、この先に人混みが期待できそうな市場があるの。ただデモとコロナのせいでどうなっているか心配ね」

美香は自信なさげに答えた。

二人は高速道路の高架橋の下を通り、点滅している信号機を渡った。右に曲がって甘粛街（カンスーストリート）に入ると、尾行している男たちは赤信号で横断歩道を渡ってきた。

「期待していたほどではなかったわね」

数十メートル先で道を左に曲がった美香は、溜息を漏らした。シートが被（かぶ）せられて閉店している店もあるが、狭い道路の両側に果物や野菜などを売る屋台が道を塞（ふさ）ぐようにたくさん並んでいる。新塡地街にある香港人の台所とも言われる市場である。

新塡地街は旺角と油麻地を南北に通る道路だが、甘粛街から南京街（ナンキンストリート）間の二百八十メートルほどの道は、昔ながらの市場が毎日立つエリアになっている。いつもなら年末のアメ横のように人でごった返しているはずだが、さすがに人通りは半減しているようだ。

「はい、傘を差して」

美香は雑貨を扱っている露店で二本の派手な雨傘を買うと、一本を渡してきた。

「ええ？」

浩志は肩を竦（すく）めたが、美香が睨（にら）みつけてきたので仕方なく傘を差した。

二人は買い物客の人混みに紛れた。両端の店の前にさらに店が出ている場所もあるため、通路の幅が二メートルもない場所もある。狭くなっている場所は当然、密になっておりソーシャルディスタンスは取られていない。

「傘を誰かに握らせて」

美香は人混みに交じると言った。

「分かった」

彼女の意図を理解した浩志は前を歩いている女性に傘を渡し、人混みを抜けて行く美香の後を追った。渡された女性は驚いて立ち尽くしている。人混みの中では傘しか見えない。尾行者は派手な傘を頼りにしているはずだ。追手をまく上手い手段である。

「ちょっと、ごめんなさい」

美香は店員に断って果物を扱っている店の中に入った。浩志も付いて行くと、彼女は店の裏からビルとビルの間の八十センチほどの隙間(すきま)を抜けて行く。隙間は途中から一メートルほどの通路になり、突き当たりに鉄格子(てつごうし)の扉がある。後ろを振り返ったが、尾行者はいない。まだ、傘を渡された買い物客を追っているのだろう。

美香は鉄格子のドアを開けて上海街に出ると、近くにある〝牛什粉麵専家(ニイウシユンフエンミイエン)〟と看板が出されている店に入った。

間口は狭いが、奥行きがある庶民的な店である。右側の壁際(かべぎわ)には四人席の丸テーブルが四卓、左側の壁際には二人席の丸テーブルが五卓あるだけのこぢんまりとした店だ。客は十人程度で、服装からしてデモとは関わりのない市民だろう。

「この店で時間を潰(つぶ)せば、彼らは引き揚げるわ。注文は適当でいい？」

美香は浩志が頷くと、広東語で注文した。浩志には標準語ではなく、広東語の発音だと分かる程度である。

数分後、肉団子入りのラーメンとワンタン入りのラーメン、それにちんげん菜炒(いた)めが出てきた。

「青島(チンタオ)ビールを頼む」

浩志は標準語で料理を持ってきた中年の女性に言った。

「発音はまあまあね」

美香が苦笑している。彼女からは暇な時に標準語の特訓を受けているのだ。

「美味そうだ」

浩志はさっそく肉団子入りラーメンに箸(はし)を入れた。スープは薄味だが、肉団子はなかなか美味い。麺(めん)は細麺でもちもちしている。

麺を啜(すす)っていると、ポケットの衛星携帯電話機が鳴った。

——鳳凰か？

通話ボタンを押すと、麒麟のいつもの怯えた声が聞こえてきた。

「そうだ」

浩志は冷たく答えた。

——今夜、会ってくれないか？

「時間を言え」

——午後十一時は、どうだ？

「いいだろう。場所は？」

——直前にテキストで送る。

「分かった」

電話を切った浩志は、ラーメンを黙々と啜った。

3

香港、ヴィクトリア・ピーク（太平山）、午後十時五十五分。

浩志はブルーのミニクーパーのコンバーチブルの助手席に座り、数十メートル前方にあるピークガーデン（山頂公園）の展望台を見つめていた。

レンタカーのため足回りが良ければなんでも良かったのだが、車好きの美香の希望でルーフを開けてオープンカーにできるコンバーチブルにしたのだ。むろん運転席には美香が座っている。ルーフを開けたミニクーパーで、レースカー並みに太平山の山道を飛ばしてきたことは言うまでもない。さすがに今はルーフを閉じている。

香港を一望できるヴィクトリア・ピークで人気なのは、三百六十度の絶景が見られるピークタワーの屋上にある〝スカイ・テラス428〟とピークタワーの少し下にある〝ライオンズ・パビリオン（獅子亭）〟だろう。どちらもバスやケーブルカーのピークトラムの駅から近く、商業施設があるため人気のスポットになっている。

だが、ピークガーデンにある展望台は、中国式のテラスと大きな屋根付きの亭（東屋）はあるものの商業施設はなく、香港島の南側しか見下ろすことができないため人気はない。

雨は止んでおり、展望台には数名の近所の住民らしき姿はある。というのも、ミニクーパーの他に車は停まっていないからだ。また、麒麟らしき人物はまだ来ていない。

男の本名は聞いていないが、年齢は六十一歳、白髪頭で黒縁の眼鏡をかけているらしい。目印に肩から一眼レフのカメラを提げているそうだ。いまどきは夜景もスマートフォンで撮るので、一眼レフのカメラは意外と目印になるだろう。とはいえ、人目を忍ぶような場所ならそれも必要ないはずだ。

「私はここで待機していればいいのね」

腕時計を見た美香が念を押してきた。

「頼む」

浩志はグロック26にマガジンを装塡し、車を降りてズボンに差し込んだ。十発装塡の26

用ではなく十七発装塡の17用のマガジンにしていた。グリップからははみ出すが、マガジンを抜けばシリーズ最小の26ならジャケットのポケットにも仕舞うことができる。

銃は香港の傭兵代理店に勤めていた男から、美香の分も合わせて26を二丁と9ミリ弾をケースで購入した。使い慣れた17を買いたかったが、紛争地に行くわけではないので視認性の低い小型の銃を選んだのだ。

ちなみに香港にあった傭兵代理店は、二年前に廃業している。香港の中国化で政府の摘発を恐れ、オーナーは米国に移住したのだ。今は元従業員が跡を継いでいるが、闇で武器を売る商売に限定して続けているそうだ。

駐車場の端にある階段を上った。展望台は腰ほどの高さの石塀で囲まれているが、夜景を見るために近付くつもりはない。狙撃の可能性のある場所には立ち入らないことである。

周囲を見回していると、四人の若い男女が展望台から立ち去った。気温は二十七度あるが、展望台は気持ちの良い夜風が吹いているので涼んでいたのだろう。

反対側の階段から白髪頭の男が現れた。首からカメラを提げている。麒麟に間違いないだろう。車を別の場所に停め、遊歩道を歩いてきたに違いない。

浩志はゆっくりと進み、亭の中央で立ち止まった。

「鳳凰か？」

男はいつもの台詞(セリフ)を吐いた。合言葉でもあるのだが、挨拶(あいさつ)をするつもりはないらしい。マスクはしておらず、特徴はないものの聞いていた年齢相応の顔をしている。

「そうだ」

浩志はマスクを外さずに答えた。ここまで来たが、彼を信用したわけではないのだ。

「私は安全に亡命できそうか?」

男は不安げに尋ねた。

「香港はもはや中国の一部だ。脱出するには危険が伴う。だが、ルートは確保してある」

浩志は言い切った。澳門(マカオ)に連れて行けば、後はCIAのエージェントが引き受けてくれることになっていた。浩志と美香は麒麟を連れて香港を脱出することだけに専念すればいいのだ。

「私は徐誠(じょせい)、総参謀部・第二部の政治部に属している。梁羽との繋(つな)がりを疑われて政府から追われているのだ。逮捕されれば、間違いなく処刑されるだろう」

徐誠はそわそわと落ち着きのない様子で言った。

「分かった。俺は王楊(おうよう)だ。俺と妻でおまえを澳門まで連れて行く。そこからは米国政府関係者が手引きして中国を脱出し、米国本土に行くことになっている。おまえ一人か?」

家族がいてもおかしくはない年齢である。

「私の妻は、体制側の人間だ。私がいなくなっても安全だろう。それにお互いの身の安全を図るべく、一ヶ月前に離婚している。心配はいらない」

徐誠は苦笑してみせた。女房の尻に敷かれていたのだろう。別れて清々したという感じである。

「ここまでどうやって来た？」

「タクシーで来た。三十分後に迎えに来るように頼んである」

「タクシーは断れ。俺たちと一緒に来るんだ」

「すぐに香港を発つのか？　何も用意していない。ホテルに帰らせてくれ」

徐誠は両手を上げて首を左右に振った。

「だからいいんだ。どこに隠れていたか知らないが、荷物を置いて来たのなら怪しまれないだろう。むっ！」

浩志は徐誠の胸ぐらを左手で摑んで引き倒し、右手でジャケットの下のグロックを抜いて発砲した。同時に頭のすぐ近くを銃弾が抜ける。後ろの階段から現れた男を銃撃したのだ。徐誠は尾行されていたらしい。

撃たれた男が仰け反って視界から消えると、新手が現れた。黒ずくめの男たちである。

「来い！」

徐誠の腕を引っ張って立たせると、銃撃しながら走って階段を駆け下りた。

男たちも銃撃しながら階段を下りて来る。相手は三人だ。

「うっ！」

徐誠が転びそうになる。

浩志は倒れそうになった徐誠を左手で支えながら男たちを撃った。一人は眉間、後の二人は左胸に銃弾を当てたが、新たに現れた四人の男に舌打ちした。

「早く乗って！」

美香がクーパーをバックで走らせ、目の前に停めた。しかも、ルーフが開いている。

浩志は徐誠のジャケットの襟を摑んで後部座席に放り込むと、ドアを開けずに助手席に飛び乗った。

「行くわよ！」

美香は叫ぶと、いきなりフルアクセルで発進した。

駐車場から出ると、ベンツのＣクラスが追って来た。展望台で襲って来た連中の仲間だろう。ベンツの助手席から身を乗り出した男が、いきなり銃撃した。

展望台からの道はガードレールもない狭い山岳道路だ。美香はそれでも坂道を猛スピードで下って行く。ベンツも訓練した男が運転しているらしく、スピードを上げて追ってくる。

浩志は後ろ向きに座ると、助手席の男に数発の銃弾を集める。カーブが多いだけに三発目で男の肩に当たった。すかさずベンツのハンドルを握る男を撃つ。男の眉間に二発命中し、ベンツは道路から飛び出した。坂を転げ落ちた車は、十数メートル下の大木に激突して止まった。

「まずいな。撃たれている」

徐誠の様子を見た浩志は、舌打ちをした。徐誠が肩を撃たれていたのだ。

「死にそう？」

美香は呑気(のんき)に尋ねてきた。追手がいなくなり、すでにリラックスしているようだ。

「大丈夫そうだ。手当ては必要だがな」

浩志は座り直すと、シートベルトをした。

「分かった。医者のところに行くわよ」

美香は鼻歌交じりにハンドルを握り直した。

4

香港、油麻地、午後十一時四十分。

九龍半島南部を走って来たブルーのミニクーパーのコンバーチブルが、佐敦道(ジョーダンロード)から渡船街(フェリーストリート)に左折し、3ブロック先を文英街(マンイャンストリート)に曲がった。古いアパートが並ぶエリアで、アパート一階は食堂や雑貨店など様々な職種の店が入っている。だが、この時間に営業している店はなく、街は静まりかえっていた。美香は駐車帯の端に車を停めた。

ヴィクトリア・ピークから脱出した浩志と美香は、尾行を確認するために多少大回りになるが、香港島から海底トンネルを通り、南部の商業地帯を抜けてやってきた。

徐誠は右肩を撃たれており、出血は酷くはないが、逃走することを考えると縫合しておいた方がいいだろう。

浩志は車から降りると、徐誠に手を貸した。浩志なら応急処置として布を巻きつけて工業用テープで留めれば済むような傷だ。徐誠は銃で撃たれたのは初めてらしく、真っ青な顔をしている。

美香は海鮮料理店の脇にある通路に入り、ステンレスの格子ドア横のインターホンに部屋番号を打ち込んで、呼び出しボタンを押した。外観は古いアパートだが、インターホンはビデオカメラ付きである。古く感じるのは洗濯物などをやたら窓から吊るす住人のせいで、建物自体は意外と新しいのかもしれない。

――久しぶりだな。ジェーン・林。友人と一緒か？

嗄れた男の声が聞こえてきた。映像で美香を確認したようだ。標準語である。美香は中国系の外国人と思われているのかもしれない。

「夫とその知人よ。知人が怪我しているの」

美香は淡々と答えた。

——相変わらずだな。

男の低い笑い声が響くと、格子ドアの電子ロックが開いた。

通路の手前にあるエレベーターを使って六階で降りると、美香は非常階段に近い鉄製の格子ドアを開け、その奥の玄関ドアをノックした。格子ドアの鍵は、すでに解除されていたらしい。

「入ってくれ」

ドアが開き、太った髭面の男が顔を覗かせた。年齢は七十歳前後だろう。

「張先生、夜遅くにお邪魔してすみません」

美香が挨拶すると、張は浩志と徐誠に軽く会釈し、右手を伸ばしてリビングのソファーに座るように示した。

浩志は徐誠を座らせると、表の道路が見える窓に近付き、そっとカーテンの隙間から外を覗いた。

「ちょっと待っていてくれ」

張は徐誠のシャツをハサミで切り開いて肩の傷の具合を見ると、奥の部屋に行った。

「張先生は、三年前まで市立病院の優秀な外科医だったの。五年前に米国人の友人に紹介されてお世話になったことがあるのよ」

美香が笑みを浮かべて言った。浩志ほどではないが、美香も体の至る所に古傷がある。

お互い傷の理由を聞いたことはない。彼女の体にある傷痕の一つは、張が治療したもののようだ。彼は今も昔も、表沙汰にできない怪我の治療をしているのだろう。また、米国人の友人というのは、ＣＩＡの諜報員に違いない。

彼女は内調の特別調査官だったころから、父親とは関係なくＣＩＡ局員に知人がいる。というのも、内調や公安調査庁はＣＩＡやＦＢＩと協力関係にあり、新人教育を米国で行う。そのため、優秀な諜報員は米国の諜報機関とパイプができるのだ。

「なるほど」

浩志は表の通りを監視しながら言った。

「擦り傷とは言えないが、七針ほど縫うだけで済むだろう」

奥の部屋から医療鞄を手に戻ってきた張は、縫合針を手にした。

「徐、位置を特定されるような物を持っていないか？」

浩志は張の前に立って尋ねた。

「冗談でしょう。以前使っていたスマートフォンも捨て、必死に逃げ回っていたんですよ」

徐誠は首を激しく左右に振った。

「体を調べさせろ」

浩志は徐誠のシャツを脱がせると、上半身を調べ始めた。

「まさか！」

眉を寄せた美香は、カーテンの隙間から外を見た。

「ポリスか？」

張は慌てる様子もない。慣れているらしい。

「ポリスじゃなくて、安全部ね」

舌打ちをした美香は、小さく首を振った。三台の黒いセダンが、文英街を塞ぐように停まったのだ。

「徐、歯を食いしばれ」

浩志は張の医療鞄からメスを取り出すと徐誠の上半身を調べ、左の上腕を切り裂いた。切り開いた場所を右手の指で探り、傷口から小さなカプセルを取り出した。

「ＧＰＳチップか？」

徐誠は険しい表情で言った。極めて小さいため、本人に気付かれないように予防接種と称してインプラントされたのだろう。

「裏口はあるか？」

浩志は徐誠の質問を無視し、リビングの隣りにある台所から張に尋ねた。

「一階の玄関と反対側に裏口がある。だが、すでに連中が押さえているだろう。そのＧＰＳチップを壊せば、諦（あきら）めて帰るんじゃないのか？」

張は呑気に言った。

「GPSチップを壊せばかえって怪しまれる。予定の場所に行ってくれ」

浩志は美香に告げると、血の付いたカプセル状のGPSチップをポケットに入れて部屋を出た。

非常階段に出ると、下の階から大勢の男が上がってくる。浩志も階段を駆け上がり、十四階から屋上に出た。屋上にメンテナンス用通路があり、隣りのビルに繋がっている。

このエリアは六つの十四階建てのビルが外階段を共有する形で結合され、一つのブロックになっていた。同じ設計で同時に造り、建設コストを安くしたのだろう。道を隔てて四つのブロックが二列に並んで巨大な団地を形成しているのだ。

浩志はメンテナンス用通路を走り、一番端の建物の外階段まで移動した。

前方にある階段の手摺り（てすり）が、音を立てて火花を散らした。

振り返ると、反対側の屋上に現れた男たちがサプレッサー付きの銃で撃ってきたのだ。距離は五十メートルある。ハンドガンの射程距離ではあるが、当てることはできないだろう。

浩志が外階段を八階まで下りると、下から銃撃された。車に残っていた連中もいたらしい。後ろから追ってくる連中と無線で連絡しているのだろう。もっとも、彼らを引き付けるためにGPSチップを持っている。しつこく追ってくるのは想定内だ。

五階まで下りて隣りのビルに進入し、エレベーターを呼び出した。ドアが開いたところで一階のボタンを押し、その中にGPSチップを投げ入れると、廊下を走って反対側の外階段を下りる。

一階に駆け下りて通路を覗くと、エレベーターの前で三人の男が銃を構えていた。男たちはエレベーターのドアが開くと、一斉に銃撃する。

浩志は銃撃音に紛れて駆け寄ると三人の男たちの足を次々と撃った。殺すつもりはないが、倒れた男たちの顎を蹴り抜いて気絶させ、エレベーターからGPSチップを回収した。そのまま放っておいてもいいのだが、この団地は関係ないと思わせるには、発信機が作動しつづける必要があるのだ。

ポケットからアルミホイルを出し、GPSチップを包んだ。これで、発信機の電波を遮ることができる。アルミホイルは張の台所で調達したものだ。玄関の格子ドアから出て、通りを覗いた。三台の車の前に二人の男が落ち着かない様子で立っている。車の見張りを命じられている連中だろう。

浩志はグロックをズボンに差し込むと彼らの死角から道を渡って回り込み、右側に立っている男の背後から側頭部に手刀を叩き込んで気絶させた。

左側の男が反応し、左右の拳を繰り出してきた。浩志は軽く払うと、男はそれを見越していたように、接近した状態から突然鋭い肘打ちを入れてきた。

「ぐっ！」

右腕でブロックしたが、強烈な肘打ちは浩志の左胸に当たった。男の動きは中国武術の八極拳(はっきょくけん)に似ている。浩志は今も日本にいるときに、古武道研究家である明石妙仁から様々な日本の武道を学んでいる。妙仁は参考にと中国武術を紹介することもあった。中でも八極拳は殺人拳だと教えられたことがある。

浩志は中段に構えると、右手で手招きをした。この男に銃を使うつもりはない。

「ふざけるな！」

男は低姿勢から突き上げるような拳を入れてきた。八極拳は相手の懐に飛び込み、掌底、肘打ち、それに肩や背中で爆発的な打撃を与えることを最大の武器とする。

男が飛び込んできた瞬間、浩志は強烈な前蹴りで男の顎を砕くとバク転をするように後ろに飛び、膝(ひざ)で着地した。相手の力を利用し、思い通りの攻撃ができた。二度目はない一度きりの攻撃である。

浩志は男たちが乗ってきた黒いセダン、中国第一汽車の紅旗(こうき)に乗ってエンジンをかけると、ポケットから例のGPSチップを出し、アルミホイルを剝(は)がしてダッシュボードの上に載せた。

屋上まで追いかけて来た男たちが、建物から出てきた。他の仲間と連絡がつかないのでアパート内の捜索を断念したのだろう。

「さっさと付いてこい」

バックミラーで男たちが走ってくるのを確認すると、浩志はアクセルを踏んだ。

5

六月十三日、午前四時、香港、ランタオ島大澳（タイオー）。

ハンモックで眠っていた浩志は、肩を揺すられて目覚めた。

「おはよう。疲れた？」

美香が金属製のマグカップを手に覗き込んでいる。

「早いな」

浩志はハンモックから足を下ろして座ると、美香からマグカップを受け取った。コーヒーかと思ったが、プーアール茶の香りがする。

「夜明け前に現地に到着しないといけないから、そろそろ起きないと」

美香は隣りに吊るされているハンモックに腰を下ろした。

浩志らが昨夜宿泊したのは、水中に立てた硬木の支柱の上に建つ木造の家で、水上棚屋と呼ばれている。かつての香港の港では、船上で暮らす蛋民（たんみん）と呼ばれる人々が、水上棚屋の風景と同様によく見掛けられた。だが、台風による被害もさることながら、彼らは税金を支払わないために不法滞在者とみなされ、その上港を埋め立てられて駆逐された。今では香港国際空港があるランタオ島西部の大澳でのみ、昔ながらの姿を留めているに過ぎない。

大澳は観光地化し、民宿やレストランになっている水上棚屋もあるが、生活の場としている住民も多くいる。

昨夜、浩志は油麻地で安全部と思しき男たちを引きつけるため、彼らの車を盗んで脱出した。予想通り、徐誠から摘出したGPSチップの位置情報を頼りに二台の車が追って来た。浩志が市内を走り回り、何度尾行をまいても彼らは執拗に迫って来たのだ。

浩志は二時間ほど逃走を続け、最後は九龍半島西部の茘枝角にある埠頭でGPSチップを海に投げ捨てて車を降りた。国際港として外国船籍の貨物船が沢山停泊しており、貨物船で脱出したと見せかけるためである。追手は臨検するにしても大変な労力を使うことになるだろう。

徒歩で茘枝角を出た浩志が街角に停車している車を盗み出し、大澳までやって来たのは午前三時近くであった。一時間ほど仮眠は取っているが、さすがに疲れは溜まっている。

美香は張の治療を受けた徐誠をクーパーに乗せ、尾行がないことを確認しながら、午前一時に大澳に着いたそうだ。宿泊している水上棚屋の主人である鄭智は民宿を営んでおり、あらかじめ金を払って三日前から押さえて貸切状態にしてあった。手配は美香を介して香港在住のCIAの職員がしたらしい。

医師の張もそうだが、鄭智も古くからの英国の協力者らしく、同盟国の米国にも便宜を図っているそうだ。

「あの男も起こすか」

浩志は、部屋の反対側に吊ってあるハンモックで眠りこけている徐誠を見ながらプーアル茶を啜った。徐誠は怪我をしたせいもあるが、逃亡生活で疲れているらしく、よく眠っている。

「私はここの主人に準備ができたか聞いてくるわ」

美香は部屋から出て行った。宿泊している水上棚屋は小さな台所があるダイニングの他に六畳ほどの部屋が三つあり、そのうちの二つを客間にしている。昨夜は見張りも兼ねて浩志は徐誠と一緒の部屋に泊まったのだ。

「起きろ」

浩志は徐誠のハンモックを揺らした。

「……もう朝か？」

徐誠は目を覚ますと、しかめっ面になった。肩の傷が疼くのだろう。

「出発だ」

浩志はカーテンを少し開け、窓の外の風景を見ながら言った。

「ここから、どうやって米国に行くんだね？」

徐誠は呻き声を上げながらハンモックに座った。彼には行き先や移動方法も含めて一切の情報を教えていない。途中で彼が捕まるようなことがあれば、安全部の拷問に耐えられるはずがないからだ。

「おまえは黙って付いてくればいいんだ。ここを出たら一時間後には、米国の仲間がおまえを第三国経由で米国に連れて行く手筈になっている。おまえは沢山の極秘情報を持っていそうだが、梁羽の情報だけ先に聞かせてくれ」

美香の話では、鄭智が所有する漁船で対岸の澳門に行き、そこでＣＩＡの諜報員に徐誠を引き渡すことになっている。

「米国の仲間のところまでは付き合ってくれるんでしょうな」

徐誠は上目遣いで聞いた。

「そこまでは付き合ってやる。だが、先に話を聞かせろ」

浩志は徐誠を睨みつけた。

「安全が保証されたわけじゃない。米国の仲間に会えたら話す、というか渡す」

徐誠は首を横に振った。

「渡す？　いいだろう」

浩志は渋い表情で頷いた。彼はバッグなどの荷物は持っていない。情報はＵＳＢメモリのような小さなメディアに入れ、いつも身につけているのだろう。ＣＩＡの諜報員には、おそらく二時間後には会えるはずだ。それまで我慢するほかないらしい。

「朝食は、到着してからだそうよ。それまで我慢してね」

部屋から戻って来た美香が、軽やかな声で言った。彼女はどんな危機的な状況でもポジティブな姿勢を崩さない。何よりも明るい態度は一緒に行動する者にとって励みになる。

「船で移動するのか？」

徐誠は不安げな表情で首を傾げた。船の船外機エンジンの音が聞こえたのだ。

「チェクラップコクから、堂々と海外に行けると思っているのか？」

浩志は鼻先で笑った。香港国際空港のことを現地では、チェクラップコク国際空港と呼ぶのだ。

「まっ、まさか」

徐誠は渋々立ち上がった。

浩志と徐誠は、美香に続いて部屋を出た。狭い廊下を進むと板張りの小さなテラスがあり、その下に漁船が停めてある。漁船と言っても屋根もデッキもない全長六メートルほどのボートで、せいぜい乗れて五人というところか。ただし、船体の割には、大型の船外機が取り付けてあるので、高速で走れそうだ。

浩志ら三人が木製の梯子（はしご）を下りて漁船に乗り込むと、宿主の鄭智が係留ロープを解（ほど）いてボートに乗り移り、船外機エンジンを始動させた。

「澳門に着くまでシートの下に隠れていてくれ。海警局は意外と鼻が利くんだ」

鄭智は英語で言うと、漁船を進めた。

狭い船の中央に浩志を中心に美香と徐誠は川の字になり、シートを被った。

6

およそ四十分後、漁船は減速した。

「澳門にあと五分ほどで到着する。港に着いてもしばらく顔を出さないでくれ」

鄭智は船外機エンジンの音に負けないように声を張り上げた。

「澳門の北にある九洲港に入るらしいな」

浩志は、自分のスマートフォンで位置情報を確認していた。

「フェリーのターミナルがある港よ。今の時間なら無人のはずよ。ただ、現地のエージェントが安全を確認しない限り、上陸はできない。彼らは確認でき次第、迎えに来るわ」

美香は作戦の概要を知っているだけに落ち着いている。

数分後、漁船は停止した。鄭智が船から下りて桟橋(さんばし)に係留したようだ。

「どうなっているんだ」

徐誠は痺れを切らして言った。鄭智が下船してから十分ほど経過している。

「静かにしろ」

浩志は右眉を吊り上げた。徐誠の声に紛れて微かに銃声が聞こえたのだ。

「確かめてくる」

「合言葉は、ドジャースとブランチ・リッキーよ」

美香は小声で言うと、グロックを抜いた。

「渋いね」

グロックを抜いた浩志は、シートから抜け出した。合言葉を考えたのは、誠治だろう。彼は大リーグの選手名などをよく合言葉に使う。そのため、彼の仕事を受けるようになってから大リーグの歴史も調べるようになった。

彼は合言葉に意味を持たせる傾向があるからだ。意味を知らなくても差し支えはないのだが、知っていた方が役に立つ。昔気質の諜報員の習慣らしい。

「待ってくれ」

徐誠が浩志の腕を摑んだ。

「大人しく待っていろ」

浩志が声を潜めて言った。

「もし、警察や安全部に捕まりそうになったら私を殺してくれ。頼む！」

徐誠は蚊の鳴くような声で懇願してきた。処刑されることよりも拷問を恐れているのだろう。

「分かった」

浩志は頷くと桟橋に上がり、銃を提げた状態で桟橋を走った。近くに鄭智の姿はない。桟橋から護岸に入り、近くの大きな建物を反時計回りに進む。フェリーターミナルなのだろう。出入口はシャッターが閉まっている。

建物の角を曲がると、左手は駐車場になっていた。車は停まっていないが、二人の男が倒れている。中国人のようだが二人とも銃を手にしており、頭部に銃弾を受けている。

反対側の角からバラクラバを被った男が、サプレッサー付きの銃を構えて現れた。

「ドジャース！」

浩志は銃口を男に向けて叫んだ。

「ブランチ・リッキー！」

男は答えると、銃を下げた。ＣＩＡの職員のようだ。

「おまえが撃ったのか？」

浩志も銃口を下に向け、男に近寄った。

「こいつらは安全部の職員でね。港を見張っていたんだ。一人を撃ったら反撃されたよ。ウォーカー・リーだ」

男は銃をズボンに差し込むと、バラクラバを脱いで握手を求めて来た。中国系の米国人らしい。

「洋一・民野だ。ガイドが行方不明なんだが、知らないか?」

浩志はグロックをあえてポケットに差し込み、握手に応じた。マガジンが長いので仕舞うことはできないが、安全が確認できるまで抜きやすくするためだ。

「ひょっとして、この先で殺されている中国人か？　だとしたらあいつらが殺したのだろう。確かめるか?」

ウォーカーは建物の奥へと歩いて行く。角を曲がると、鄭智が仰向けに倒れていた。

「くそっ」

舌打ちをした浩志は、鄭智の傍に跪いた。首を真一文字に斬られている。

「おまえが殺したのか?」

立ち上がった浩志は、振り返って尋ねた。中国の官憲が残酷であったとしても、ナイフを使うはずがない。

「何を馬鹿なことを。なんで私が協力者を殺さなきゃいけない」

ウォーカーは肩を竦めてみせたが、さりげなくジャケットの前をはだけた。

「おまえはエージェントじゃない」

浩志は男を睨みつけた。

「何を言っている。合言葉を言っただろう」

ウォーカーは頭を掻いて笑った。

「ここに来るはずのエージェントは、黒人のはずだ。中国系のはずがない」

「黒人？　極秘の任務だ。エージェントの素性は教えられないことになっている。俺を陥れるつもりか？」

ウォーカーと名乗った男は眉間に皺を寄せた。

「合言葉を考え出したのが俺の想像通りの人間なら、エージェントは黒人のはずだ。ブランチ・リッキーは戦前のドジャースの経営者で、大リーグで最初に黒人プレーヤーを採用し、黒人が活躍できる道を作った人物だ。つまり、エージェントは黒人だということを、暗に示している」

浩志はにやりとした。

「そこまでは聞いていなかった。死ね！」

男が銃口を向けてきた。だが、それよりも早く、浩志は男の眉間を撃ち抜いていた。浩志は走って漁船に乗り込むと、急いでエンジンをかけて桟橋から離れた。後ろを振り返ると、護岸に無数のライトが集まってきた。銃声で応援が駆けつけて来たのだろう。

「どうしたの？」

美香がシートから顔を出し、尋ねて来た。

「エージェントは拷問されて殺されたんだろう。偽物だった」

浩志は渋い表情で答えた。

「それなら、プランBね。北安碼頭(パクオン)に向かって。澳門国際空港のすぐ近くよ」

美香は溜息混じりに言った。

「プランB？　いまさら澳門は危ないだろう」

浩志はスピードを緩めて首を捻(ひね)った。

「九洲港で騒動があったから、今は警備がそこに集中しているはず。その隙を突いて脱出するの。そのためにプランBが準備されているの。試す価値はあるわよ」

美香はそう言うと、右手で南を指した。

「分かった」

浩志は首を振ったものの、ハンドルを切って船首を南に向けた。

7

午前五時、浩志の操船する漁船は、北安埠頭の一番外側の栈橋に到着した。

北安埠頭にはフェリーターミナルがある。二隻のフェリーが停泊していた。だが、ターミナルはシャッターを閉じ、息を引き取ったかのようにひっそりとしている。

この場所には安全部の諜報員はいないらしい。美香が言うように九洲港の騒ぎで人員が北に移動した可能性はある。また、澳門は特別行政区のため中国本土と違い、安全部の人員も限られているのかもしれない。

美香は先に船を降りると、船尾の係留ロープを桟橋の係船柱（ビット）に結びつけた。浩志は徐誠を降ろして船外機エンジンを始動させてアクセルをガムテープで固定すると、船首の係留ロープを握って桟橋に飛び移った。

浩志は船首の係留ロープを引っ張って船の方向を定めると、美香が張り詰めている船尾の係留ロープをナイフで切断した。自由になった漁船は沖に向かって進んでいく。うまくいけば対岸の香港北部まで進むだろう。これで上陸した痕跡がなくなると同時に、浩志らは自ら退路を絶ったことになる。

「次は？」

浩志は暗闇に消えて行く漁船を見つめている美香を促した。

「行きましょう」

頷いた美香はフェリーターミナルの脇を慎重に歩き、護岸に出ると西に向かって足早に急ぐ。夜明け前に行動を起こさなければ、港が息を吹き返す。

三百メートルほど走って大きな倉庫の脇を抜けると、やたらと広い荒地が眼前に広がる。荒地といっても、船積み用のコンテナ置き場のようだ。数十メートル先にはコンテナが無数に積まれている。整然と並んでいないところがある意味中国らしい。

美香はコンテナの一群に足を踏み入れると、ハンドライトを点灯させた。照明がないため足元も見えない。しかし、周囲をコンテナに囲まれているためライトの光が外に漏れる心配はなさそうだ。グロックを構えて歩く浩志は、肩で息をしている徐誠を先に歩かせた。

「あったわ」

美香は胸を撫で下ろした。彼女のハンドライトの光が、航空機用の貨物輸送コンテナを二つ積んだトラックを捉えたのだ。コンテナは最新のアルミフレーム、壁はポリカーボネート製である。また、テンキーパッドの電子ロックで施錠されていた。

トラックの荷台に上がった美香は二つのコンテナのテンキーパッドを叩いて解錠し、中を確認した。

「注文通りね」

にやりとした美香は手前のコンテナの中から二つのビニール袋を出し、一つを浩志に投げ渡す。中身は作業服である。

「わっ、私の分は?」

まだ荒い息をしている徐誠は、首を傾げている。

「あなたはビジネスシートよ。荷台に上がって」

美香は意味不明の言葉を吐いた。

「ビジネスシート?」

首を傾げながらも荷台によじのぼった徐誠の首筋に、美香がいきなり注射器を押し当てた。徐誠は小さな呻き声を上げ、うつ伏せに倒れた。

「殺したのか?」

浩志はふんと鼻息を漏らした。この男がいなければ中国を脱出することは簡単だ。

「二十四時間眠らせることができる、かなり強い睡眠薬よ。奥のコンテナの中には、フラットじゃないけどベッドがあるの。それに室内の温度を一定に保ち、酸素も供給されるようになっている優(すぐ)れものよ」

笑みを浮かべた美香は服を着替え始めた。

「目覚める頃には米国に着いているということか」

浩志も着替えながら頷いた。コンテナの上部に番号が印字されているので、積み込む航空便も決まっているのだろう。

「このコンテナを澳門国際空港にある運輸会社に運べば、十六時五分発の便に積み込まれ、台湾桃園(とうえん)国際空港には一時間四十分後に到着。CIAが受け取り、チャーター便で米国に向かうけど、そのあとは知らないわ。大物スパイだから、極秘に扱うのね」

「しかし、十一時間も空港の敷地内か。もっと早い便はないのか?」

「コロナのせいで乗客は減ったけど、貨物便は予約を取るのが精一杯だったらしいわ。医療品の輸送で忙しいみたい」

　中国は新型コロナウィルスの発生源である事実を隠すため、医療品を世界中にばらまいて善隣外交を装っている。もっとも、マスクや防護服や検査キットなど、どれも粗悪品で不評を買っているのが現状だ。悪質な火事場泥棒と同じである。

「俺たちも荷物として運ばれるのか？」

　着替えた浩志は、倒れている徐誠の体を調べた。ジャケットのポケットから予想通り、USBメモリが出てきた。他にめぼしいものはない。

「まさか。私たちはそれよりも早い十三時十五分の便で台湾に脱出するわ。もうチケットも買ってあるわよ。コンテナを預けて食事をしましょう」

　美香は手前のコンテナから旅行用のスーツケースを二つ取り出した。

「そこまで、ＣＩＡが用意してくれたのか？」

　浩志は徐誠を持ち上げて奥のコンテナに積み込んだ。九十キロ前後あるだろう、異常に重い。彼が銃で撃たれた際、クーパーの後部座席に担いで放り込んだが、アドレナリンが大量に分泌されている時は、思いがけない力が出るものである。

「九州港で出迎える手筈を整えたのは、澳門在住のＣＩＡの諜報員。たぶん殺されたわね。言いにくいんだけど、プランＢは、私とあなたが任務に当たると知った父が作戦を立てたの。澳門の反体制派の知り合いに個人的に頼んだらしいわ。誰に頼んだかは教えてもらえなかったけど」

いい歳をして親バカのようだと美香は恥じているらしいが、誠治は作戦の成功を優先させる男である。脱出にプランを二つ以上立てるのは、基本中の基本だろう。人を運ぶコンテナは、密入出国に使うために普段から用意があるに違いない。

「CIAよりも手慣れているな」

浩志は納得した。トランプはCIAを目の敵にしているため、予算を削減している。そのため、中国に駐在するCIAの諜報員の数も減っているのだろう。プランBは反政府派の活動家がするような仕事ではない。それに資金が潤沢でなければ、できないだろう。おそらく今や世界一のカジノ都市となった澳門の上層階級、つまりカジノのオーナーの協力に違いない。

澳門は香港と違い、中国への返還は問題なく行われた。というのも中国政府が介入することにより、澳門からマフィアが一掃され、カジノ産業も返還後に急速に成長したからだ。

澳門のカジノの売り上げは、二〇〇六年にラスベガスを抜き、現在はその七倍あるといわれる。当然のことながら澳門経済も成長し、一人当たりのGDPは日本の二倍あるという。だが、澳門市民が中国政府にまったく不満がないわけでもない。

中国本土の富裕層が投資用にマンションを買い漁り、澳門市民には手が出せなくなるほど不動産価格が高騰した。また、財政は潤っているのにインフラの整備が遅れ、市内は慢性的な渋滞である。富裕層においても政治的な協力を半強制的に迫られるなど不満はあるが、彼らは表に出さないだけなのだ。カジノの富裕層に反体制派がいてもおかしくはない。

二人は運送会社の社員になりすまし、空港の敷地内にある配送センターにコンテナを預けた。運送会社とのやりとりは、美香が手際良く対応してくれたので、浩志はトラックの運転席で眺めているだけですんだ。

トラックを元の場所に戻して着替えると、二人はスーツケースを手にフェリーターミナルの客になりすましてタクシーに乗った。朝一番の乗客と入れ違いという形だが、怪しまれることはなかったようだ。

午前八時、二人は空港に近いグランドハイアット・マカオで朝食を摂り、出発まで時間があるためチェックインした。澳門国際空港は、乗降客が多い割には国内線の空港程度の設備しかないため、ホテルを利用するのだ。

浩志はチェックインした部屋のソファーに座り、徐誠から奪ったUSBメモリをホテルから借りたノートPCに差し込んだ。画面に表示されたUSBメモリをクリックすると、いくつかのテキストファイルが保存されていた。

「どんな感じ？」

シャワールームから出て来た美香が、髪をタオルで拭きながら隣りに座った。

「暗号だ」

浩志はすべてのファイルを開いたが、数字の羅列に疲れて目頭を摘んだ。

「これは、電碼よ」

ファイルを見た美香は即答した。

「電碼？」

浩志は首を傾げた。

「中国語にはアルファベットや日本語の五十音のようなものはないの。とはいえ、漢字で電報を送ることはできないでしょう？　だから、漢字を四桁の数字で表現するの。この数字の羅列を四つずつ区切って復号すれば、中国語の文章になるはず。中国では符号化と復号化の有料サービスがあるけど、ネットにコードブックがあったはず。着替えたら復号してみるわ。その間にシャワーを浴びて」

美香は自信ありげに言った。

「そうするか」

浩志は彼女の言葉に甘えることにした。

シャワーを浴びて二日間の激務による疲れを洗い流し、リビングスペースに戻った。

「文章じゃなかったようね。とりあえず、一つのデータを復号してみたけど、名前のリストのようよ」

美香はメモ用紙に書き込んだリストを渡してきた。

「これは、人民解放軍総参謀部のリストかもしれない。いや、それにしては人数が少ないな。ひょっとすると、総参謀部の反体制派のリストかもしれないぞ」

浩志はメモ用紙を見て大きく頷いた。梁羽と徐誠の名前がある。美香は梁羽を知らないため、徐誠だけではピンとこないのだろう。徐誠は勿体ぶっていたが、梁羽の行方は知らないのかもしれない。だが、このリストの人物に連絡がつけば、情報を得られる可能性があるということだ。

「本当？」

美香は訝しげな目でファイルを見ている。

「元刑事の第六感だ」

浩志はにやりとした。

吉林省の証人

1

中国吉林省吉林市竜潭区、六月十五日、午前十時二十分。

遵義東路を上汽大衆汽車製フォルクスワーゲン・パサートのパトカーが、西に向かって走っている。

後部座席にブルーの防護服を着た柊真と夏樹が座っていた。防護服の左胸には〝警察・POLICE〟と印字されたシールが貼ってある。また、アイガードとN95マスクとで完全防備している。パトカーで移動するのに、防護服を着用して欲しいと頼まれたのだ。

吉林市では新型コロナの感染拡大を受けて五月十七日から市内のすべての民間診療所と病院の外来を一時的に閉鎖した。また、同省の舒蘭市ではその一週間前から八千人の住民の隔離をするなど厳戒態勢が敷かれている。中央政府は、舒蘭市ではコロナ感染が防げなかったという理由で、市のトップである李鵬飛共産党委員会書記を解任した。

中国政府は武漢市を封鎖することで新型コロナの感染拡大を防いだと内外に宣伝していたが、実際は国内の各地でパニック状態だった。

「それにしても、非常事態中の任務とは厳しいですね。わざわざフランスから帰国されたんでしょう?」

助手席の公安警察官である方俊が、太い首を後ろに回して言った。フランスの方が安全じゃないのかと暗に聞いているのだ。

政府のプロパガンダを鵜呑みにしない中国人は、新型コロナはどこで発生したにせよ、政府が事実を隠して対応が遅れたために国内に蔓延したと思っている。また、海外のニュースは悪い情報しか入らないように選別されているので情報を欲しがる傾向があるのだ。

「フランスよりも我が国の方が安全だ。すまないが、会話をするのなら、窓を開けてくれないか。任務だからといって、コロナに感染するつもりはない」

夏樹は後部座席の窓を開けて言った。中国に来て分かったことだが、新型コロナの感染状況はフランスと変わらないということだ。違うのは、中国が強制的に国民の自由を奪って感染拡大を防いでいる点だろう。

「すみません」

方俊は頭を掻いて窓を開けた。

柊真と夏樹は、昨日パリから北京経由で吉林市に到着し、松花江の流れが見渡せるクリスタル・ホテルに宿泊している。

柊真は国家安全部第二局の諜報員である王俊鉄を殺害し、手に入れた王の身分で入国した。また、夏樹は王の上司でパリ支局長である周永博を抹殺して入れ替わっている。彼はその他にもいくつかの身分を用意してきたらしい。おそらく、その数の中国人を殺害したということだろう。柊真にはいたって温和な態度で接する夏樹だが、冷たい狂犬と呼ばれるだけあって、任務を遂行するためなら他人の命を奪うことに何の躊躇いもないようだ。

二人は偽の指令書を手に行動していた。夏樹は国家安全部のサーバーを森本にハッキングさせ、スパイと疑われたフランス人のオリビエ・ルブールが囚われていると知り、彼の尋問官に任命されたという指令書を発行させたのだ。中国人に化けても諜報員という身分では勝手に入国できないため、任務を作り出したのだ。偽の任務をこなし、生き残っている梁羽の部下と直接会うつもりである。

国家安全部の階級の呼称は警察機関である公安部に準じており、夏樹が化けている周永博は諸外国で警視正である三級警監、柊真の王俊鉄は巡査長と同じ二級警司という身分である。

柊真は王俊鉄と素顔が似ているため髪型や眉毛を整えただけだが、夏樹は特殊メイクで目元に皺を作り、周永博に似せている。また、中国語が不得手な柊真は〝交通事故で失声症を患って治療中〟と中国語で書かれた診断書を常に携帯し、会話を避けていた。

中国に潜入するのは難しいと思われたが、中国人の官僚なら問題なく入国できた。それは国内の移動も同じである。中国は新型コロナで混乱している上に、肩書きや階級が物を言う社会だけに人々の判断力も衰えているのかもしれない。

二十分後、パトカーは吉林市郊外にある第十六集団軍第二十五工兵連隊基地のゲートに到着した。方俊が警備兵に命じると、身分証明書を見せるまでもなくゲートは開いた。夏樹は方俊の上司に命じて、訪問する旨を伝えてあったのだ。夏樹は三級警監という階級だけに、地元の公安警察を使うことは簡単であった。

パトカーは中庭を横切り、兵舎の脇を抜けて司令部の前で停まった。玄関の階段下に防護服を着た男が立っている。出迎えらしい。

「ご苦労」

夏樹は方俊を労って パトカーを降りると、柊真も軽い敬礼をして車から出た。

「周三級警監ですか？　私は第八局の于偉剛です」

階段下に立っていた男が敬礼してきた。彼は国家安全部の外国のスパイ捜索、逮捕を主とする第八局（反間諜偵察局）に所属している。

「第二局の周だ。于一級警司だね。こちらは部下の王俊鉄二級警司だ。彼は先月の交通事故で声を失って治療中だ。用事がある時は、私に言ってくれ」

　夏樹は軽い敬礼をし、柊真を紹介した。小さく頷(うなず)いた柊真も敬礼をした。

　ルブールは徳恵(とくけい)市刑務所に収容されていたが、所内で新型コロナが蔓延したために陸軍基地である第二十五工兵連隊基地内の留置場に他の外国人とともに移されたのだ。于はルブールをはじめ、外国人の囚人を監視するために公安部の数人の部下とこの基地に詰めている。

「留置場はここから離れているので、私が車でご案内します。フランス語を話せる者がいないため、英語で尋問してきましたが、ルブールは英語が全然話せないのです。コミュニケーションが取れなくて困っていました」

　于が手を振ると少し離れた場所に停めてある軍用四駆〝猛士(マアンシィ)〟が、柊真らの前に停まった。于は後部座席のドアを開けた。

「ありがとう」

　夏樹は先に後部座席に乗り込み、柊真も車に乗ると自分でドアを閉めた。

　猛士は、司令部前の道を四百メートルほど進んだ突き当たりで停まった。高いフェンスがあり、その向こうは用水路になっている。また、フェンスの上部は有刺鉄線になっており、川岸は鬱蒼(うっそう)と木が茂っていた。

　夏樹らが車から降りると、猛士はUターンして戻って行った。

目の前の建物に窓はなく、外見は煉瓦の倉庫のようだが、出入口に警備兵が立っている。

「どうぞ、こちらへ」

于は手招きをすると石段を上がり、警備兵に敬礼した。

夏樹と柊真は、于に従って建物に入った。

入口のすぐ横に受付があり、その前の廊下は奥へと続いている。だが、受付から二メートル先で、廊下は鉄格子のドアで仕切られていた。

「オリビエ・ルブールは、尋問室に移してあります。すぐに始められますか？」

于が受付の前で尋ねてきた。

「時間の無駄を省こう」

夏樹は肩を竦めた。

「了解しました」

于が受付の警備兵に頷くと、鉄格子のドアが自動的に横にスライドした。建物は古いが、設備は新しいようだ。

「案内してくれ」

夏樹は右手を上げて廊下の奥を示した。

2

吉林市竜潭区、クリスタル・ホテル、午後七時十分。

柊真は自室のソファーに腰を掛け、ミニバーのカウンターに載せてあるテレビでニュースを見ていた。

ニュースキャスターの言葉は、八十パーセントは分かる。GCPで訓練を受けていた時には九十五パーセントだったことからすれば、かなりリスニングの力は落ちたようだ。さらにスピーキングとなれば、表現にもよるがかなり苦労する。なんとか会話力を上げるために、中国行きが決まった時点で中国語のテレビ番組や映画を見るようにしてきた。

工兵連隊基地に留置されているフランス人、ルブールの尋問は昼休みを挟んで午後六時まで行われた。

十畳ほどの尋問室でテーブルの金具に手錠で繋(つな)がれたルブールに、世間話も交えながら様々な質問を夏樹がしている。マジックミラー越しに隣室から于や彼の部下が見ていたため、それらしく振る舞ったのだ。後々聞いた話だが、于の上司も途中から見学していたらしく、夏樹の尋問が素晴らしいと褒めていたそうだ。

夏樹はフランス語で語りかけるように話しかけ、時折溜息(ためいき)を吐(つ)く時は中国語で独り言を言うなど徹底した演技であった。素性を知っている柊真でさえ、彼が本当に中国人ではないかと思うほどだ。柊真は夏樹の隣りで、ルブールの発言で気になる言葉をそのままフランス語で書き留める書記として働いた。

ルブールの年齢は、四十一歳、フランス、リヨン出身でパリのエネルギーコンサルタント会社に勤めていたそうだ。昨年の十月に北京の建設会社の招きで中国に入り、中国各地で新規の原子力発電所を建設する候補地を探すため視察を行っていたらしい。だが、昨年の十一月、吉林省長春の湖で建設候補地を撮影していた際、そこが軍用地だったため逮捕されたそうだ。

本人は地元のガイドに従っていたというが、于によればルブールがガイドの指示を無視して撮影したらしい。しかも、撮影したのは、第十六集団軍隷下の第四十六自動車化歩兵師団の敷地だった。ただし、ルブール本人から聞いた話では、ガイドは、フランス語はもちろん英語も話せなかったという。ガイドと意思疎通ができなかったことが原因だと主張している。

フランスの原子力産業界は国内で三番目の規模を誇る産業であり、ルブールのような仕事をしている技術者は、中国に限らず世界中に足を運んでいる。そのため、現地でトラブルを起こすこともあるという。

ルブールは硬い表情であったが、久しぶりにフランス語が不自由なく使えたため、次第にリラックスし、個人的な話ができるようになった。夏樹の話術にルブールは見事に乗せられたようだ。彼は軍用地とは知らず、湖の美しい風景を撮影しただけで半年以上も拘束されている理由が分からないと、終始ぼやいていた。

尋問を終えた二人は、基地に停めてあった安全部の公用車である東風(ドオンフエン)汽車集団の小型セダン、風神(フエンシエン)・S30を借りて午後六時四十分にホテルに戻った。送り迎えも防護服を着るのは難儀なため、于は喜んで貸してくれた。

夕食はレストランが閉鎖されているため、ドアの前に弁当が置かれていた。ホテルで調理された中華料理で味は問題なかったのだが、柊真には量が少なくすでに腹が減っている。

ドアがノックされた。

柊真はテレビを消すと、サイドテーブルに載せてあった92式手槍を握り、足音を忍ばせてドア横の壁際(かべぎわ)に立った。

銃は、夏樹が入国してすぐに吉林省に来たため武器の供給を受けていないと于に説明し、彼を介して安全部の吉林支局に請求し、ガンホルダーや予備マガジンも含めて二丁手に入れている。夏樹は何事も堂々としているため、対応する相手も素直に従ってしまうのだ。

「私だ」

夏樹の声である。

柊真は無言でドアを開け、銃をズボンの後ろに差し込んだ。周囲に誰もいないことを確認できない限り、口を開かないようにしているためである。

「今日は疲れたな。明日の打ち合わせをしよう」

夏樹は中国語で言うと、右の人差し指を唇の前に立ててポケットから小さな器具を出した。盗聴盗撮器発見機である。

「食事はもう終えたのかね？」

夏樹は一人で話しながら、部屋の隅々まで調べ、最後に窓のカーテンの隙間から外を覗くと器具をポケットに仕舞った。不審な物はなかったらしい。

柊真は会話が可能なのか、自分の口を指で示した。

「大丈夫だよ。この部屋はクリーンだ。すぐに来るつもりだったが、于一級警司から電話が入ってね。明日の予定を聞いてきたんだ。見てくれと同じで真面目な男だよ」

夏樹はミニバーの下にある冷蔵庫からミネラルウォーターのペットボトルを出し、キャップを開けて匂いを嗅いでから飲み始めた。彼はあらゆる毒物に精通しているらしく、無臭に近い毒物でも嗅ぎ分けることができるらしい。

「助かりました」

柊真は大きく息を吐き出した。夏樹が日本語で話しかけてきたからだ。中国に入国してから、一言も口をきいていなかった。沈黙を続けることは苦にならないが、中国語が話せないことを誤魔化し続けていることにストレスを感じていたのだ。紛争地の任務なら目的ははっきりしているため、言葉が通じなくても問題ない。だが、諜報活動ではそれでは困る。

「今日の尋問は、上出来だった。于一級警司を通じて支局長からお褒めの言葉を与ったよ」

夏樹は表情もなく言うと、柊真が座っていたソファーに座った。

「私もそう思いました。あのフランス人の疑いは晴れそうですか?」

柊真も冷蔵庫からミネラルウォーターを出し、窓際の椅子に座った。

「ルブールは間違いなくスパイだ。DGSE(フランス対外治安総局)のエージェントだろう。〝東風〟を調べていたに違いない。第十六集団軍は歩兵を主力としているが、隷下の砲兵旅団は最新の〝東風〟を所有している。噂では〝長剣〟も隠し持っているらしい」

夏樹は涼しげな顔で答えた。

「本当ですか!」

柊真は思わず声を上げた。

米国とロシアは冷戦時代に核戦争の脅威を回避するべく中距離核戦力全廃条約(INF)を結んだ。だが、中国は条約に加盟していないため、米ソが回避した射程五百から五千五百メートルクラスのミサイルの開発を進め、今や世界でトップの技術とミサイル数を保有している。

　千五百メートルの最大射程を持つ中距離弾道ミサイル〝東風21Ｄ〟は空母キラーの異名を持ち、海上を航行中の空母への攻撃も可能と言われている。また、〝東風26〟はグアムキラーと呼ばれ、最大射程が四千キロメートルもあり、今現在、米軍が一番脅威を感じている武器の一つであることは間違いない。

　地上攻撃巡航ミサイル〝長剣〟は、千五百メートルの射程があり、日本にある米軍と自衛隊基地がその射程に入っているのだ。習近平の一帯一路の戦狼外交は、これらミサイルによる力の裏付けがあるからだとも言われている。日本が北朝鮮を念頭にミサイル開発を進めているという本当の目的は、今やミサイル帝国と化した中国に対抗するためであることは言うまでもないことだ。

「君は一体何に驚いている？」

　夏樹は柊真を訝しげな目で見ている。

「ルブールがスパイということもそうですが、第十六集団軍が〝東風〟と〝長剣〟を所有していることにも驚きました。それで、ルブールをどうやって助けるんですか？」

　長年フランスに居住しているために、中国の脅威を忘れていたらしい。もっとも、柊真に限らずヨーロッパ諸国は地理的に中国の恐ろしさを知らないようだ。

「なぜ助けなきゃいけない？　ヘマをした奴を助けたら、こちらが疑われるだけだ。明日も尋問して、彼をスパイだと報告するつもりだ」

　夏樹は冷淡に答えた。

「えっ、しかし……」

　柊真は困惑の表情を浮かべた。ルブールがスパイだったとしても、写真を撮ろうとしただけである。にもかかわらず、半年以上も裁判も受けずに勾留されている理由が分からないのだ。

「彼の容疑が不法な情報活動と決まれば、彼は正式にスパイとして逮捕されてフランスに通知される。その方が彼は早く自由になれるのだ。フランスで逮捕された中国人のスパイと交換になるからだ。たとえ適当な人材が今はいなくても、フランスに私の情報を伝えれば少なくとも数人のスパイが捕まる。それで彼は自由になれるはずだ」

「あっ、そういうことですか」

　柊真は両眼を見開いた。

「ルブールのことはどうでもいい。尋問は中国に潜入するための口実に過ぎないのだ」

　夏樹はペットボトルの水を飲みながら言った。

「それはお聞きしていましたが、老師の部下といつコンタクトを取るんですか？」

　老師とは梁羽のことである。

「向こう次第だ。だが、我々が中国に入ったことは知っているはずだから、明日までには連絡が来るだろう」

夏樹はそう言うと、振動するスマートフォンをポケットから出して画面を見た。

「噂をすれば影だ」

夏樹は口元を僅（わず）かに緩ませた。

3

午後十時二十分、吉林市。

柊真は風神・S30のハンドルを握り、市の中心部を南北に抜ける吉林大街を南に向かって走っていた。

夜間の外出禁止令が出ているため、行き交う車はない。街の数ヶ所で検問があるため、避けて通っている。また、公用車だけに履歴が残るナビは使っていない。それに夏樹の指示で車に取り付けてあった位置発信機も見つけ、ホテルの駐車場に置いてきた。安全部支局が監視しているとは思わないが、念を入れるのだ。

松花江を渡り、六百メートルほど先で右折し、大きな建築物の横にある駐車場で車を停めた。入場口には〝吉林市博物館〟と記されており、閉館時は閉まっているはずだが夏樹に連絡をしてきた人物があらかじめ門を開けていたのだろう。

柊真と夏樹は二人とも黒のマスクをし、スーツの上からウィンドブレーカーを着ている。昼間は十八度ほどあるのだが、日が暮れて十三度まで下がっているのでウィンドブレーカーを着てちょうど良い。

柊真は助手席から降りた夏樹に従い、博物館の南側にある裏口から侵入する。館内は非常灯が点けられており、薄暗いが行動するのに不自由はない。

夏樹はガンホルダーから92式手槍を出し、柊真も92式手槍を構えて夏樹を援護する形で進んでいく。

柊真は武道家の家に生まれ、子供の頃から様々な古武道で鍛え上げられてきた。フランスの外人部隊では入隊時からその実力が認められ、一年目から教官の補佐をするほどであった。その甲斐あって、非常勤ではあるが退役後も外人部隊の教官を務めている。

夏樹も子供の頃から中国武術と日本の古武道を学んでいるらしく、寸分の隙も見せない。実際、後ろを歩く柊真が襲い掛かったところで確実に反撃してくるだろう。彼の放つ気は四方に向けられ、柊真にも感じ取ることができた。

廊下を抜けると広い展示場に出た。中央にガラスに入った大きな岩石があり、〝吉林一号隕石〟というプレートが立てかけてある。現存する石質隕石の中でも世界最大で、千七百七十キログラムある。

一九七六年三月、吉林市の高度十七キロで爆発した隕石は隕石雨として落下し、回収した隕石の総重量は四トンにもなった。世界的に話題になった隕石を展示の目玉としている博物館なのだ。

展示ケースの反対側からブルーのサージカルマスクをした男が現れた。

「撃つな！」

男は両手を上げた。白髪（しらが）混じりの五十代後半の中年である。

「山羊（シャンヤン）だ。おまえは？」

夏樹は銃を向けたまま尋ねた。柊真はすかさず男の背後に回り、ボディチェックをした。

「企鵝（チーア）だ」

男はマスクを取って合言葉を言った。合言葉と言っても、互いに動物の名前を決めて名乗るという簡単なものだ。ちなみに企鵝はペンギンのことである。

男は人民解放軍総参謀部・第二部第三処に所属していた栄珀（えいはく）で、今は吉林省通化（つうか）にある第十六集団軍・第四十八自動車化歩兵旅団に勤務していると彼から暗号文を受け取っていた。エリート集団の第三処から地方の基地の事務係に格下げされたのだ。夏樹はその連絡を元に吉林省に来る口実を見つけ、中国に潜入したのである。

栄珀は梁羽の直属の部下で、夏樹は梁羽からのメッセージを彼を介して得ることもあった。梁羽にとって重要な部下ではあったが、西安に随行していなかったため難を逃れたのだ。また、梁羽の側近は全員武闘派だったが、彼はプログラミングもできる分析官であり、梁羽の秘書的な役割もしていた。

だが、梁羽の考えで彼は下士官である一級軍士長にされていた。諸外国の軍隊では上級曹長で、尉官より下になる。処刑されたのは、いずれも尉官よりも上だったので、当局も彼を軽んじて命を奪うことなく左遷ですませたのだろう。

「ここは、突入されたら防げない。こっちに来い」

夏樹は銃を仕舞って栄珀を手招きをすると、展示場奥にある部屋のドアの鍵をピッキングツールで開けた。ドアには〝警備室〟と記されている。柊真は銃を下げて、二人の後に続いた。

室内の壁には複数のモニターがあり、敷地内外の監視映像を映し出していた。ここに来るのは初めてのはずだが、夏樹は事前に調べていたようだ。

「監視映像で見張っていてくれ」

夏樹は柊真に中国語で言うと、栄珀を空いている椅子に座らせ、対面に椅子を置いて腰を下ろした。

「了解です」

柊真は銃をホルスターに納め、すべてのモニターが見えるように壁際まで下がった。ここなら外で見張る必要はない。

「先に言っておくが、私も相棒も素顔を見せるつもりはない。むろん今の名前も名乗るつもりはない。それから彼は事故で失声症になり、あまり喋(しゃべ)れないが気にするな。もっともフランス生まれだから中国語も下手(へた)だがな」

夏樹は腕組みをして言った。

「あなたは変装の達人だと聞いています。どのみち顔を見ても素顔じゃないので、意味はないでしょう。あなたのことは、第三処で一番優秀な男だと老師から聞いていました。アフリカで死亡したと聞きましたが、あなたなら必ず生きていると信じていました。ただ、あなたに直接会ってこの目で見ないことには信じられないので、わざわざここまで御足労願ったのです」

栄珀は笑ってみせた。当局に知られていない夏樹の専用アドレスに彼が開発した暗号文を使って連絡してきた。文章は至って平易なものだが、添付されている画像に隠されている文字列と組み合わせて復号するというもので、画像の文字列は夏樹が設定したパスワードでなければ開くこともできない。第三処でも梁羽が信頼できる人物だけが使っていた連絡方法である。

「老師は大丈夫なのか？」

夏樹は栄珀が本物であると確信したために本題に入った。会話中の顔の筋肉の動きで嘘(うそ)

はないと判断したのだ。

「生きていらっしゃることは、確実です。もし、老師が処刑されるようなことがあれば、軍が黙っていません。維尼熊(ウェイニーシヨン)もさすがにそこまではしないでしょう」

栄珀は首を振った。維尼熊とはディズニーの人気キャラクターである〝くまのプーさん〟のことで〝小熊維尼(シアオシヨンウェイニー)〟と訳されることもあるが、どちらの単語も中国国内では検索することすらできない。というのも、習近平国家主席を意味し、揶揄(やゆ)する言葉だからだ。そのため中国では〝くまのプーさん〟のグッズと写真を撮り、それを公表するだけで反逆罪に問われる。

二〇一七年にノーベル平和賞受賞者で反体制活動家の劉暁波(りゆうぎようは)が、妻の劉霞(りゆうか)とプーさんの絵柄のマグカップで乾杯している写真がSNSで公表された。その写真を見た検閲当局が激怒し、削除したのが始まりだと言われている。劉暁波は政治改革を要求する〝〇八憲章〟を起草しただけで投獄され、肝臓癌(がん)を患って満足な治療も受けられずに二〇一七年七月十三日に死去した。

「居場所は分からないのか？」

夏樹は頷きながら質問を続けた。

「私は密かに秦城(しんじよう)監獄をはじめとした政治犯が入れられる十ヶ所の刑務所を調べましたが、老師の情報は得られませんでした。現在はさらに捜索範囲を広げています」

栄珀は大きな溜息と共に答えた。彼のことなので、政府機関のサーバーをハッキングして調べているのだろう。ちなみに秦城監獄は正式名称を〝公安部看守所〟といい、党の幹部や高級官僚が収容される専門の監獄で、一般の監房と違って設備も待遇もいい。

「老師は他の政治犯とは格が違う。刑務所に入れられているとは限らないぞ」

「そうかもしれません。しかし、もし、このまま見つからないようでしたら、私は最後の作戦を実行させるつもりです」

栄珀は真剣な表情で言うと、両手の拳を握りしめた。

「最後の作戦？」

夏樹は射るような視線で栄珀を見た。

「老師はこんな場合に備えて檄文を作成されました。それを全軍の上将、中将、少将に同時に送ります。躊躇される方もいるでしょうが、賛同して軍を動かす将官は必ず出てきます。それだけ、軍でも現政府に対する不満が出ています」

「クーデターか。成功するか否かは別として、中国は大混乱になるな」

夏樹は小さく頷いた。

「しかも、政府が中央統戦部を使って国内にいる第三処の職員を殲滅させた非情な手口は、総参謀部の工作員たちを震え上がらせるどころか怒りを買っています。檄文が世に出れば、彼らは政府の要人を暗殺するでしょう」

「望むところだが、そうなると今度は中国の政治的混乱に乗じ、ロシアとインドを筆頭に、領土問題で日頃から中国に脅かされていた国が侵攻するはずだ。間違いなく周辺国を巻き込んだ戦争になるだろうな。ただでさえ、新型コロナで世界中はパニックになっているのに、それは困る」

夏樹は腕組みをして唸(うな)った。

「侵入者です」

柊真は駐車場の監視映像を指差した。二台の車が入ってきたのだ。

「脱出するか」

夏樹は表情も変えずに立ち上がった。

4

午後十一時二十五分、吉林市博物館。

柊真は博物館の西側にある職員用の出入口から栄珀と脱出した。

夏樹は館内に一人で残っている。博物館の駐車場に二台の黒いセダン、上海大衆・斯柯達(シュコダ)が侵入し、八人の男が降りてきた。彼らに対応するためで、柊真は栄珀を無事に逃がすという役割を担ったのだ。

博物館の西側には江南公園の森が深い闇を作っていた。森の向こうには高層マンションが並び、その前に泰山路が通っている。栄珀は自分の車をその路肩の駐車帯に停めたらしい。マンションの住民も利用しているので怪しまれないそうだ。

「ライトを点けるな」

柊真はわざと掠れた声で栄珀に注意した。失声症の振りだけでなく、片言だとしても怪しまれないと夏樹にアドバイスされたのだ。ポケットから小型の単眼暗視スコープを取り出した。夏樹が用意していたものである。諜報員にとって必需品のようだ。電源を入れると、暗視スコープを左目で覗いた。二、三十メートルほど先までクリアに見える。遊歩道もあるが、回り道になる上に見通しが利くので目立つ。あえて木々の間を抜けた方が安全だろう。

「足元も見えない」

栄珀が囁くような声で文句を言った。

「付いてこい」

柊真は右手で栄珀の左肩を摑むと、森に進んだ。

「ゆっくり、歩いてくれ」

栄珀はなんとか歩いているが、この男は隙だらけで格闘技はまったく駄目らしい。

森を抜けて高層マンションの敷地を通って建物の陰から泰山路を見ると、駐車帯に四人の男が立っている。グレーの迷彩防寒服を着ており、一般人ではないのは一目瞭然だ。博物館に直接乗り込んだ男たちとは別に、博物館の東側の吉林大街と西側の泰山路にも人員が配備されているようだ。

「どうして？」

栄珀は首を捻っている。彼は第三処出身のために監視下に置かれていたのだろう。念のために彼のスマートフォンは博物館に置いてきた。スマートフォンのGPS信号を追ってきたに違いない。また、栄珀の車にも位置発信機が取り付けてあるのかもしれない。

「ここで、待て」

柊真は栄珀を建物の陰に押しやると、歩道を抜けて駐車帯の車の後ろに隠れた。

四人の男たちは博物館の方角を見つめてじっとしている。栄珀が逃げてきた場合に備えているのだろう。

柊真は車を回り込んで一番端に立っている男の背後から近付き、首筋に強烈な手刀を入れて気絶させた。すかさずその隣りにいる男の膝の裏を蹴って跪かせ、脳天に肘打ちを落とす。男は呻き声を上げて倒れた。

「何っ！」

他の二人が同時に振り返った。

柊真は男たちに駆け寄って腰を落とし、右側の男が放った回し蹴りを頭上でかわす。続けて左の男のパンチと交差させて左ストレートを相手の顎に決め、後ろ蹴りを右側の男の鳩尾に入れた。

距離があったので、蹴りが不十分であることは分かっている。後ろ蹴りで回転しながらとどめの左回し蹴りをよろめく男の側頭部に叩き込んだ。四人の男たちを十秒とかからずに昏倒させた。

柊真は倒れた男たちのポケットを探り、ＩＤと車の鍵を探し出すと、建物の陰で様子を窺っている栄珀に手を振った。

「あんまり強いんで腰を抜かすところでした」

栄珀は強張った表情で笑ってみせた。

「車のドアを開けろ」

柊真は栄珀に命じた。

「はっ、はい」

栄珀は言われるままにポケットから出したリモートキーのボタンを押すと、数メートル先の白のフォルクスワーゲン・パサートがハザードランプを点灯させた。

柊真は助手席のドアを開けると、ナビシステムのモニターを力ずくで引きちぎり、本体を92式手槍のグリップで叩き壊した。

「なっ……」

栄珀は両手を上げたものの、肩を落とした。自分が男たちを呼び寄せたことをようやく理解したようだ。

ドアを閉めた柊真は、盗んだ車のキーのロック解除ボタンを押した。近くに停められていた黒のシュコダが今度はハザードランプを点滅させる。

「車に乗れ」

「わっ、分かりました」

栄珀は青ざめた顔で、シュコダの助手席に乗った。

柊真は運転席に乗り込み、ダッシュボードの中から位置発信機を取り出して窓から捨てると、車を急発進させた。公用車の位置発信機は同じ場所に設置されているらしい。

「この先、どうなるんですか？」

栄珀は不安げに尋ねた。

「おまえの車は盗まれたことにする」

柊真は夏樹の考え出したストーリーに沿って話した。

「だから、私の車のナビシステムを泥棒の仕業(しわざ)として壊したんですね」

栄珀は頷いたものの首を傾(かし)げた。まだ納得していないのだろう。

柊真は東に進んで吉林大街を渡って宜山路に入り、1ブロック先の交差点で車を停めた。この辺りは繁華街だが、この時間というよりも非常事態宣言が出されているために店はすべてシャッターが下ろされている。

「路地裏のカラオケバーで、車を盗まれたと通報しろ」

柊真は顎で車を降りるように示した。

表通りの店はすべて市の命令に従っているが、裏通りの店はひっそりと営業していることを夏樹は調べてあった。そのカラオケバーは裏で売春もしており、主な顧客は非常事態宣言下で公安警察に見つかっても咎(とが)めを受けない市の役人らしい。栄珀は下士官といえども、そのトップの一級軍士長である。充分に夜遊びの資格はあるだろう。

「なるほど」

栄珀はようやく理解したらしく、車を降りて路地裏に消えた。カラオケバーで女に金を摑ませれば、アリバイ工作もできる。これで、彼の安全は確保された。

柊真は彼を見届けると車を走らせた。


夏樹は博物館に侵入してきた連中に見つからないように西の出入口から一旦外に出た。二台のシュコダから降りた八人の男たちは、銃を構えて博物館の南の裏口から入っている。博物館は広いので手分けして不審人物を探していることだろう。

夏樹は博物館から出る際に、自分たちの指紋を拭(ふ)き取るだけでなく、ちょっとした仕掛けをしてきた。

「そろそろ、いいだろう」

夏樹はウィンドブレーカーの前をはだけて、ネクタイの歪みを直して博物館の裏口から入った。

廊下を進み、中央の展示室に入ると、六人の男たちが振り返った。あとの二人は別の場所にいるのだろう。彼らはグレーのマルチカム迷彩服を着ている。人民軍の特殊部隊が着用する十八式とも色が違うが、彼らの正体は分かった。夏樹も見るのは初めてであるが、中央統一戦線工作部の工作員である。

「おまえたちは、何者だ？　窃盗団じゃないのなら所属を言え」

夏樹は命令口調で言った。

「我々は所属を言うことができない。あなたはどうなんだ？　民間人じゃないのだろう？」

一番年配の男が質問で返してきた。

「名乗れない機関か。あまり関わりたくはないな。だが、私も同じだ。周永博、階級は三級警監だ。それで察してくれ。名前ぐらい教えたらどうだ。まともな会話もできないだろう」

夏樹は肩を竦めてみせた。警察である公安なら所属は言える。だが、警監という階級で名乗れないということは安全部ということである。

「恐れ入ります。私は孫英崑、階級は二級軍士長です。失礼ですが、どうしてここにいらっしゃるのですか？」

孫は言葉遣いを改めた。警察機関の階級とは比べられないが、それでも三級警監の方が感覚的には上だと判断したのだろう。

「吉林大街を走っていたら博物館に人影が見えたので、調べていたところだ。犯人の狙いは〝吉林二号隕石〟だったのだろう。国外に持ち出せば、高く売れるからな。犯人らは私に気付いて西の出口から逃げた。その際、犯人の一人がこれを落として行った」

夏樹はスマートフォンを孫に見せた。栄珀のものである。孫らは彼を尾行してここまで来たはずである。栄珀は細心の注意を払って博物館に来たという。とすれば、スマートフォンの位置情報で居場所を突き止められたに違いない。栄珀は公安に車内に置き忘れたスマートフォンも盗まれたと証言するだろう。

「犯人は複数いたのですか？」

「三人は確認した。だが、マスクをしていたので、顔は確認できなかった。年齢は三十代半ばだろう。それよりも、君らこそどうしてここにいる。私はさきほど知り合いの公安の警察官に通報しておいた」

夏樹は柊真らを送り出すと〝吉林二号隕石〟の展示ケースを破壊した。さすがに〝吉林一号隕石〟を盗み出す馬鹿もいないからだ。ホテルから工兵連隊基地までパトカーで案内してくれた公安部の方俊に連絡を入れてから博物館を出ている。

パトカーのサイレンが聞こえてきた。

「君らも証言してくれるのかな」

夏樹は孫と他の男たちの顔を見て言った。

「我々は退散する。目撃者のあなたが対応するのが一番だ」

孫は右手を上げ、男たちをまとめると裏口へと消えた。

夏樹は栄珀のスマートフォンをポケットに仕舞うと、自分のスマートフォンを出して柊真に電話をかけた。柊真は栄珀をカラオケバーの近くで降ろした後、車を乗り捨てて戻ってくることになっていた。

「後ろにいますよ」

「何！」

夏樹は慌てて振り返った。まったく気配を感じなかったのだ。

「すみません。驚かせるつもりはなかったのですが、孫らに見つかりたくなかったので、隠れていたのです」

柊真は頭を掻きながら右手奥から出てきた。東側の出入口から入ってきたようだ。

「早かったな」

苦笑した夏樹は、スマートフォンをポケットに戻した。

「たまたま栄珀を降ろした場所から三キロほど東にビルの工事現場があったので、そこに隠しておきました」

柊真は平気な顔をしているが、博物館から四キロ近く離れている。時間的に全力で走って帰ってきたはずだが、汗はかいているものの息はまったく乱れていないのだ。

「公安が間もなく現れる。対応は任せてくれ」

夏樹はいつものクールな表情に戻った。

「お任せします」

柊真は親指を立てて笑った。

5

吉林市、第二十五工兵連隊基地内留置場、六月十六日午前十一時。

夏樹は昨日に引き続きフランス人ルブールの尋問を行っている。柊真はその傍(かたわ)らで書記をしているが、昨日よりは場に馴染(なじ)んでいる。

「十一時か、これですべての尋問は終わる」

腕時計で時間を確認した夏樹は、目を通していたファイルを閉じた。

「本当か？　助かった。二日続きで疲れた」

ルブールは大きな欠伸をしてみせた。

「終わりだ。君をフランスの諜報員だと認定したからな」

夏樹は冷淡に言った。

「ばっ、馬鹿な。私はただの技術者だぞ。会社にちゃんと問い合わせてくれ」

ルブールは立ち上がってテーブルを叩いた。

「君を雇っている会社はパリのピエール・フォンテーヌ通りにある。私はあの通りにあるカフェ・ブランシュのオニオンスープが好きでね。知っているだろう？」

夏樹は右手でルブールに座るように示した。

「知っているさ。当然だろう」

ルブールは腕を組んで腰を下ろした。

「カフェ・ブランシュがあるのは、1ブロック西のブランシュ通りだ」

夏樹は表情も変えずに言った。

「そっ、そうだった。本社にはあまり顔を出さないんだ。いつも出張続きでね」

ルブールは肩を竦めて見せた。

「馬鹿な男だ。私が君の会社を調べないとでも思ったのか？　社長のローラン・ベロンは偽名だ。本名はマニュエル・アンリ、DGSE情報局の係長だ。君の勤めている会社はDGSEのダミー会社だ」

夏樹はルブールを人差し指で指した。

「なっ……」

ルブールは天井を見上げ、首を振った。

「君みたいな、二流のスパイを見ると胸糞悪くなる。ＤＧＳＥも落ちぶれたものだ」

夏樹は右手を上げて軽く振った。マジックミラーを通して隣りの部屋にいる于に知らせたのだ。

ドアが開き、二人の制服を着た職員が現れ、ルブールを連れ去った。

「ご苦労様です。半年以上手こずらせた男をたったの二日で落とすとはさすがですね」

于は尋問室のドアを開けると、閉まらないように手で押さえ、柊真らに先に出るように促した。

「ありがとう」

夏樹は頷くと柊真とともに部屋を出た。

「またフランスに戻られるんですか？」

于は玄関まで二人に付き添った。

「フランスは入国制限をしている。中国人は特に駄目だ。北京の本部に戻る。だが、急いで帰ってこいとは言われていないので、休暇を取った。三、四日、吉林市でゆっくりするつもりだ。北京と違って、こっちの空気は綺麗だからな。帰るまで車は借りていてもいいだろう？」

「どうぞ、ご自由に」

于が返事をすると、柊真は玄関から先に出て車を取りに行った。

「浄月潭(じょうげつたん)は、行ったことはあるか？」

夏樹は柊真の後ろ姿を見ながら尋ねた。

浄月潭は国家重点風景名勝区と名付けられ、区内にはアジア最大の人工森林や湖や山々などがあり、四季折々の大自然が楽しめる観光スポットである。

「もちろんです。いいところですよ。私が知り合いに頼んで、ホテルの予約をしましょうか？　規制中なので民間人は宿泊できませんが、あなたなら問題なくチェックインできますよ」

于は自分のスマートフォンを出した。共産国家は平等だというのは、真っ赤な嘘であることは今や周知の事実である。緊急事態宣言が出されていても、共産党幹部や軍幹部の特権階級は自由行動が許されているのだ。

「それには及ばない。ドライブしながらホテルを探すつもりだ。たまにはのんびりとすごしたいんだ。位置発信機は外してもいいだろう？」

夏樹はさりげなく尋ねた。

「位置発信機？　公用車に取り付けてあるんですか？」

于は両眼を見開いている。本当に知らなかったらしい。

「余計な情報を与えてしまったらしいな。今言ったことは、誰にも話すな。それから、私に車を貸したことを上層部に黙っていてくれ。休暇が台無しになる」

夏樹は声を上げて笑った。

柊真が運転する風神・S30が、玄関先に停まった。夏樹は助手席に乗り込んだ。むろん演技である。

「よい休日を」

于が嬉しそうに手を振った。

「呑気なものですね」

柊真はバックミラーを見て笑った。

「地方の役人はそんなものだ」

夏樹は鼻から息を吐き出した。

「本当に休暇を取るつもりですか？」

「そのつもりだ。コロナのせいで身動きが取れない。他の国に移動するにしても、今回のような仕掛けが必要になる。頼りは栄珀だけだ。彼の探索の結果を待つほかないのなら、ここで待った方がいいだろう。それに地方の役人は騙しやすいからな。下手に北京に行けば、見破られる可能性もある」

「そうですね。ただ、孫英崑が気になりますね。あの男は油断なりませんよ」

柊真は博物館で見た男たちが気になっている。

「あいつらは、中央統戦部の諜報員だ。マルチカム迷彩防寒服を着ていただろう。陸軍の特殊部隊よりも濃い色をしているんだ。昨日は寒かったこともあるが、近辺の山岳地帯にも出動できるように装備しているのだろう。用心深い連中だ」

夏樹はサイドミラーを横目で見ながら言った。尾行がないかを確認しているのだ。

「中央統戦部？　中央統一戦線の工作部のことですか？」

柊真も名前だけは聞いたことがある。

「栄珀は、国内にいる第三処の職員を殲滅させたのは中央統一戦線だと言っていた。梁羽を拉致したのもやつらだろう」

「第三処って国外で諜報活動するのが主たる業務ですよね。ということは国外にいる職員の方が多いはずです。彼らに影響はなかったんですか？」

柊真は単純な疑問を口にした。

「私のように身の危険を感じて、別人になりすまして逃亡している者もいるだろう。だが、出頭命令を受けて本国に帰還した者もいるはずだ。その手の情報は一切分からない」

夏樹はサイドミラーを凝視している。

「やはり、後方の車が気になりますか？」

柊真はバックミラーを見ながら言った。距離は百五十メートルほど後ろだが、黒い車が基地を出た直後から付いてきている。しかも、シュコダなのだ。

「私の考えが甘かったようだ。当局は栄珀を軽んじて生かしていたんじゃない。第三処の残党の中心人物として泳がせていたのだろう。ホテルには戻れないな。戻る必要もないが」

夏樹は鼻先で笑い、サイドミラーから視線を外した。

6

風神・S30のハンドルを握る柊真は、高速道路を東に向かっている。

助手席の夏樹は眠っているのか、腕を組んで目を瞑っていた。

工兵連隊基地から出た柊真らは尾行されていることに気付き、ホテルには帰らずにそのまま市内を抜けて吉林省延辺朝鮮族自治州の延吉市と結ばれている吉延高速公路を走っているのだ。ホテルにスーツケースなどの荷物は置いてあるが、いつでも脱出できるように最低限の着替えとパスポートや金などは小さなバッグに入れて持ち歩いていた。

尾行に気が付いた夏樹は、栄珀に彼の安全を確かめる暗号メールを送っている。すぐに返事は届き、問題はないそうだ。当局は栄珀の開発した暗号メールを解読することはできないのだろう。そのため、栄珀に手を出すことはないが、彼に接触してくる人物はすべてチェックし、少しでも怪しいと判断すれば逮捕するはずだ。

シュコダは後方百メートルを走るトラックの後ろに付いていた。走行する車が少ないので、目立たないようにしているつもりなのだろう。吉林省ではロックダウンのために高速の出入口は閉鎖されていたが、夏樹は警備に当たっていた公安警察官に身分証を見せて任務だと言って通っている。シュコダも付いてきたということは、公安警察官に有無を言わせぬ立場にあるということだろう。

「ガソリンを入れるついでに、飯でも食うか」

両手を伸ばした夏樹は、欠伸をしながら唐突に言った。時刻は午後一時を五分ほど過ぎており、柊真の胃袋は二時間前から食べ物を欲している。

「サービスエリアがあることを知っていたんですか？」

柊真は目の前に現れたサービスエリアの案内板を見て口笛を吹いた。夏樹は高速公路の地図が頭に入っているようだ。

「基地から出発して百キロ以上走っている。連中がどう出るか見ものだな」

夏樹はバックミラーを見て言った。

柊真は二キロ先のサービスエリアに車を入れた。ガソリンスタンドとレストラン棟があり、趣（おもむき）は違うが日本と似たような地域の特産品を売るマーケットもある。ガソリンを満タンにして駐車場に車を停めると、二人はレストラン棟に入った。朝鮮料理、中華料理、中華風ファーストフードのコーナーがある。

柊真と夏樹は無難にチャーハンと小籠包をトレーに載せ、イートインコーナーにある四人席に座った。客は少なく、物流を政府から許可されたトラックの運転手ばかりが食事をしている。

「一緒に食事をしていいですか?」

トレーを手にした孫英崑が、柊真らの傍に立った。彼は吉林博物館で夏樹に出会ったことで、栄珀と接触したことを偽装したと疑っているのだろう。夏樹の身元も確認したに違いない。中央統戦部なら他の情報機関の情報を取り寄せることも簡単なはずだ。だが、夏樹が第三処ではなく、国家安全部だったため戸惑っているに違いない。

「奇遇だね。孫二級軍士長。座りたまえ。君たちも休暇かね?」

夏樹は大袈裟に喜んでみせた。尾行していたのは、彼とその部下であることをサービスエリアに入ってから確認している。車には孫も含めて四人乗っていたのだが、レストランに現れたのは、孫だけである。柊真らが逃げ出す可能性もあると考え、部下は車で待機しているのだろう。また、サービスエリアの駐車場はトラックばかりで目立つため、孫も夏樹に挨拶せざるを得なかったのだろう。

「ありがとうございます。我々は任務で黒龍江省に行きます。周警監は、どちらへ?」

孫は魚料理のプレートをテーブルに置くと、笑顔で椅子に座った。口元は笑っているのだが、目は醒めている。

「私は敦化市の知人に会いに行く。黒龍江省に任務とはご苦労なことだ」

夏樹はスプーンを手にしているが、料理に手をつけていない。柊真は箸で小籠包を食べた。無難な味である。夏樹と孫の会話に加わらないようにひたすら食べるつもりだ。

「敦化市ですか。どのようなお知り合いですか？」

孫は笑顔を崩さずに質問を続けた。

「君にプライベートな話をするつもりはない」

夏樹は冷ややかな視線を孫に浴びせると、スプーンでチャーハンを掬った。

「失礼しました。休暇とは羨ましいですね」

孫は魚の蒸し料理を箸でつついた。腹は減っていないようだ。

夏樹は孫を無視し、黙々とチャーハンを食べ始めた。柊真は会話できないように小籠包をまとめて口に運んだ。

孫は夏樹と柊真を交互に見ていたが、気まずいと思ったらしくプレートを手に他のテーブルに移った。

食事を済ませた柊真と夏樹は、サービスエリアを出発した。孫はシュコダに乗り、再びあとを追ってくる。

「嘘つきですね。どうしますか？」

一時間後、Ｇ11鶴大高速とのジャンクションで柊真はバックミラーを見て笑った。シュコダはジャンクションの分岐を無視して柊真らの車の後を走っている。黒龍江省に行くのならＧ11鶴大高速に入らなければならないのだ。

「敦化の出口から高速を下りて、２０１国道を北に向かい、橋を渡って牡丹江の川岸道路に入るんだ。スピードを上げてくれ」

夏樹は自分のスマートフォンに地図を表示させて早口で説明すると、すぐに仕舞った。

「了解」

柊真は地図を頭に叩き込んだ。数秒見せられただけだが、それで充分だ。柊真は銃を抜くとスライドを引いて初弾を込めてホルスターに戻すと、ウィンドウを開けた。夏樹の意図は分かっている。相手の出方によっては、殲滅するということなのだろう。

高速道路を下りて２０１国道から橋を渡り、舗装もされていない川岸の道路に入る。道沿いに住宅があったが、すぐに途切れて畑になる。人気がまったくない場所になった。夏樹には事前に尾行に対処する計画があったらしい。

シュコダは離されまいと、距離を縮めてきた。しかも助手席の男が身を乗り出し、銃を構えた。夏樹らが逃亡を図っていると判断し、殺傷もやむなしということだろう。

夏樹はおもむろに銃を抜くと左手に持ち替え、腕だけ窓から出して連射する。シュコダの助手席と後部座席の男に命中した。

だが、運転席の男は頭を下げて巧みに運転している。しかも、後部座席の孫が反撃してきた。

「運転席の男を撃ってくれ」

夏樹はハンドルを横から握った。助手席からは狙いにくいのだ。

「了解」

柊真は銃を抜くと身を乗り出し、ハンドルの隙間を狙う。二発目で運転している男の眉間を撃ち抜いた。

車は蛇行して道を外れ、川岸の木に激突して止まった。

柊真は車を停めると、銃を構えて車を降りた。

夏樹は助手席から飛び出し、シュコダの後部座席から孫を引き摺り下ろした。孫は足元をふらつかせている。夏樹は風神・S30の後部ドアを開けて孫を押し込むと、その隣りに乗り込んだ。

先に車に乗っていた柊真は、アクセルを踏んだ。近隣に住宅はないので銃声を聞かれた可能性は低いが、踏みとどまるのはリスキーだ。

「梁羽の居場所を教えろ」

夏樹は孫の眉間に銃口を当てて尋ねた。

「……しっ、知らない。梁羽？」

孫は頭から血を流している。車がぶつかった衝撃で、怪我をしたようだ。

「総参謀部・第二部第三処長、梁羽だ。中央統戦部が拉致したことを知っているんだぞ！」

「わっ、私のような下っ端は、知らない」

夏樹は、声を荒らげた。

「死にたいのか？」

夏樹は孫の右膝を撃ち抜いた。

「やっ、止めてくれ。梁羽拉致の実行部隊なら知っている」

孫は頭を振って悲鳴を上げた。

「嘘なら、左膝も撃つ」

夏樹は銃口を孫の左膝に当てた。

「拉致したのは、第二部特殊部隊、隊長は陳龍少校だ！」

孫は叫ぶように答えた。

「ご苦労」

夏樹はドアを開けると、孫を車から蹴り落とした。

「殺さなかったんですね」

柊真はバックミラーで孫が川岸に転がっていくのを確認した。孫の部下を殺し、顔も見られている。賛成はできないが、冷たい狂犬と呼ばれている夏樹なら絶対孫を殺すと思っていたのだ。

「部下を三人も殺されて、生き残った。機密情報を外部に漏らしたことは自明だ。部に戻れば、処刑される。殺すまでもない」

夏樹は淡々と答えた。諜報の世界では当たり前のことらしい。孫は政府から追われる身になったということだろう。

「これから、どうするんですか？」

柊真は頷きながら尋ねた。

「延辺朝鮮族自治州から国境を越えてロシアに脱出する」

「それじゃ、吉延高速を使います」

柊真はにやりとすると、荒地でUターンした。ロシアの国境を目指していると、あらかじめ予測していたのだ。

「任せた」

夏樹は腕を組んで深々とシートに座った。

謎の武官

1

ラオス、ルアンパバーン国際空港、六月十六日、午後四時五十分。

世界遺産に登録されている旧都ルアンパバーンの空港は、村上春樹氏が紀行文で「街そのものより、街外れにある飛行場の方がたぶん大きいだろう」と書いている。

実際は街の方が大きいのだが、不釣り合いな大きさと言いたかったのだろう。中国政府の援助により、三千メートルの滑走路に拡張され、空港ビルも赤橙色の屋根の立派な建物になった。中国が威信をかけた工事だっただけに立派である。

また、ルアンパバーンは中国の一帯一路政策で進められる中国ラオス鉄道の駅も建設され、経済的にますます中国の支配下になりつつある。中国はインドなどの大国とは領土問題で紛争も辞さないが、格下とする国には金の力で静かな侵略を推し進めているのだ。

税関を抜けた浩志は、到着ロビーに出た。ＰＣＲ検査など新型コロナ対策は入管前の検温だけで、発熱など感染が疑わしい者のみ隔離するという緩い防疫態勢である。ラオスの医療態勢は整っていないため、感染したら死を覚悟しなければならないと言われており、入国する者もそれなりに覚悟がいる。

浩志と美香は三日前の六月十三日に、予定通り十三時十五分澳門国際空港発の便に乗って台湾に脱出した。彼女とは翌日に台湾で別れ、浩志は再びチェンマイに戻り、仲間と合流している。

睡眠薬で眠らせてコンテナに積み込んだ徐誠も無事に台湾に到着し、現地のＣＩＡ職員に回収された。対応したのは誠治の部下らしいが、極秘にチャーター便にコンテナごと移し、米国に直行したそうだ。

誠治からは米国のどこに匿っているかは秘密だが、徐誠が協力的な態度だと連絡を受けている。だが、拉致された梁羽の居所は知らないそうだ。また、彼が手にしていたＵＳＢメモリの情報は、反習近平同盟とも言うべき人物のリストらしい。

浩志はリストのデータを友恵に送り、現在中国国外に住んでいて、かつ中央統戦部に詳しい人物がいるか調べさせた。彼女は様々なデータから数名の人物を絞り込み、その中から浩志は、チェンマイからもっとも近いラオスにいる人物を選び出したのだ。絞り込んだ候補者から一人ずつ接触して梁羽の手掛かりを得るほか、今は手立てはない。

到着ロビーはマスクをした警察官と空港職員が目立つ。浩志が乗ってきた便の降客は八十人ほどか。もともと地方都市の空港だけに便数も少なく、新型コロナの影響でがらんとしている。とりあえず目の前の土産(みやげ)店の隣りにある両替所で、米ドルをラオス通貨であるキープに交換した。

「藤堂さん、タクシーに乗りますよ」

振り返ると、辰也が声をかけてきた。その隣りに加藤、瀬川、鮫沼の姿もある。彼らは先に税関を抜けていたので、両替も済ませていたらしい。

浩志は新型コロナにも免疫があると言われている。だが、仲間は無防備なため、随行する人員を四名に限定した。任務はルアンパバーンにある中国領事館の職員に接触することである。戦闘を想定していないため、希望者を募ったのだが、全員が挙手したためにくじ引きにし、辰也ら四人があみだくじで決まったのだ。

両替所の隣りにあるタクシー乗り場の係員に、行き先と人数を伝える。タクシーと言っても乗用車ではなくバンのため、人数によっては乗り合いになるのだ。白のハイエースに浩志らは乗り込み、予約したメコン・リバービューホテルに向かった。

タクシーは空港前のフェサラット・ロードを西に進み、ナムカーン川を渡って大きく蛇行する川沿いの道路を通る。

河岸に生い茂る椰子(やし)の木が涼しげな影を作っていて思わず窓を開けたくなるが、熱風が入るだけである。気温は三十四度。湿度が高いため不快指数も高いが、車内はエアコンが強めに設定されているらしく快適だ。十二分後、ナムカーン川がメコン川に流れ込む河口の前にあるホテルに着いた。

浩志と美香が香港で活動した経費は、当初自腹であった。だが、徐誠の亡命を成功させたことで、CIAから予算が出ている。日本の傭兵代理店の池谷悟郎がいつもの裏ルートで契約したのだ。

屋根がある二階建ての建物が敷地内に数棟あり、一階は白の漆喰の壁で、二階は伝統的な木造建築というアジアンテイストのモダンな造りのホテルだ。任務先のホテルの予約は、代理店の麻衣が担当している。以前は友恵の担当であったが、事務処理は完全に麻衣が引き継いでいた。セキュリティの問題も考慮されているのだが、彼女たちはリゾートホテルを選ぶ傾向がある。

チェックインをした浩志は、早速フロントがある棟の二階にある部屋に案内された。四十二平米のツインルームで、バルコニーからはメコン川の水辺の景色が見渡せる。一人ではもったいない部屋だ。辰也は瀬川と、加藤は鮫沼と同室で同じ棟である。

ベランダから外を確認した浩志は、部屋に入って戸締まりをした。スーツケースから盗聴盗撮器発見機を取り出し、部屋をチェックする。これは日本の傭兵代理店から支給されたもので、最近では海外での任務の必需品の一つになっている。

ドアがノックされ、辰也らが入ってきた。チェックイン後にブリーフィングをすることになっていたのだ。

「座ってくれ」

浩志は表の通りと反対側にあるベッドに腰を下ろした。

四人はソファーと椅子にくつろいだ様子で座った。浩志もそうだが、観光客に紛れるように彼らもカジュアルな格好をしている。

「この街には傭兵代理店はない。だが、ヴィエンチャンの代理店が明日の午前中に各自のグロックとタクティカルナイフを届けてくれる。届けた社員が、そのままガイドもしてくれるそうだ」

事前に彼らには話してあったが、浩志は改めて言った。ヴィエンチャンの傭兵代理店には、昨日注文を出しておいた。ラオスの傭兵代理店は、傭兵代理店のグローバルネットワークに加入しているが、どちらかというと武器商人程度の小さな商売をしているに過ぎない。以前、浩志もハンドガンをレンタルしたことがある。

社長はチャナプット・ピロムというタイ系のラオス人で、小太りで気の良い男だ。タイ国軍のスウブシンに六年ほど前に紹介されたので身元はしっかりとしている。

「それじゃ、早いが飯を食いにいくか？」

三十分ほどブリーフィングをした浩志は、腕時計を見て言った。午後五時五十分と早いが、全員昼飯を食べていないので腹は減っている。

浩志はホテル前の道を西に進んだ。すでに地理は頭に入っているので、迷うことはない。

夕陽に輝くメコン川をバックに、夕涼みしている老人を通り過ぎる。長閑(のどか)な風景だが、やはり観光客は激減しているらしい。人通りはまばらだ。

五百メートルほど進んで左に曲がり、緩い坂道を上る。庭に熱帯植物が茂るレストランやホテルが道の両脇にある、実に雰囲気がある通りだ。

次の交差点を越えて三軒目のトタン屋根の小さなレストランの前で立ち止まった。

〝Nang Tao〟という小さな看板を出している。

「ここらしいな」

浩志は首を捻(ひね)りながらも店の中を覗(のぞ)いた。ルアンパバーンに来るのは初めてである。そのため、美香に街の様子を聞いておいた。すると、この店には絶対行くべきだと言われたのだ。

店内は営業前なのかと疑うほどに暗い。店員らしき若い女性が、多少顔を引きつらせながら手招きで席に座るように勧める。いかついマスク姿の男が五人もいるので、戸惑っている様子だ。客は三人ほどいたが、地元の住民らしい。彼らは浩志らと目を合わせないように視線を外した。

浩志は辰也と、あとの三人は隣りのテーブル席に座った。

「ラープ、スティッキーライス、それとカオソーイ五人前」

浩志は女性店員が持ってきたメニューを見ることもなく、美香から勧められた料理を注文した。注文は英語である。この街は年寄りはともかく、若い世代なら英語は通じると聞いたのだ。北部のタイ語なら通じるらしいが、英語の方が面倒はない。

「すみません。お邪魔してもいいですか」

店に入ってきた男が、いきなり話し掛けてきた。

「何？」

浩志は右眉を一瞬ぴくりと上げたが、にやりと笑った。

「紹介してもらえますか？」

マスクをした小太りの男は、愛嬌のある顔で辰也らを見回した。

「傭兵代理店の社長のチャナプット・ピロムだ」

浩志は右手を上げて紹介した。

「ホテルから出ていく姿を見たので、追いかけてきました」

ピロムは店内を珍しそうに見ている。はじめて入ったらしい。

「明日と聞いていたが、どうした？」

浩志は隣りに座るように椅子をずらした。

「コロナのせいで暇なんですよ。それに武器は、早く手に入った方がいいでしょう?」

ピロムは嬉しそうに言う。おそらくガイド料も一日分多く付ける気なのだろう。もっとも、この国のレートなので決して高い金額ではない。

「ありがとう。飯を奢るよ」

浩志は女性店員に一人分の追加をした。

2

翌日の午前九時、ラオス陸軍の制服を着た浩志は辰也が運転するハイラックスの助手席に乗り、ルアンパバーン市内を走っていた。後部座席にはピロムが座っている。

辰也はプー・バオ・ロードを右折し、百メートルほど先にある壁が黄色く塗られた屋敷の前で車を停めた。

周辺は塀で囲まれた敷地の広い建物が多い。ホテルもあるがほとんどは個人の住宅である。市の中心部であり、裕福な住宅地のようだ。だが、黄色い屋敷の敷地内には巨大な衛星パラボラアンテナがあり、大きな門の傍には二人の警備員が詰めている小屋があった。周囲の住宅からひときわ異質な存在感を放つのは、中国の領事館である。

ピロムは車を降りて小屋の前に立った。

「私たちはラオス人民軍の者です。武官の安波さんにはご連絡してあります。お取り次ぎ願えませんか？」

ピロムは詰所の警備員にラーオ語で言った。安波は徐誠の持っていたリストに載っていた人物である。

「お待ちください」

警備員はポケットからスマートフォンを出して電話をかけた。詰所と言っても屋根があるだけで壁もなく、日差しを避けるためにすだれが下げられており、小さな東屋と言った方がふさわしい造りである。

男が電話で確認を取ると別の警備員がステンレス製の飾り門をスライドさせ、運転席の辰也に手を振ってみせた。

「どうぞ、お入りください」

辰也は車を領事館の前庭で停めた。外からは見えなかったが、建物の右手には地下駐車場の入口がある。

「外観はレストランのようですけど、意外としっかりとした造りになっていますね」

辰也は振り返って敷地内を見て感心している。

「きょろきょろするな。怪しまれる。この建物の窓は防弾ガラス、壁には鉄板が埋め込まれているそうだ。中国人はラオスに平和が続くとは思っていないのだろう。常に紛争勃発に備えているに違いない」

鼻先で笑った浩志は、車を降りた。入れ違いにピロムが戻ってきた。

「本当に私が一緒でなくていいんですか？　私は助かりますが」

ピロムは心配げに尋ねてきた。

「なんとかなるだろう」

浩志はピロムの肩を叩くと、領事館のエントランスに入った。

エントランスに立っていた二人の警備員が浩志の前に立ち塞がった。彼らの後ろには受付カウンターがあるが、職員の姿はない。コロナ対策で移動制限がされているため、パスポートやビザ申請などの業務がないためだろう。

「シワラック・トンラオ少佐ですね。すみませんが、ボディチェックさせてください。それから、マスクを外していただけませんか？　館内でコロナに感染する心配はありません。職員は警備員も入れて毎日のようにＰＣＲ検査をしていますので。もっとも、あなたが感染者というのなら話は別ですが」

受付カウンター横のドアが開き、体格のいい男が現れて言った。身長は一七五センチほど、年齢は五十二歳と聞いているが鍛えられた太い首をしている。男は流暢な英語を話した。

「ミスター・安波ですね」

浩志も英語で尋ね、マスクを外して両手を軽く上げた。安波はラーオ語が話せないため、英語でコミュニケーションをとっていると調べは付いていた。ちなみにシワラック・トンラオは友恵がラオス人民軍のサーバーをハッキングし、それらしき軍歴を書き込んだ架空の人物である。浩志は彫りが深く、真っ黒に日焼けしているため、充分ラオス人に見えるのだ。

警備員の一人が後ろからボディチェックをし、前に立つ男が非接触型体温計を浩志の額に翳した。

「少佐。こちらへ」

安波はボディチェックを終えた浩志を、彼が出てきた別室に招いた。二十平米ほどの広さがあり、ソファーセットが置かれた応接室である。

「この部屋は大丈夫なんですか？」

浩志は両手を上げて見せた。盗聴盗撮器はないかと尋ねたのだ。

「大丈夫ですよ。冷たいものでも飲みますか」

安波も笑ってみせると浩志にソファーを勧めた。壁にかけてある絵画とその対面にある時計に隠しカメラが仕掛けてあるのだろう。目視できる監視カメラがないことが、かえって怪しい。

「できれば、外のレストランで冷えたビアラオでも飲みながら話しませんか？」

浩志は首を振って答えた。

「そうしたいのは山々です。だが、新型コロナが収束するまで、職員は外出を基本的に禁止されているんですよ」

安波は肩を竦めた。

「私は公式では情報将校ですが、実は非公式の部署に所属しています。軍事上の耳寄りな情報をお教えできますが、密室で話すのは好きじゃないんですよ」

浩志は室内をわざとらしく見回した。

「あなたのような方は、たびたびお見えになりますが、この部屋で拝聴できないことを別の場所でできるとは思えません」

安波は苦笑してみせた。彼は浩志がどうでもいい情報を売りつける姑息な軍人だと思っているらしい。それにラオスのような小国の軍人程度、耳を傾けるような情報は持っていないと思っているのだろう。

「実は私の知り合いにタイの参謀本部に所属する軍人がいます。彼から中距離ミサイルの発注先について情報が入っているんですが、興味はありませんか？」

浩志は意味ありげに笑ってみせた。

タイ陸軍の主力戦車ＶＴ−４、ＳＲ４ロケット砲、ＤＴＩ−１長距離ロケット砲などは、中国がタイに輸出したものである。また、指揮官クラスを中国で訓練させるなど、タイは中国と協力関係にあった。

だが、二〇一九年に総選挙が行われてタイが民主化すると、六十台のストライカー装甲車を米国から導入し、米国との協力関係を復活させた。中距離ミサイルは中国の得意分野である。ミサイルをタイに売ることができれば、タイと米国の間にクサビを打ち込める可能性があるのだ。ラオスと違ってタイは東南アジアの中堅国として重要な位置を占めている。中国にとってタイの民主化は頭痛のタネなのだ。

「本当ですか？」

安波は両眼を見開いた。

「情報を事前に知っていれば、もちろん中国にとって有利になるでしょうね。今日はお時間をいただき、ありがとうございました」

浩志は立ち上がると、安波と握手をした。

「……こちらこそ」

安波はさりげなく握手した右手をポケットに入れた。握手した際、彼にメモを握らせたのだ。

浩志は領事館を出ると、中庭に停めてあるハイラックスの助手席に乗り込んだ。

安波は玄関まで見送りに出てくると、車に乗った浩志に頷（うなず）いてみせた。メモの伝言を読んだらしい。

「お疲れ様です。どうでしたか？」

辰也が車を出しながら尋ねた。

「種は撒いた」

浩志はぼそりと答えた。

3

午後六時二十五分。

ルアンパバーンの目抜き通りであるシーサワンウォン通りは、午後五時から十時まで様々な露店が並ぶナイトマーケットになる。

シーサワンウォン通りは八メートルほどの道幅があり、さらに幅二メートルの歩道がある。

ナイトマーケットでは左右の歩道からテントの露店がはみ出し、道の中央にも屋根がない露店が続く。中には大型のテントが道を埋め尽くし、買い物客がアーケードのようにテントの下にできた小道を歩くような場所もある。

昼間は眠っているかのように静かな街だったが、五百メートルに及ぶ沿道に赤やブルーのテントが並ぶ風景は圧巻とも言える。このマーケットに、観光客が吸い寄せられるように集まってくるのだ。さすがにコロナ禍で少ないようだが、買い物客はそこそこいる。

浩志はシーサワンウォン通り沿いにある寺院、ワット・マイ・スワンナプーム・アーハームの前にある雑貨店の脇に立っていた。生地が美しいタイパンやストールなどを扱っており、女性客が多いため無骨な浩志は少々浮いている。

ワット・マイ・スワンナプーム・アーハームはこの街で一番有名な寺院のため安波との待ち合わせ場所の目印にしたのだが、寺院の前にどんな露店が立つかまでは把握していなかったのだ。

――こちら、爆弾グマ。ターゲットが東の方角から現れました。

辰也からブルートゥースイヤホンに無線連絡が入った。四人の仲間を浩志が見える場所に配置し、無線機で連絡を取り合っている。ターゲットは安波のことで、領事館で彼に渡したメモに、この場所で午後六時半と書いておいたのだ。

「了解。一人か？」

――今のところ、一人のようです。

「ひき続き、警戒してくれ」

浩志は左手の雑踏を見ながら言った。Tシャツの上からゆったりとしたペイズリー柄のシャツをジャケット代わりに羽織っている。グロックはズボンの後ろに差し込んで隠していた。この時間になっても気温は三十二度あるので、じっとりと汗が滲んでくる。

「ナイトマーケットで待ち合わせとはね」

安波はハンカチで額に浮いた汗を拭きながら近付いてきた。「冷えたビール」でもと浩志が誘っていたので、エアコンの効いたホテルのレストランで待ち合わせするとでも思っていたのだろう。

「付いてきてくれ」

浩志は手招きすると、露店の狭い通路を抜けてワット・マイ・スワンナプーム・アーハームの境内に入った。マーケットの賑やかさが嘘のように寺院は静まり返っている。ライトアップされた赤い五重の屋根が美しい寺院の脇を通り、その裏に出た。

「ボディチェックをする」

「領事館のお返しですか？」

首を振った安波は両手を上げた。

浩志はポケットから盗聴盗撮器発見機を取り出し、安波のボディチェックをした。紺色の麻のジャケットに白い綿のズボンを穿いている。盗聴器や盗撮器はなかった。脇の下にホルスターに入った銃を持っていたが、そのままにした。

「ずいぶんな念の入れようですね。それだけ価値が高い情報を提供してくれるんですよね？　少佐」

安波は苦笑している。浩志を本当にラオスの情報将校だと信じているようだ。

「それは、あなた次第ですよ」

ゆっくりと浩志は寺院の裏庭から修道院横の通路を抜け、裏路地に出ると北に向かって歩いた。四人の仲間は周囲を警戒しつつ移動しているはずだ。

——こちら爆弾グマ、異常ありません。

——こちらサメ雄、異常ありません。

辰也のすぐ近くにいる鮫沼からの連絡である。彼らは浩志の後方を見張っている。

——こちらコマンド1、異常ありません。

瀬川からの連絡である。

——こちらトレーサーマン、異常ありません。

加藤からも連絡が入った。彼らは先回りしている。

突き当たりを左に折れ、二つ目の路地を右に曲がって数軒先の〝Hive Bar〟という店に入った。加藤と瀬川は店の近くで、煙草(たばこ)を吸って住民に溶け込んでいた。ラオスは屋外なら喫煙はどこでも可能だ。彼らは普段は煙草を吸わない。変装というほどでもないが、小道具である。

「このバーは、一度来てみたかったんですよ」

安波は店を知っていたようだ。

「ビアラオ」

浩志は入口近くで立っていたボーイに二本指を見せると、カウンターではなく奥のテーブル席に座った。店も道順もすべて美香に聞いておいた。彼女から「一緒に行けばよかった」と笑われている。

ボーイがすぐにグラスのビールを二つ持ってきた。生のビアラオである。

二人はすぐにビールを口にした。

「驚いた。これは、生のビアラオですか」

安波は目を丸くしている。浩志も喉が渇いていたせいもあり、あまりの美味さに驚いているものの表情には出さなかった。

「あなたは総参謀部の徐誠を知っていますか？」

浩志は唐突に質問した。

「徐誠、……さて？」

安波は首を捻った。だが、徐誠という名に反応している。油断している状態であえて尋ねたのだ。

「知っているようですね。総参謀部にも粛清の嵐が吹き荒れていると聞いています」

浩志は淡々と言った。周囲のテーブル席は空いている。事前に店に来て、奥の四つのテーブル席はリザーブしてあったのだ。

「何っ！」

安波は険しい表情になった。

「おまえと徐誠は軍の同期で親しかったはずだ。彼の居場所を知りたくないか？」

浩志は口調を変えた。

「彼は、死んだと教えられた。というか、処刑されたと思っている。君はラオスの情報機関の人間じゃないな。ＣＩＡか？」

安波は声を潜めた。

「徐誠は死んではいない。おまえは、総参謀部第二部のアジア諸国の情報を分析する第六処の副局長だった。だが、三年前に政府の一帯一路政策を批判し、中校から上尉に格下げされてラオスの領事館の武官という閑職に追い込まれたらしいな」

浩志は安波の質問には答えず、強い視線で見ながら言った。

「私のことを調べ尽くしたらしいな。目的はなんだ？」

安波は青ざめた表情で尋ねた。

「五月九日、梁羽が、中央統戦部に拉致されたことは知っているな」

浩志は安波の表情筋の動きを見逃すまいとじっと見つめた。

「知っている。老師が逮捕されたことで、第二部第三処はほぼ解体された。彼が中央政府に反旗を翻したためだと言われていたが、私はそうは思わない。老師は中央政府の暴走を抑えようと必死に働いていたが、政府を敵に回すことは避けてきたからだ。私が政府の一帯一路を批判したのは、祖国を正しく導きたいという老師と同じ思いからだ。言っておくが、降格左遷をされたからと言って、私は悔いていない」

安波は真剣な表情で言った。

「梁羽の行方を知っているか？」

「私も自分の情報網を駆使して必死に捜しているが、まだ見つかっていない。政府も老師を処刑するほど馬鹿ではないはずだ。必ず、見つけだす」

安波は拳を握りしめた。

「見つけたら、教えてくれ。俺が奪回する」

浩志は強い口調で言った。

「そんなことができるのか？　もう一度聞くが、ＣＩＡじゃないのか？」

「俺はどこの政府機関にも属さない最強の特殊部隊を率いている。それに様々なチャンネルの情報網を持つ。梁羽は大切な友人なのだ。おまえは、どうなんだ。見つけたところで何ができる？」

降格された武官では、何もできないだろう。

「見つけ次第、仲間に暗号携帯で教えることになっている。私の使命は老師の位置情報を摑んで教えることだ。誰かが動くはずだ」

安波が力強く言うと、ポケットから暗号携帯を出した。

「暗号携帯は何人持っている？」

浩志は首を捻った。

「私と徐誠を入れて五人だったが、最近新たに一名加わった。老師の情報が分かれば、新入りに報告するように教えられた」

「どうやら、その新人は俺のことらしい」

浩志はウェインライトから預かった衛星携帯電話機を出した。安波の暗号携帯とまったく同じ型である。

「まっ、まさか、鳳凰か？」

安波は例の暗号で尋ねてきた。

「鳳凰が飛ぶとは限らない」

浩志は暗号で答えた。

「中国系米国人だと聞いていたが、まさか会えるとは思わなかった」

安波は絶句した。

「馬用林から聞いたのか？」

「彼は老師に近い存在だったので、国外に脱出する前に聞いた」

ウェインライトは、身の危険を感じてタイで仕事をする振りをして脱出するつもりだったようだ。

「彼は俺の目の前で暗殺された。梁羽を救出するように直接頼まれたのだ」

「なんてことだ。これまで中国に貢献してきた彼を殺すとは……」

安波は首を振って歯軋り(はぎし)りをした。

「情報は得られるのか？」

「中央統戦部に知り合いの軍人がいる。彼から時間をかけて情報を得るために努力している最中だ」

「時間をかけて？　そんなことをしている間に、梁羽は拷問(ごうもん)され、洗脳されるぞ」

浩志は鼻先で笑った。

「それは分かっているが、下手(へた)に動けば、馬用林のように殺されるのがオチだ。味方の情報網は、粛清でどんどん狭まっている。急(せ)いては事を仕損じる、反撃のチャンスもなくなってしまうだろう」

安波は額に手をやって溜息(ためいき)を吐(つ)いた。

「だから、俺たちがいるんだ。俺に非通知にせずに電話をかけろ」

浩志は有無を言わせぬ強い口調で言った。徐誠からの電話は非通知であったため、連絡は一方通行だったのだ。

「分かった」

安波は自分の暗号携帯のキーを押した。

浩志の携帯電話機が呼び出し音を発する。これで、安波はウェインライトの仲間ということが証明された。

「作戦は俺たちが立てる」

浩志は自分の暗号携帯をポケットに仕舞った。

「徐誠は無事か？」

安波が尋ねてきた。

「米国に亡命させた」

浩志は席を立ちながら答えた。

4

東京、中目黒（なかめぐろ）、午後十時二十分。

目黒不動尊にほど近い住宅の裏庭に、柊真の祖父妙仁の道場がある。

道場に押し殺した気合が響く。

柊真と夏樹は、妙仁から古武道の手ほどきを受けていた。柊真も久しぶりのことで、高校を卒業してからは一度も稽古（けいこ）をつけて貰（もら）っていない。高校を卒業した後、すぐにフランスの外人部隊に入隊し、以来日本に帰ってなかったのだ。とはいえ、たった一人の肉親なので、連絡を絶やしたことはない。最近では妙仁もスマートフォンを使いこなすようになり、ビデオ通話もする。

昨日、中央統戦部の孫英崑から情報を得た二人は延辺朝鮮族自治州を抜け、スタンツィヤ・ハサンの国境でロシアに脱出している。夏樹はあらかじめ、中国とロシアの両国境警備隊をロシアの友人に頼んで買収していた。脱出ルートは確保してあったのだ。

二人はハサンからウラジオストクまで行き、そこで一泊した。翌日の十一時十五分、ウラジオストク国際空港発アエロフロート機で、成田国際空港に十八時八分に到着している。

柊真は夏樹を気遣って都内のホテルにチェックインするつもりだったが、夏樹が妙仁に会うことを切望したため、急遽実家に帰ってきたのだ。柊真が古武道研究家の妙仁の話を聞かせていたので、興味があったらしい。

「影山くん、君はなかなか筋がいいなあ」

妙仁は畳の上に転がっている夏樹に言った。夏樹に上段からの攻撃をさせ、それを巧みにかわして投げ飛ばしたのだ。

一時間ほど前から柊真と夏樹が交互に妙仁と組み手をしている。だが、二人とも妙仁に打撃を当てることができずに簡単にかわされて倒されるのだ。妙仁は七十を越しているが、息を乱すことなく二人を相手にしている。

「私の知っている技ではありませんでした。驚きました」

立ち上がった夏樹は、小さく頷いた。どうして投げられたのか頭の中で反芻しているのだろう。

「私は先祖から疋田新陰流を受け継いだが、それだけでは満足できなかった。だから、日本の古武道だけでなく、中国拳法やブラジリアン柔術も研究した。というか、未だに研究している。君の間合いは広い。手足が長く、運動能力も高いからだろう。だが、その分、動きに無駄があるのだ」

妙仁は夏樹から離れて立った。

「君の間合いは、ここだ。だが、私の間合いはここになる」

半歩前に出た妙仁は、自然体で立った。

「その位置だと、威圧感を感じますね」

夏樹は左右の手を上下に開き、八卦掌の構えをとった。子供の頃、師である梁羽から叩き込まれた。その他にも様々な武術を身につけているが、いざという時は八卦掌が頼りになるのだ。

妙仁は目にも留まらない速さで、次々と寸止めの拳を繰り出してきた。夏樹はブロックしたが、数発は当てられた。

「どうだ。摑めたかね？」

攻撃を止めた妙仁は、尋ねてきた。

「八極拳に似ていますが、先生は強く踏み込んでいないですね。引けば攻撃は避(よ)けられますが、それでは負けるのを待つだけです。そうかと言って踏み込めば強い攻撃にさらされます」

夏樹は感想を漏(も)らした。

「その通りだ。間合いを詰め、瞬発力で敵を倒すのが八極拳。同じように見えるが、私は相手の力を利用する。間合いを詰め、相手の攻撃を見極めて攻撃する。反撃ではなく、同時に攻撃する、いわばカウンター攻撃なのだよ。だから己の力はさほど必要としない」

「なるほど、見極めの攻撃ですね。奥が深い」

頷いた夏樹は、頭を下げた。

「じっちゃん。ちゃんと言葉で説明できるんだ」

道場の隅(すみ)で正座している柊真は、苦笑した。子供の頃から妙仁に武術を学んでいるが、基本的には「体で覚えろ」と言うだけで技の説明はほとんどなかった。

「おまえは孫で、この方はお客様だ。当たり前だろう」

妙仁は嗄(しわが)れた声で笑った。

「なるほど」

柊真は肩を竦めた。

「今日は、二人とも家に泊まるんだろう?」

妙仁は道場の上座に座った。

「お気遣いなく、私は渋谷のホテルに泊まるつもりです。ありがとうございます。それに、これから人に会う約束があります」

夏樹も妙仁の前に座ると、丁寧に手を突いて礼をした。

「じっちゃん、無理に引き止めちゃだめだよ」

柊真は右手を左右に振った。

「まあ、いい、久しぶりに孫と二人というのも悪くはない」

妙仁は神棚に礼をし、振り返って座り直した。

「悪いけど、俺も影山さんと一緒に出かけて夜遅く帰ってくる。用事があるんだ。明日はゆっくりできると思うよ」

柊真はそう言うと、妙仁に礼をした。

「二人とも大事な仕事中に寄ったようだな。それでは稽古を終わる」

妙仁は息を吐くように笑うと、柊真らに礼をした。

三十分後、二人は渋谷の松濤文化村ストリートでタクシーを降りた。

パリでは夜間の外出を禁止されていたが、日本では違うらしい。若いサラリーマンや若者のグループが、少数とはいえ歩いている。

柊真は人気の少ない通りを油断なく歩き、東急本店の脇を左に入る。傭兵を生業とするうちに用心深くなった。何度も命を狙われているために、臆病になったのかもしれない。夏樹は柊真の後を足音も立てずに歩いている。気配さえ感じない。

二人は文化村にほど近いビルの地下一階にあるスナック〝ミスティック〟を訪れた。新型コロナのため時短営業をしており、ドアにはクローズの札がかかっていたが、柊真は構わず中に入った。時刻は午後十一時半になっている。

「いらっしゃい」

カウンターの中から美香が笑顔で出迎えてくれた。彼女からこの時間に来るように指定されていたのだ。

「こんばんは」

柊真は奥から二番目の席に座り、夏樹は美香に会釈をしてその左に座った。浩志が美香の前の席に座ることを知っているためにその右の席にしたのだ。

「飲み物は？　店の奢りよ」

美香は二人を交互に見て尋ねた。

「それじゃ、遠慮なく。生ビールをお願いします」

柊真は笑顔で答えた。

「ボウモアをロックで」

夏樹は遠慮がちに言った。殺人を厭わない冷酷なスパイと言われているが、普段は至って普通の人間に見える。

「大変だったでしょう?」

美香はロックグラスに丸氷を入れてボウモアの12年ものを注ぐとバースプーンで軽くステアーし、夏樹の前に手際良く出した。

梁羽の捜査は、浩志とリベンジャーズ、それに夏樹と組んでいる柊真の二チームが行っている。美香が浩志と別れて帰国したのは、徐誠から奪取したＵＳＢメモリを持ち帰り、二つのチームの情報を集約するためだ。また、今回の任務は、日本の情報局を飛ばしてＣＩＡの誠治がバックについている。

「総参謀部・第二部第三処に所属していた栄珀と接触し、彼を味方につけました。また、中央統戦部の少校から、梁羽を拉致したのは陳龍少校が率いる第二部特殊部隊だということを自白させました。栄珀には、夏樹さんが新たに陳龍少校の情報を調べさせています」

柊真は報告した。

「素晴らしいわね」

美香はジョッキに生ビールをほどよく泡立てて注ぎ、柊真に出した。彼女は超が付くほど優秀な諜報員だが、カウンターに立たせても一流である。

「藤堂さんは？」

柊真はちらりと夏樹を見て尋ねた。彼はボウモアを美味そうに飲んでいる。会話は柊真に任せているということだ。

「総参謀部・第二部政治部の徐誠を亡命させる見返りとして、反国家主席派のリストを手に入れたの。その中から候補者を選び、ラオスの領事館に勤める武官安波と接触したわ。安波から情報を得て、現在新たな作戦を立案中よ。お二人が得た情報を伝えれば、役に立つわね。すぐに知らせるわ」

美香は自分のスマートフォンを出すと、高速で文章を打ち込んでメールを送った。

「それって、大丈夫ですか？」

夏樹が空（から）になったグラスを前に出して尋ねた。

「友恵ちゃんが作った暗号アプリで作成したから大丈夫よ。以前は政府機関で使用している暗号を使っていたんだけど、彼女から脆弱（ぜいじゃく）だと指摘されて今はこれを使っているのよ。暗号アプリは彼女の許可がなければダウンロードもできないし、個人の変数とパスワードと指紋認証が同時に必要だから、外部から解読することは不可能だと言っていたわ」

美香はスマートフォンの画面を二人に見せてにこりとした。画面には数字とアルファベットの羅列が並んでいる。

「友恵さんが言うのなら、間違いないでしょう」

柊真は大きく頷いた。彼女の優秀さを柊真は何度も目の当たりにしているのだ。

「素晴らしい。私もダウンロードできるかな」

夏樹は美香のスマートフォンを見て感心している。

「もちろん。準備はできているそうよ」

彼女が夜遅くの打ち合わせを設定した理由は、友恵に作業を依頼したからだろう。

「恐縮です。お願いします」

夏樹は頭を下げた。

美香のスマートフォンがメールの着信を知らせた。

「さっそく浩志から返事がきたわよ。『情報、ありがとう。次の作戦に二人とも参加しないか』って?」

美香は浩志の真似をして低い声で二人に尋ねた。

「是非とも」

柊真は即答した。

「詳しく聞かせて下さい」

夏樹は身を乗り出した。

国境の死闘

1

六月十九日、午後三時二十分。デリー、インディラ・ガンディー国際空港。

エミレーツ航空機から降りた浩志はボーディング・ブリッジを抜けると入国審査に向かう降客から離れ、滑走路の見える窓際に立った。その先に通路があるが、軽機関銃であるINSAS小銃を手にした二人の兵士が立っている。反対側の通路にも同じ装備の兵士が警備に当たっていた。

乗客は入国審査を受けた後は一旦隔離される。警備兵は隔離を嫌がる降客が逃げ出さないように見張っているのだろう。降客と違う動きをする浩志を見て、兵士の一人が無線機で連絡をしている。

十三億の人口を抱えるインドでは、三月二十五日から〝全土封鎖〟を実施している。その結果、首都デリーから人と車が消え、世界最悪の大気汚染は解消された。だが、数日で路上に出稼ぎ労働者が溢れかえった。彼らはたった数日のロックダウンで職も住まいも失い、路頭に迷ったのだ。

出稼ぎ労働者は全国で一億人を超え、インド経済を支えている。そのため、彼らの失業がインド経済に深刻な影響を与えた。やむなく政府は、二ヶ月たったころに段階的に経済優先に方針を変えることになる。

デリーでも六月に入ってから徐々に制限緩和が進んでいた。だが、一日の感染者が四千人を超えている現状では、軍と警察による管理は止むを得ないだろう。

「警備が厳しいですね」

隣りに立った辰也が、ものものしい警備をする兵士らを見て笑った。彼の後ろには宮坂、加藤、田中、瀬川、村瀬、鮫沼も一緒である。浩志はチェンマイで合流した仲間を引き連れてきた。米国在住のワットとマリアノは、間に合わないため合流は見送ることにした。

「来ましたよ」

一番後ろに立っていた宮坂が、浩志を呼びにきた。

反対側の通路から茶色い制服を着た二人の兵士を従えた将校がやってきたのだ。白いマスクからたわしのような髭がはみ出しているいかつい将校は、脇目も振らずに真っ直ぐ急ぎ足で歩いてくる。

「ミスター・藤堂ですね。北方コマンド第三歩兵師団マヘンドラ・ダワン大尉です」

通路を塞(ふさ)いでいた警備兵を下がらせたダワンは、節くれだった右手を出した。人差し指にあるのは銃ダコで、拳(こぶし)にもタコがある。将校ではあるが、そうとう訓練を積んでいるに違いない。

浩志はリベンジャーズが入国する便を、タイのスウブシンを介してインド国防省に連絡しておいたのだ。

「藤堂だ」

浩志は右手を軽く上げて答えた。

「失礼。スキンシップはいけませんな。どうぞ、こちらへ」

苦笑したダワンは、廊下を戻って行く。二人の部下は廊下の端に寄り、浩志らを通した。後ろから付いてくるのだろう。

「現状を教えてくれ」

浩志はダワンに並ぶと尋ねた。

「我が軍はスカンパック陸軍基地に撤収しました。敵はまだガルワン渓谷の野営地に居座っています」

ダワンは忌々(いまいま)しそうに答えた。

インドと中国はヒマラヤ山脈地帯で長年国境問題を抱えている。インド北部のヒマラヤ山脈地帯は植民地時代に英国が国境を線引きした。もっとも、ヒマラヤ山脈地帯はダライ・ラマが治めるチベットで、国家として主張をしない仏教国であったため問題はなかった。だが、中国の人民解放軍が一九五〇年に〝チベット侵攻〟し、併合したことで国境問題が発生したのだ。

二〇二〇年六月十五日、北部ラダック地方、ヒマラヤ・カラコルム山脈のガルワン渓谷の実効支配線を越えた中国軍が、ラダックのインド国境警備隊を襲撃し、インド側に一方的に死傷者が出た。だが、中国はインドが国境を越えたと主張し、批判したのだ。

襲撃してきた中国軍は、火器を一切使わなかった。大国相手に武器を使えば国境紛争はすぐに全面戦争になるからである。石も使ったとインド側は主張しているが、中国軍は素手で襲いかかり、二十人のインド兵を殺害したようだ。

中国が言うようにインド軍が越境攻撃してきたのなら、武器も使わずに攻撃側が一方的に死傷者を出すはずがない。中国はインドがコロナ対応で軍を大都市に派遣している隙(すき)を狙ったのだろう。

「タイの友人から連絡を受けたと聞いていますが、それにしても、世界屈指と評判のリベンジャーズにご協力いただけるとは願ったり叶ったりです」

ダワンはわざと声を潜(ひそ)めた。

「我々も国境を襲った連中に用事があるのだ。敵の部隊の内容は？」

浩志は頷いてみせた。インドには十六日の事件を踏まえて協力を申し出たことにしてある。実際は、ラオスの領事館に武官として赴任している安波に中央統戦部の陳龍少校の所在を確かめさせたところ、インド国境警備隊を襲撃した部隊を指揮していることが分かった。そこで、浩志は中国軍を襲撃し、陳龍少校を拉致する計画を立てたのだ。

「敵は百人から百五十人と報告されています。彼らは、全員素手で白昼堂々襲いかかってきたのです。火器を持っていない以上、我が軍も応じなければなりません。こちらも百二十人いました。しかも北部の国境警備隊はカラリパヤットを使いこなす精鋭揃いでしたが、格闘技では敵が圧倒的に上でした。戦闘中に三名が死亡し、重傷を負った十七人が撤退後死亡し、その他に十人も重軽傷者を出すというありさまです」

ダワンは溜息を漏らしながら答えた。カラリパヤットとはインド南部のケララ地方発祥の古武術である。

「中国武術の精鋭を集めた特殊部隊がいたのでしょう」

「正直言って、素手で敵を殺すという訓練は我が軍ではあまりしません。コロナ対策で国境が手薄ということもありますが、中国軍に対抗できる部隊を編成できないというのが現状です。このままガルワン渓谷に中国軍が居座ったら、中国の実効支配線がインド側に押しやられます。詳しい話は現地でしましょう」

ダワンは階段を下りて空港ビルから出た。

途端に熱風が体にまとわりつく。気温は四十四度だが、アスファルトの照り返しで四十七、八度はあるだろう。

ダワンはすぐ近くに停めてあるマイクロバスに乗り込んだ。

浩志らも乗り込むとマイクロバスは空港の外周道路を反時計回りに進み、十分後、パラム空軍基地に到着した。インディラ・ガンディー国際空港の北側に隣接しており、海外の政府専用機は、この基地を使用することで知られている。

エプロンにはロッキード・マーティン社製、スーパー・ハーキュリーズの愛称で呼ばれているＣ－１３０Ｊ輸送機が駐機していた。

「仲間は先に到着していると聞いたが？」

浩志はマイクロバスを降りたダワンが、輸送機に向かって歩いていくので呼び止めた。

浩志らはラオスからデリーまで乗り継ぎに時間がかかり、途中で宮坂らと合流して二十時間ほどかけてここまでやってきた。だが、柊真と夏樹は成田から直行便が出ていたため、先に到着する予定になっていたのだ。

「ミスター翔平（しょうへい）・世良（せら）とミスター明（あきら）・影山（かげやま）なら、すでに輸送機に乗っていますよ」

ダワンは振り返って笑った。柊真はいつもの偽名のパスポートを使ったらしいが、夏樹は世良翔平という名で入国したようだ。

「我々は直接乗っていいのか？」

浩志らは入国手続きも終えていない。

「検温は、すでに終えていますので大丈夫です。入国手続きはスカンパック基地でします。日が暮れるまでに到着したいのですよ」

ダワンは歩きながら説明した。検温というのはボーディング・ブリッジから出たところに設置してあった発熱を検知するサーマルカメラのことだろう。

「了解」

頷いた浩志はダワンに従った。

C－130Jの後部貨物ハッチから浩志らは乗り込んだ。

壁面の折り畳み座席に柊真と特殊メイクをした夏樹が座っていた。

「間に合いましたね」

柊真が笑顔で言う横で、夏樹が軽く会釈してみせた。五十代半ばと思われるような顔になっている。彼の素顔は一度だけ見たことがあるが、基本的に彼はいつも変装しているので記憶が曖昧である。

「なんとかな」

右手を上げて応えた浩志は、柊真の向かい側の座席に座った。

「柊真、久しぶり」

「よろしくな！」

「柊真！　元気そうだな」

仲間が次々に柊真に声をかけ、夏樹には会釈をして座席に収まる。彼らには、夏樹はこれまで陰ながら作戦をサポートしてきたフリーのエージェントだと紹介してあった。また、夏樹の希望で仕事柄コミュニケーションを取ることを避けているため、極力話しかけないようにと言ってあるのだ。

後部貨物ハッチが閉じていく。

「みなさん。座りましたね」

ダワンが添乗員のように声をかけると、浩志らから離れた席に着いた。やはり、新型コロナを警戒しているのだろう。

四基のターボプロップエンジンの音が響く。うるさい音だが、嫌いではない。紛争地に向かうのに相応しい音だからだ。

機体が動き出す。

浩志は腕を組んで目を閉じた。

2

午後四時四十分、Ｃ－１３０Ｊは大きく旋回すると、ヒマラヤ山脈の麓（ふもと）を流れるショク川沿いにあるソイズ空軍基地に降り立った。

ショク川は、インド北部とパキスタンのガンチェ県を貫流する全長五百五十キロある、インダス川の支流である。由来はウイグル語の方言〝死の川〟で、人を寄せ付けない険（けわ）しい山々を流れるからだろう。

インド最北端の空軍基地だが、東西方向に三千メートルの滑走路と東側にヘリポートも備えている。辺境の地に不似合いな長尺の滑走路は、大型輸送機の離着陸を念頭に造られたのだろう。

西の端で停止したＣ－１３０Ｊの後部貨物ハッチが開き、浩志らは滑走路に下りた。気温は二十七度ほど、デリーから六百キロ北に移動し、気温は十度以上下がった。山から吹き下ろす風が実に気持ちいい。

エプロンにオリーブドラブのジプシーが六台停められている。ジプシーはマルチスズキのインド工場から陸軍に納入されている四駆だ。運転席と助手席、幌（ほろ）の荷台には向かい合わせに六人座れるベンチシートがある。ジプシーは主に警察や軍向けに生産されるので、現在は市販されていない。

「ジプシーが六台って、随分と手厚い歓迎ぶりじゃないか」

辰也が出迎えの車を見て何度も頷いている。

「コロナが流行している。ソーシャルディスタンスのためだろう」

宮坂が辰也の肩を叩いて笑った。

「みなさんは、右から二台の車の荷台席に乗って下さい。あとの四台には補給物資を積み込みますので」

ダワンが両手を振ると、ジプシーから兵士が降りてきた。

「まあ、常識から考えれば、そうだよな」

田中が、呆気に取られている辰也と宮坂の肩を叩いた。

浩志は遠慮する柊真と夏樹と一緒に先に乗り込み、仲間もそれぞれ二台の車に分乗した。ジプシーは八人乗りとされている。だが、仲間の中で比較的小柄なのは加藤だけで、あとは一八〇センチ前後の屈強な男たちのため荷台席はとんでもなく狭く感じる。はみ出しそうになりながらも全員が乗り込むと、二台のジプシーは基地を出発し、十キロ西にあるスカンパック陸軍基地に十五分後に到着した。

浩志らは基地内の宿舎に案内され、各自の荷物を置くと、すぐに司令部がある建物に集合した。辺境の基地だけに木造の小屋を想像していたが、兵舎も司令部棟や倉庫もすべてコンクリート製の頑丈な造りになっている。おそらくこの地の厳しい環境に耐えられるように造ってあるのだろう。また、中国の侵略に備えてかなりの人員を配置しているようだ。

「みなさん、こちらへ」

ダワンが右手を上げ、司令部の玄関に集まっている浩志らを引率する。司令部棟の廊下は回廊で中庭がある。ダワンは右の廊下を進み、突き当たりを左に曲がり、さらに奥へと進む。廊下の左手には中庭が見える窓がある。

中庭に突き出した建物があった。おそらく司令部の中枢なのだろう。また、中庭はアスファルトで固めてあるだけだが、ライトが向けられているのでヘリポートの役割をするはずだ。

「こちらのブリーフィングルームでお待ちください」

ダワンが右手にあるドアを開けた。

浩志らは案内されるまま部屋に入った。六十平米ほどの広さがある角部屋で、机が並べられており、出入口の左手と正面に窓がある。左手は北向きで、四、五百メートルある河原の向こうにショク川が見渡せた。正面の窓は東向きで射撃場が見える。基地の周囲は草木も生えない荒地なので、いくらでも軍事訓練ができそうだ。

ドアが開き、ダワンに続いてフェイスマスクをした髭面の軍人が現れた。胸の徽章(きしょう)の星の数はダワンよりも多い。

「紹介します。当基地の司令官、マハトム・ランディ大佐です」

ダワンは恭しくランディに敬礼すると、浩志らを後ろに下がるように手で合図をした。ソーシャルディスタンスというわけだ。

「皆さんとの握手は、省略します。私はただあなた方に感謝を述べに、ここに立っています。あなた方の力であの忌々しい『メイドイン・チャイナ』を倒すことができるのなら、なんでもお手伝いします。計画を一緒に練り上げましょう」

ランディは口元に笑みを浮かべているが、眉毛は吊り上がっている。怒りを抑えているようだ。インド人は中国に対して嫌悪感を露わにし、中国製品は「安かろう悪かろう」と馬鹿にして決して手にとることはない。

一九六二年の中印国境紛争で人民解放軍に不意打ちされたインドは対抗することができず、カシミール地方の広大な土地アクサイチンを奪われて停戦ラインを設定させられた。そのことをインド人は未だに恨んでいるのだ。ちなみにアクサイチンは三万七千二百四十四平方キロ、九州と同等の広さがある。

中国はアクサイチンを実効支配し、その南に位置するラダックにも度々侵攻することで係争地化した。また、ラダックの東寄りにあるパンゴン湖の北に中国軍、南にインド軍が駐留し、睨み合いを続けている。

「まず、最新の衛星写真を見てくれ」

前に出た浩志は自分のスマートフォンと掌サイズの小型のプロジェクターを接続し、テーブルの上に置いた。仲間に窓のブラインドを閉めるように指示すると、プロジェクターのスイッチを押した。

「こっ、これは、……いったいどこから入手したんですか？」

浩志の近くに立っていたランディが、声を上げた。壁に投映されたプロジェクターの映像はガルワン渓谷の衛星写真で、右下の日付カウンターは二時間前の十四時四十分を示している。

「入手先は、企業秘密だ。中国軍はガルワン渓谷に簡易な建物を無数に造ろうとしている。村に偽装した前線基地を建設するつもりらしい」

浩志は拡大した衛星写真に切り替えた。誠治から友恵経由で送られてきたもので、ＣＩＡが管理する軍事衛星の写真である。今回の作戦は対中国ということで、全面的に協力を得ていた。

「なんてことだ。既成事実として国境をナブラ川まで押し進めるつもりだな」

ランディが拳を握りしめた。ナブラ川に新たな国境を設定すれば、インドが設定している国境から六十キロ以上移動することになる。怒るのも無理はない。

「彼らはアクサイチンにある補給基地から輸送ヘリでチャムシャンチャラサの渓谷を抜け

てガルワン渓谷に到達したのだろう。建設資材も一緒に持ち込んだに違いない。この渓谷を抜ければ、インド側からレーダーで捉えにくいはずだ」

浩志は再び拡大した衛星写真に切り替えて説明した。

「なんてことだ。アクサイチンに中国の補給基地があるなんて、今まで知らなかった」

両手で頭を抱えたランディが、口を大きく開けた。

「補給基地といってもヘリポートがあるだけだが、今現在もＺ８輸送ヘリコプターが駐機している。中国の狙いは、国境をナブラ川まで移動させることで、アクサイチンは係争地ではないと国際的に主張するのが目的だろう」

浩志は渋い表情で頷いた。補給基地は軍事衛星で周辺を調べていた友恵が偶然見つけたものだ。ガルワン渓谷までは百キロ程度の距離である。

Ｚ８輸送ヘリコプターは、フランス、シュド・アビアシオン製の大型ヘリコプターで、乗員の他に二十七名の兵員を乗せ、四トンの荷物も吊り下げることができる。航続距離は千二十キロあるため中国国内の基地から直接飛んで来られるが、機動性を高めるために補給基地を造ったのだろう。

「まったく、こんな泥棒国家が国連の常任理事国だなんて呆れるほかない！」

ランディが険しい表情で言った。

「常任理事国から引き摺り下ろすことは無理だが、国境を越えてきた奴らを撤退させることはできるだろう」

浩志はにやりと笑った。

3

午後五時三十分、ラダック、スカンパック陸軍基地。

ブリーフィングルームは異様な熱気に包まれていた。

浩志がガルワン渓谷の衛星写真を見せて現場を説明したところ、司令官であるランディとダワンが怒りで興奮しているのだ。

「我々の任務は、国境警備隊に扮(ふん)した中央統戦部を襲撃し、指揮官の陳龍少校を拉致することだ。襲撃は武器を使わない。指揮官不在の部隊は、撤退を余儀なくされるだろう。だが長時間拘束すれば新たな火種になるため、拉致から三時間以内に必要な情報を手に入れて解放する」

浩志はランディとダワンを交互に見て言った。仲間には作戦の内容はすでに伝えてある。衛星写真を見せたのは、ランディらに説明するためだ。襲撃した際に敵が応援を要請した場合は、補給基地の位置から考えて三十分ほどで救援部隊が現れるだろう。襲撃がうまくいった場合でも、敵が定時連絡をしている可能性を考えると、襲撃後に連絡が途絶えてから三時間、ないしは四時間で補給基地にも異変を知られることになるはずだ。それにパンゴン湖に駐留している部隊も駆けつけて来る恐れがある。

「具体的なプランは、決まっているのですか？」

ダワンが尋ねてきた。現場に近い指揮官だけに真剣な表情である。

「事件があった直後から軍事衛星で監視しているが、今夜、ガルワン渓谷まで行き、ドローンを飛ばして詳しく調べてから最終的に決めるつもりだ。インド軍を襲撃した中国兵は渓谷に小屋を建設した後、百人ほどパンゴン湖北に移動している。だが、まだかなりの人数が残っているため、現場を確認する必要があるのだ」

浩志は衛星写真のガルワン渓谷を指差して答えた。

「必要な装備はダワンがお聞きしていますが、他にも必要なものはありますか？」

ランディは浩志の説明に頷きながら言った。ダワンにはあらかじめジプシーが運転手付きで三台、ハンドガンは人数分揃えておくように伝えてあった。無線機や暗視双眼鏡、監視ドローンといった武器以外の装備は予め揃えてきたのだ。

「ドゥルーブを一機借りたい。パイロットは不要だ」

浩志は田中を使うことを新たに考えていた。ドゥルーブはインド製の汎用ヘリコプターで高山地帯での運用に優れている。

「大丈夫です。ここから一・五キロ東にある陸軍航空部隊のパータプール基地に常に三機待機させています。一機は山岳救助用、別の二機は対戦車ミサイルが装備されています」

ランディは即答した。

「山岳救助用を借りたい」

浩志は田中をチラリと見ると、親指を立てて頷いてみせた。彼は銃よりも戦闘機や輸送機を飛ばす方に才能を発揮する。

「私の部下も運転手以外にも参加させたいのですが、よろしいですか？」

ランディはダワンを見ながら言った。

「状況によるが、ガルワン渓谷に建てられている建物は破壊したほうがいいだろう。それはそっちに任せる」

浩志は淡々と答えた。目的は陳龍少校を拉致して梁羽の居場所を白状させることだ。他に作業が発生するとしても手伝うつもりはない。

「建物の破壊は、中国軍が撤退してからでもできます。襲撃部隊に私と部下も参加させてください。私はカラリパヤットだけでなく、空手も使えます。それに中国語も話せます」

ダワンは睨みつけるような形相（ぎょうそう）で浩志の前に立った。それだけ必死ということだ。殺害された二十人の兵士の中に、彼の知り合いもいたのだろう。今回の作戦で復讐（ふくしゅう）するつもりに違いない。

身長は一八〇センチ弱、胸板は厚く、鍛え抜いた体ということは一目でわかる。だからと言ってリベンジャーズと一緒に作戦行動が取れるほど能力があるとは思えない。足手まといになるのがオチだ。

「緊急事態が発生した場合、我が軍の将校がいれば、空軍にも応援を要請できます。ダワン大尉と少なくとも、二名の部下を連絡要員として連れて行ってください」

ランディは有無を言わせぬ調子で言った。浩志らを監視する意味でも兵士を同行させたいのだろう。

「いいでしょう」

浩志は渋々返事をした。

「出発は食後にされますよね。ガルワン渓谷まで二時間もかかりませんから」

ランディは何度も頷くと笑った。

「食堂は司令部と隣接する建物にあります。ご馳走とは言えませんが、六時には用意できますので、直接お越しください」

ダワンが弾んだ口調で補足した。浩志に同行を許可されたので、嬉しいのだろう。

「一旦解散する」

浩志は仲間に告げると、スマートフォンとプロジェクターを片付けた。

「ちょっといいかな?」

夏樹が話し掛けてきた。年齢は浩志よりもかなり若いはずだが、特殊メイクで年上に見えるので不思議な感覚になる。

「座って聞こう」

浩志は近くの椅子に腰を下ろした。

「敵は三、四十人らしいですが、私と柊真くんで半分は片付けられるでしょう。後の半分はリベンジャーズに任せても大丈夫ですか？」

夏樹は表情も変えずに言った。彼が自信家とは思わない。事実を冷静に判断できる男だからだ。

「敵は中国武術を修練した連中だろうが、大丈夫だろう。俺と辰也と瀬川の三人だけでも対処できる。それに鮫沼と村瀬も腕が立つ」

宮坂と加藤も格闘技はAランクだが、彼らは格闘戦には参加させず、敵が武器を使った際の備えとして狙撃サポートに回すつもりだ。今夜斥候に行くのは、狙撃ポイントを決めるためでもある。

「陳龍少校を生かして帰すのは、インドの立場を考えてのことだとは分かります。しかし、たったの三時間で白状すると思いますか？　中央統戦部の特殊部隊の指揮官なら対拷問の訓練も受けているはずです」

夏樹は首を傾げながら尋ねた。

「それは危惧している。生かして帰すが、半殺しにしても白状させるつもりだ」

「彼らは情報漏洩させれば、死が待っている。彼らが恐れているのは、敵や死ではなく中央政府ですから」

夏樹は諜報員だけに中国の事情にも詳しい。罪は家族や親類にまで及ぶということなのだろう。

「できれば、今回の作戦を無駄にしたくない」

浩志は唸るように言った。

ウェインライトの死で情報は一旦閉ざされ、香港で徐誠に接触したが有力な情報とは言えなかったのだ。それでも僅かな手がかりから、ラオスで安波に会ってここまで来た。また一から出直すようなことはしたくないのだ。

「私は拷問で中国のスパイを殺害した経験があります。自分の死を恐れない者もいます。工作部の指揮官ならなおさらでしょう」

「拷問はするが、殺すつもりはない。いいアイデアがあるのか？」

浩志は右眉を吊り上げて尋ねた。

「私に腹案があります」

夏樹はそう言うと、口角を上げた。

4

午後十時四十分、三台のジプシーが外灯もない山道を走っていた。

先頭車両のハンドルを加藤が握り、浩志は助手席に座っている。

ジプシーは運転手付きで貸りていたが、加藤に運転させた方が間違いないため交代させたのだ。交代した兵士は、辰也と宮坂と一緒に荷台シートに座らせてある。帰りの運転をさせるため、彼は必要なのだ。

リベンジャーズと柊真は二台目の車に乗り、三台目のジプシーにはダワンと二人の部下が乗り込んでいた。ダワンも中国語は堪能らしいが、二人の部下もそこそこ話せるらしい。彼らは北方コマンドの山岳師団に所属し、対中国特殊部隊の隊員らしい。

田中は負傷者が出た場合に備え、パータプール陸軍航空部隊基地でドゥルーブをいつでも飛ばせるように待機している。

陸軍航空部隊基地には軽飛行機用の二百三十メートルの滑走路とヘリポートがあり、屋根が迷彩塗装されている格納庫に三機のドゥルーブが駐機されていた。連絡があれば、現場まで数分で到着するだろう。また、夏樹は自ら提案した腹案に沿って別行動をしていた。

一時間前、陸軍基地を出発し、ショク川沿いのディスキット・タートック・ハイウェイを東に進んだ。二十八キロ下流にある橋を渡って対岸の道を今度は数キロ西に向かい、ナブラ川との合流地点を谷に沿って北に走っている。越境してきた中国軍は、合流地点から十数キロ先にいるはずだ。

「衛星写真ではこの先で谷は左にカーブし、大きな扇状地に出る。その三キロ先がナブラ渓谷だ」

浩志は衛星モバイルルーターに接続されているスマートフォンで、地図アプリを見ながら言った。

「まったく、便利な世の中になりましたね。扇状地には小さな村があります。ライトを点けて走行できるのは、そこまでですね。その先は無灯火走行するか、徒歩で移動しないと敵に見つかります。私ならナブラ渓谷の一キロ手前の崖の上に見張りを立たせます。そこなら、二、三キロ先まで見通しが利くので敵をすぐに見つけられるでしょう」

加藤は浩志のスマートフォンを見るとぼやくように言った。彼の頭の中には、スマートフォンよりも数倍役に立つ地図アプリがインストールされているのだろう。

「おまえの方が便利だ。ナブラ渓谷の手前で停めてくれ」

浩志は苦笑しながら指示した。

十分後、三台のジプシーは崖下の山道で停まった。

三台の車から傭兵とダワンらが降りた。

リベンジャーズと柊真は持参したバラクラバを被り、黒い戦闘服を着ている。武器はインド軍の制式銃であるベレッタ92が支給されていた。また、宮坂は暗視スコープを取り付けたドラグノフ狙撃銃を貸し出されている。国境警備隊に配布されている銃だ。ダワンと二人の部下は、インド陸軍独特のプラントブラッシュパターンの迷彩戦闘服を着ていた。

辰也が樹脂製のコンテナから小型監視ドローンを取り出し、コントローラーの電源を入れた。一年前から作戦にドローンを積極的に取り入れており、仲間も扱いに慣れている。

「こちら、リベンジャーだ。モッキンバード、応答せよ」

スロートマイクを首に巻き、イヤホンを無線機に繋いだ浩志は、傭兵代理店にいる友恵に連絡した。彼女とはインターネット経由のＩＰトランシーバーで、繋がっている。仲間だけでなく、日本にいる友恵ともリアルタイムで交信できるように設定してあるのだ。

――モッキンバードです。リベンジャーズの位置も確認しています。

友恵は元気な声で応答した。音声の若干の遅れはたいして気にならない。

日本では零時を過ぎている。彼女はハッキングした軍事衛星でナブラ渓谷を監視しているのだ。他にも中條と麻衣ら代理店スタッフは、徹夜でサポートしてくれている。軍事衛星の赤外線モードで周囲の状況を把握するためだ。同時に広範囲にわたって敵の航空機支援がないか監視してくれてもいる。

「サポートよろしく」

——任せてください。

「加藤、斥候に出てくれ」

通話を終えた浩志は加藤に指示した。

「了解です」

加藤は走り出すと瞬く間に闇に溶け込んだ。軍事衛星とドローンで敵の状況は分かるのだが、加藤の持つ研ぎ澄まされた五感で入手する情報は得難いものがある。そのため、どんなに機材が充実していても彼を斥候に行かせるのだ。

「1号機、飛ばします」

辰也がコントローラーを使ってドローンを飛ばした。映像はコントローラーと連動しているタブレットPCに映し出され、衛星回線で友恵の元にもリアルタイムで送られる。ドローンは予備も含めて二台用意してきた。

「素晴らしい。正直言って傭兵特殊部隊と聞いたときは、射撃に優れているだけかと思っていましたが、斥候だけじゃなく、軍事衛星にドローンまで飛ばすのだから驚きです。我が軍の特殊部隊より上ですね」

ダワンがタブレットPCの画面を後ろから覗き込んで感心している。はっきりいって、暗視スコープを装着したアサルトライフルで襲撃すれば、敵兵が三十人だろうと五分で片付く。だが、ここで武器を使って襲撃すれば、中国は不当な軍事攻撃を受けたと主張し、インドの立場を悪くするだろう。だからこそ、念入りに確認する作業が必要になるのだ。

「建物はほぼ完成しているようです」

数分後、辰也が呟（つぶや）いた。

夕方にブリーフィングで使った衛星写真では、建築資材がまだ積まれた状態になっていた。だが、今見ると小さな小屋が八棟も建っている。中はもちろん何もないのだろうが、雨風を防ぐことはできるだろう。襲撃した兵士らは、小屋の組み立ての訓練も積んできたようだ。

「明日になれば、奴らは撤退し、交代要員が来る可能性もあるな。小屋は今夜中に破壊した方がいいだろう」

腕組みをした浩志は、首を横に振った。予測されたことだが、中国軍の手際の良さは際立っている。

「今夜中に襲撃しないと、チャンスはなくなるということですか」

ダワンが大きな溜息を漏らした。

——こちらトレーサーマン、リベンジャー応答願います。

斥候に出た加藤からの連絡だ。

「リベンジャーだ。どうぞ」

——見張りは二人、それ以外は小屋の中のようです。

「見張りは手薄だな」

——それが、周囲に赤外線センサーを設置してあるんですよ。

「そういうことか。戻ってきてくれ」

浩志は小さく頷いた。

「加藤の言う通りです。周りに岩を組んで、四方に張られている赤外線センサーを巧みに隠していますよ。建物は赤外線柵で囲まれています」

辰也はドローンの角度を変えて赤外線を暗視モードで発見したようだ。

「気付かれたら反撃のチャンスを与えることになるな。装置のバッテリーがどこにあるか調べてくれ」

浩志は辰也に命じた。

「了解」

辰也はコントローラーのレバーを左右の指先で操り、ドローンを飛行させる。

「ゆっくりだ。ゆっくり動かせ。そこで止めろ」

タブレットPCの画面を見ていた浩志は、小屋の近くにシートが被せられた荷物が置かれているのを発見した。

「怪しいですね。多分バッテリーを隠してあるんでしょ」

「最後に高度を上げて全体を撮影してくれ」

浩志は上空からの映像を頭の中で反芻(はんすう)した。

「作戦はできましたか？」

振り返った辰也が尋ねた。

「加藤が戻ったら、打ち合わせをするぞ」

浩志は軽く頷いた。

5

午後十一時二十分、ナブラ渓谷。

柊真と加藤が山道を北に向かって走る。

百五十メートル後方を浩志、辰也、瀬川、鮫沼、村瀬、それにダワンと二人の部下が続く。宮坂は一人でナブラ渓谷が見渡せる崖の上を目指すため、十五分前に行動を起こしている。

先頭の二人が小さな岩陰に膝(ひざ)をついて止まった。

——こちらトレーサーマン、位置につきました。見張りまでの距離は七十メートル。彼らの二メートル手前に赤外線が張られています。二人とも右手にハリケーンナックルと四尺棒を持っています。

囁（ささや）くような声で加藤が連絡をよこした。見張りは中国武術で使われる四尺棒で武装しているようだ。加藤には赤外線が検知できるように単眼の暗視スコープを渡してある。

攻撃を受けたインド兵は、石で殴りつけられたという証言をしている者もいる。だが、彼らはほとんど瞬時に倒されて記憶が曖昧らしい。襲撃してきた中国兵は武術の達人らしいが、それでも素手で人間を瞬殺することは難しい。意外と人間は頑丈に出来ているからだ。だが、四尺棒や金属製のハリケーンナックルを使ったとしたら、一撃で人間を殺すことも可能である。

浩志は拳を上げて止まり、近くの岩陰に仲間と共に隠れる。浩志らがいる場所からは見張りは見えない。

「そのまま待機」

宮坂からの連絡がまだないのだ。

――こちら針の穴、狙撃ポイントに到着。距離９１０。

宮坂の連絡である。見張りまでの距離は九百十メートルと測定器で測り、照準で捉えたということだ。宮坂には敵が銃を見せない限り、発砲を禁止している。

「了解。ゴー」

浩志は作戦開始を告げた。

柊真と加藤が同時に岩陰から飛び出す。

浩志も右手を振って仲間に合図し、走る。

二人の見張りが柊真らに気が付いた。一気に駆け寄った柊真が左右の腕を鋭く振る。見張りは崩れるようにその場に倒れた。柊真は左右の手に隠し持った鉄礫（てつつぶて）を、見張りの頭に当てたのだ。多少手加減はしているが、一撃で気を失う威力がある。

柊真と加藤は見張りの二メートル手前の空中で一回転し、赤外線の柵を飛び越した。二人は日頃から一緒に訓練しているかのように息が合っている。センサーは作動しない。

二人はそのままシートが被せてある場所に移動した。

——センサーの制御装置とバッテリーを発見。……今、解除しました。

加藤から連絡が入る。狙い通りであった。

赤外線柵のすぐ手前で立ち止まっていた浩志らは、前に進んだ。

一辺が三メートルほどの八つの小屋は、三十メートル四方の広場を囲むように並んでいる。広場はヘリポートとして使えるようにしてあるのだろう。また、出入口はいずれも広場の方に向いており、高い位置に小さな窓が付いている。住居というより、倉庫という造りである。この八つの小屋のどこかに陳龍がいる可能性があった。

浩志はハンドシグナルで柊真と加藤、辰也と瀬川、鮫沼と村瀬、それにダワンと二人の部下を組ませ、それぞれ東側にある三つの小屋と北側の小屋の前に立つように指示した。

一斉に踏み込んで寝込みを襲い、とりあえず敵の数を減らすつもりである。

インド軍の話では一方的に死傷者を出し、中国側に負傷者はほとんど出なかったらしい。敵の数は百人から百五十人、パンゴン湖に移動したのが百人だとしたら、最大で五十人残っている可能性もある。

手に余ったチームに対処するべく、浩志は見張りが使っていた四尺棒を拾って広場の東側に立った。

浩志は掲げた右手を前に振った。

四つに分けたチームが一斉に小屋に突入する。

打撃音、呻き声。

仲間は善戦しているようだ。

鋭いホイッスル音。

ダワンらが入った小屋から鳴り響いた。

「しまった！」

浩志は思わず振り返った。

反対側の小屋に次々と照明が点くとドアが勢いよく開き、四尺棒を手にした男たちが飛び出してきた。全員ではないが、右手にハリケーンナックルを嵌めている。インド兵が二十人も殺害された理由は、納得できる。

二人の男が猛然と駆け寄って来る。

浩志は右の男の鳩尾を四尺棒で突いた。瞬間、左から襲ってきた男に四尺棒を左脇腹へ叩き込まれた。予想より、速い動きである。

「ぐっ！」

浩志は脇腹を押さえて思わず三歩下がった。一瞬息が止まる。続けて男は上段から四尺棒を振り下ろす。左にかわして両手で四尺棒を握り直した。息を整えると、左右の攻撃を跳ね返し、男の右脇腹に打撃を加えた。鈍い音がしたので肋骨が折れているだろう。男の顔が苦痛で歪み、跪く。

別の男が右手から攻撃してきた。

浩志は上体を反らして避けると、攻撃してきた男が二メートル後方に吹き飛んだ。

「お待たせしました」

隣りに柊真が立っていた。男を蹴り飛ばしたのだ。

「遅いぞ」

浩志はにやりと笑った。

「他の小屋の加勢をしていたんですよ。あとはお任せください」

苦笑した柊真は素手である。

「貸そうか」

浩志は四尺棒を左手に持ち替えて差し出した。

「大丈夫です」

柊真はそう言うと、正面から襲ってきた男が振り下した四尺棒をかわしながら摑み、その勢いのまま捻り上げて相手の股間を下から叩き上げる。古武道の奥義で、次の瞬間には四尺棒を握っていた。敵はすでに昏倒している。

新たな敵が小屋から現れ、柊真を囲んだ。

「おう！」

咆哮を上げた柊真は、四尺棒を頭上で回転させると、男たちを次々と叩き伏せる。まるで踊っているようにリズミカルに敵を倒す。以前会ったときよりも、さらに腕を上げたらしい。加勢する必要はないようだ。

「陳龍はどこにいる？」

浩志は脇腹を押さえている男の胸を突いて仰向けにすると、喉元に四尺棒を突きつけて中国語で尋ねた。

「しっ、知らない」

男は首を左右に振った。歳は三十前後、この男ではない。陳龍の顔は分からないが、年齢は四十三歳で、右頰に傷痕があると安波から聞いている。陳龍の特徴は仲間に伝達してあった。

「すみません。手間取りました」

背後から現れた辰也が、浩志が押さえつけている男を後ろ手にすると瀬川が樹脂製の結束バンドで縛り上げた。

「小屋をすべて確認してくれ」

浩志は辰也と瀬川に命じた。広場には柊真が倒した八人の男たちが倒れている。彼らが弱かったわけではない。動きからしてかなり修練を積んだ武道家のようだった。柊真が桁外れに強かったのだ。小屋の中を確認しているのか柊真の姿はない。

「おまえたちは、広場の男たちを拘束してくれ」

小屋から出てきた鮫沼と村瀬に浩志は命じた。鮫沼は口から血を流し、村瀬は目元を押さえている。かなり抵抗されたようだ。

――こちらバルムンク、一人、北の方角に逃げたようです。トレーサーマンと一緒に追跡中。

柊真からの連絡である。

「リベンジャー、了解」

浩志は無線連絡を終えると、ダワンらが入った小屋に向かった。開け放たれたドアから中を覗くと、二人の部下は床に蹲っており、ダワンが一人で中国兵を結束バンドで縛っていた。この小屋の中国兵も手強かったらしい。

「二十人は殺そうと思いましたが、武器も持たない敵は殺せませんでした」

　ダワンは苦笑してみせた。

「それでいい。同じ外道になる必要はない」

　浩志は頷いた。中国軍は素手で闘ったから、逆にインド兵を殺しても問題ないと思ったのだろう。だが、それでは軍人というより人の道にも反している。

「——こちらバルムンク、逃走中の男を取り押さえました。右の頬に傷痕があります。年齢も四十代です。陳龍に間違いないでしょう」

　柊真の嬉しそうな声がイヤホンから聞こえる。

「二人ともよくやった。撤収するぞ」

　浩志が拳を軽く握った。

「やりましたね」

　辰也が笑みを浮かべて右手を上げた。無線は全員がモニターしている。他の仲間も拳を掲げていた。

「そうだな」

　浩志は辰也が上げた手にハイタッチした。

6

午後十一時五十分、ナブラ渓谷。

鮫沼が八つの小屋に携行缶を振ってガソリンを撒いている。

捕縛した中国兵は手足を結束バンドで縛り上げ、小屋から離れた場所に集めて転がしてあった。中国兵は最大で五十人残っている可能性もあったが、実際は三十二人だった。友恵も軍事衛星で監視していたが、彼らは小屋の中にいたため把握できなかったのだ。

「下がってください」

村瀬がガソリンで濡れている小屋に松明で次々と火を点けた。

「おまえが陳龍ということは、分かっている」

浩志は右頬に傷痕がある男を他の兵士から遠ざけ、中国語で尋問している。

「まともな中国語で尋ねるんだな」

陳龍と見られる男は浩志の視線を外して笑った。拘束している兵士は皆同じグリーンの迷彩服を着ているが、階級章は誰も付けていない。所属も分からないようにしているのだろう。

浩志は他の捕虜の近くにいるダワンに頷いてみせた。

「あそこにいるのは、陳龍だな？」

ダワンは拘束している兵士の一人を跪かせ、中国語で尋ねた。歳は二十代前半と捕虜の中で一番若そうな兵士だ。

「知らない」

兵士は首を振った。

鼻先で笑ったダワンはタクティカルナイフを出すと、兵士の太腿に刺した。

「ぎゃ」

兵士は仰向けに倒れて呻いた。

「もう一度聞くが、あの男の名前は何と言う？　我々はおまえたちに二十人も仲間を殺された。同じ数だけおまえたちを殺す権利はあるんだぞ」

ダワンは突き刺したナイフを抜き、兵士の喉元に当てた。

「……陳龍少校だ」

呻き声とともに男は答えた。

「礼を言うぞ」

ダワンは尋問した兵士の戦闘服の肩でナイフの血を拭き取り、浩志に向かって親指を立ててみせた。

「部下はおまえを陳龍だと言っているぞ。嘘を言っても仕方がないだろう」

浩志は陳龍の首を右手で摑んでじわじわと絞めた。

「きっ、貴様、……離せ」

陳龍の顔色は、赤から青色に変わった、瞳が淀(よど)んでくる。失神寸前ということだ。

舌打ちをした浩志は右手を離し、腕を組んで立ち上がった。暴力を使う尋問は経験がある。夏樹が指摘したように、短時間での拷問は効果がない。暴力に即効性があるのは意志が弱い者で、得てして重要な情報を持っていない者だ。白状しない者は、自分の命を惜しむことはない。死よりも恐怖を覚える何かを持っているからだ。それが、家族の安全なのか、国家の安全なのかは分からない。だが、それを調べる術(すべ)はない。

「しぶとそうですね」

尋問を見ていた辰也が、小声で首を左右に振った。

「あいつは、死を恐れていない」

浩志は陳龍から離れると、ダワンを手招きした。

「出番ですか？」

ダワンは嬉しそうに尋ねてきた。

「すまないが、あの男が自分で名乗るように指導してくれないか」

浩志は陳龍を指差して言った。

「喜んで」

笑顔で答えたダワンは大股で陳龍に近付くと、いきなり右拳で陳龍を殴りつけた。

「殴っても吐かないでしょう。死ぬほど怖い目に遭わなければ、駄目じゃないですか？」

辰也は首を傾げている。

「俺もそう思う。死ぬほどの恐怖が必要だ」

浩志は衛星携帯電話機で、パータプール陸軍航空部隊基地で待機している田中を呼び出した。

「俺だ。出動できるか？」

――怪我人が出たんですか？

田中の声が緊迫している。

「いや作戦は成功したが、おまえの腕が必要になった。現場に盛大なヘリポートを用意した。すぐに来てくれ」

――了解！

田中は明るく返事をした。出番がなくてうずうずしていたのだろう。

五分後、田中の操縦するドゥルーブが燃え盛る小屋の中心にある広場に降り立った。

「陳龍を乗せるんだ」

浩志は鮫沼と村瀬に命じた。二人は顔面を変形させた陳龍の両腕を左右から摑んでドゥルーブに乗り込んだ。ダワンが、陳龍をさんざん殴りつけたものの、結局名前すら白状しなかった。これ以上の暴力による拷問は意味がないのだ。

「乗れ！　ゴー！　ゴー！」

浩志はドゥループの後部ハッチの前で手を振る。リベンジャーズの仲間と柊真、それにダワンが乗り込み、浩志は最後に飛び乗った。ダワンの部下は、拘束した中国兵をさらに尋問するために残る。

ドゥループが上昇する。

「田中、ショク川とナブラ川の合流地点でホバリングしてくれ」

マイクが付いたクルー用ヘッドセットをした浩志は操縦席の田中に指示すると、救助用のロープを陳龍の足首に結びつけた。

「あとは俺がやりますよ」

浩志の意図を察した辰也と宮坂が後部のスライドドアを開け、陳龍を抱えて足首のロープを救助用ホイスト装置のフックに結びつけた。

救助用ホイスト装置は、ヘリ胴体のサイド上部に取り付けられている。内部の電気モーターで、人や救助用担架などを降下させたり引き揚げたりするウィンチである。

「やっ、止めろ！」

逆さになった陳龍は、ようやく事態を呑み込めたようだ。

「おまえの名前は？」

浩志は陳龍に大声で尋ねた。

「おまえに聞かせる名前はない」

陳龍は怒鳴(どな)り返した。

――ショク川とナブラ川の合流地点に到着しました。

田中からの連絡とともに機体に負荷がかかり、ホバリングをはじめた。

「高度十五メートルまで下げてくれ」

――了解！

浩志は辰也らに合図をした。

「いっせいのせ！」

掛け声とともに辰也と宮坂は、陳龍を機外に放り投げた。浩志はすかさずホイスト装置のリモコンの下降ボタンを押し、ワイヤーを繰り出す。

「わあ！」

バンジージャンプのごとく落下する陳龍が、悲鳴を上げた。

降下ボタンを押し続け、陳龍を川の中に落とした。

「これは、きついな。流れもありますよ」

宮坂が機体から身を乗り出して苦笑している。

浩志はリモコンの上昇ボタンを押し、陳龍を引き揚げた。

「名前は？」

浩志は再び尋ねた。

「……陳……陳龍」

陳龍は咳き込みながら答えた。川の水を飲んだようだ。

浩志はダワンと位置を入れ替わった。

「本題に入るぞ。おまえの小隊が総参謀部の梁羽を拉致したことは分かっている」

浩志が英語で話し、ダワンが中国語に通訳した。さすがに複雑な会話を中国語でするのは難しいため、頼んだのだ。ダワンには梁羽が民主主義国家にとって大事な人物で、中国政府に拉致監禁されていると教えてある。

「なっ！」

陳龍が両眼を見開いた。

「梁羽をどこに送り込んだ。居場所を教えろ」

ダワンは調子に乗って陳龍の足を揺すった。

「貴様ら、インド軍だと思ったが、米国のスパイだな」

陳龍は、逆ギレしたようだ。

浩志はリモコンの降下ボタンを押し、陳龍を再び川に沈めた。今度は少々長めにしてみる。

「死にますよ」

今度は辰也が下を覗き込んで頭を掻いている。

三十秒ほどして水中から引き揚げた。

「気絶しています。どうしますか」

辰也が陳龍の頬を軽く叩きながら尋ねてきた。

「水を吐かせてくれ。撤収」

小さく頷いた浩志は、溜息を吐いた。

非情の諜報(ちょうほう)

1

陳龍はベッドの上で目覚めた。

左腕には点滴が打たれており、右手首には手錠がかけられてベッドのパイプに繋(つな)がれている。しかも、両足首にはロープが巻かれてベッドに縛りつけられていた。

三十平米ほどある部屋の壁も天井も打ちっぱなしのコンクリートで、窓もない。湿気臭く、病室というよりも地下室か倉庫という感じである。

鉄製のドアが開き、マスクをしたダワンが入ってきた。

「気が付いたか、陳龍」

ダワンは中国語で尋ねた。

「ここは、どこだ?」

陳龍は頭をもたげて尋ねた。

「我々の基地だ。場所を知って何になる。逃げ出せるとでも思っているのか？」

ダワンは陳龍の右手首を摑(つか)んで揺さぶり、手錠の具合を確認した。

「インドはジュネーブ条約も知らないのか？　私を不当に監禁しているんだぞ。明らかに人権侵害だ」

陳龍は歯を剝(む)き出して睨(にら)んだ。ジュネーブ条約とは傷病者及び捕虜の待遇改善のための国際条約である。

「人権お構いなしなのは中国だろう。ウイグルやチベットで不妊手術の強制や虐待をし、民族浄化を謀(はか)っていると聞いている。中国人のおまえに言われたくない。そもそもおまえは軍人じゃない。スパイだ。戦争捕虜とは違う」

ダワンは右手を左右に振って笑った。

「私は軍人として、係争地に進軍した。戦争捕虜だ。さっさと手錠を外せ！」

陳龍は右手を振って手錠を鳴らした。

「おまえは中央統一戦線の工作部に所属しているそうじゃないか。軍人の階級を持つ諜報員だ。おまえは薄汚いスパイなんだよ。誤魔化(ごまか)すな」

ダワンは陳龍の胸を人差し指で突いた。

「どこで、それを……。やはり、私を捕らえたのは、米国のスパイだな。闘い方がインド兵とはまるっきり違った」

　陳龍は睨みつけた。

「そんなことはどうでもいい。明日にでもおまえを国務省に連行する。だが、おまえは、インド兵を二十名も殺害した張本人だ。ティハール刑務所にぶち込まれるだろうな。どうなるか楽しみだ」

　ダワンは大袈裟に笑った。

　ティハール刑務所は、デリーにあるインド最大の刑務所である。凶悪犯も多く、暴力沙汰も絶えない。そのため、刑務所側も普段から銃で躊躇いもなく対処する。だが、ダワンが「楽しみだ」と言ったのは、インド人受刑者が中国人受刑者を瞬殺するという意味だろう。

「脅しているつもりか？　私は中国拳法の達人だぞ。手を出してきた犯罪者は叩き殺すまでだ。それに拉致したことがバレれば我が国は黙っていないぞ」

　陳龍は不敵に笑って見せた。

「その割に簡単に捕まったらしいな」

　ダワンは手を叩いて笑った。陳龍を取り押さえたのは柊真であったが、加藤一人だったら取り逃がしていただろう。

「むっ」

陳龍は眉間に皺を寄せて押し黙った。そうとう悔しいらしい。加藤の報告では数秒で勝負が決まったようだ。

「まあ、今日はゆっくりすることだ。もてなしてやるぞ」

ダワンは陳龍の肩を強く叩くと、部屋を出た。

薄暗い廊下を進み、階段を上がった。

廊下の突き当たりにある出入口には、ＩＮＳＡＳ小銃を手にした警備兵が立っている。ダワンは警備兵に軽く敬礼すると、手前にあるドアを開けて中に入った。

五十平米ほどの部屋にテーブルと椅子が並べてあり、右手奥には厨房がある。スカンパック陸軍基地の食堂であった。陳龍を拘束している部屋は地下倉庫で、勾留するために急遽備蓄品や食料品を片付けたのだ。夏樹の指導で基地の兵士を使って、あらかじめ用意してあった。

厨房と反対側にあるテーブルでは、浩志と夏樹がチャイを飲んで寛いでいた。時刻は午前二時二十分、ナブラ渓谷から戻って二時間が経過している。仲間は兵舎に戻っているが、食堂に集合することになっていた。

「無駄だったようだな」

浩志はチャイを啜りながら言った。砂糖は少なめにしているが、濃厚な味はこの時間にはカンフル剤になる。

「食えない奴ですよ。中国人はみんなそうですが」

ダワンは厨房のカウンターに置かれているアルマイトのティーカップにポットからチャイを注ぐと、ガラス瓶から砂糖をスプーンで三杯掬って入れた。日本人には甘すぎるが、インド人としては標準的だろう。

「中央統戦部は、中国共産党中央委員会の直属の部隊で精鋭が揃えてある。しかも国家の機密にも触れるため、拷問に耐えられるように訓練を受けているそうだ。半端なことじゃ口を開かないだろう」

浩志はふんと鼻息を漏らした。

「一人っ子政策前に生まれた中国人は強い」

夏樹は独り言のように呟き、窓の外を眺めていた。月明かりに照らされたショク川と背後の山々の風景は、緑は少ないが大自然の力強さを感じる。

「作戦はいつからはじめる?」

浩志は夏樹にそれとなく尋ねた。

ガルワン渓谷に残してきたダワンの部下によると、中国兵らは午前七時に定時連絡をすることになっていたらしい。その時間まで、陳龍が不在でも怪しまれないということだ。

だが、夏樹によると、中国が拉致されたと抗議してきても中央統戦部のスパイを逮捕したと撥ね返せば、事実だけに問題ないという。ウイグル自治区や西蔵自治区（チベット）

で、中央統戦部が暗躍していることは知られていた。それが他国領域で活動していることになれば、国際的に批判を浴びるのは中国である。事を構えることはしないと言うのだ。

「〇四〇〇時を予定しています。あまり早く行動すると怪しまれますから。その前にガルワン渓谷の捕虜は解放してください。彼らから得る情報はもうなさそうですから」

夏樹は素っ気なく答えた。

「えっ、いいのか?」

肩を竦めたダワンは、浩志と夏樹を交互に見た。

「陳龍の部下に、必要な情報は得られたから自由にしてやると言えばいい」

夏樹は抑揚もなく言った。

「なるほど、やつの部下に指揮官は裏切ったと思わせるのだな。当然彼らは本部にもそう報告する」

ダワンは手を叩いた。

「時間の制約はなくなる」

夏樹は頷いた。

「面白い」

浩志はチャイを飲み干すと、窓に視線を移した。

2

午前四時、スカンパック陸軍基地。

インド空軍の迷彩服を着ている夏樹は小脇に布袋を挟んで、食堂の地下に通じる階段を足音も立てずに下りていく。彼の後ろには二人のインド兵が従っていた。

夏樹は顔に茶色の特殊なドーランを塗って眉毛（まゆげ）も書き足してある。元々彫りが深い顔をしているため、インド人と言っても充分通用する。そもそもインドでも北部は比較的肌の色は白く、イラン人に似ている。南部にいくほど褐色（かっしょく）の肌で黒人のような顔立ちになる。また、北東部にはモンゴロイド系も多く住み、十四億の人口を持つインド人の系統は複雑なのだ。

階段下の廊下を進み、突き当たりの鉄製のドアの前でインド兵に頷くと、ドアを開けて滑り込むように中に入った。

部屋の中央に置かれているパイプベッドに陳龍が拘束されている。

「声を出すなよ」

夏樹は中国語で言うと、呆気（あっけ）にとられている陳龍の足に巻きついているロープを解（ほど）いた。

「何者だ？」

　陳龍は小声で尋ねてきた。

「私は総参謀部の許楚欽少校だ」

「何？　どう見てもインド人だが……」

　陳龍はまじまじと夏樹の顔を見た。

「特殊メイクだ。こう見えても、上海生まれだ。ここを脱出したら素顔を見せてやる」

　夏樹は、手錠も外した。

「助かった。アクサイチンの中継基地から来たのか？」

　陳龍は起き上がると、左手の点滴針をテープごと引き抜いた。

「パラム空軍基地から来た。これに着替えろ」

　夏樹はそう言うと、小脇に挟んでいた袋からインド空軍のグレーの迷彩服を出した。

「こんな時間に、どうやって？」

　手錠で傷ついた手首を摩っていた陳龍は、着替え始めた。

「軍用ヘリで来たのだ。質問は後だ。脱出するぞ」

　夏樹はドアを薄く開けて廊下の様子を窺うと、部屋を出た。陳龍は迷彩服のボタンを留めながら従った。

「なっ！」

陳龍は眉を吊り上げた。廊下に二人の兵士が倒れている。夏樹が連れてきたインド兵が、気絶した振りをしているのだ。

「何をしている。早くこい」

夏樹は手招きをして階段を駆け上がる。

「分かった」

陳龍は夏樹の後に続き、建物を出た。出入口の前にジプシーが停めてある。

「マスクで顔を隠し、後部座席に乗れ」

夏樹は陳龍にマスクを渡して運転席に乗り込んだ。陳龍はマスクをつけて後部座席に収まる。

ジプシーは基地内の道路を進み、南にある正面ゲートに到着した。

「プタッパ少佐、もうお帰りですか？」

ゲートボックスから警備兵が出てきた。

「忙しいんだ。ありがとう」

車から降りた夏樹は懐から銃を出して警備兵をいきなり撃ち、ゲートボックスの別の警備兵も銃撃した。ゲートを開けてジプシーに戻ると、急発進させる。

「なんて無茶な。どうして殺したんだ」

後部座席から陳龍が後ろを振り返って尋ねた。

「ゲートの二人の兵士だけが、インド兵に化けた私の出入りを知っている。殺さないでどうするんだ?」

夏樹はバックミラー越しに陳龍を見た。その目は恐ろしく冷ややかだ。

「なっ、なるほど、さすが軍の諜報員だ」

陳龍は頷くと額の汗を拭った。夏樹の大胆な行動にかなり戸惑っているようだ。

「これから、パータプール基地に行く」

「待ってくれ。ガルワン渓谷に行ってくれ。無線機で連絡すれば、一時間以内に応援が来る。部下を解放し、一緒に中国に帰還するんだ」

「遅かったようだな。おまえの部下はすでに解放されている。いまごろ、救援ヘリで中国に向かっているはずだ。インド政府の政治的判断で、これ以上のトラブルは避けたらしい」

「何!」

「分かったか。戻っても無駄なんだ。インドからは自力で脱出するほかないんだ」

ジプシーは一・五キロ離れた陸軍航空部隊が使用するパータプール基地のゲートを抜け、駐車場に車を停めた。

「急げ!」

車から降りた夏樹は走ってヘリポートに向かった。ヘリポートには二機のドゥルーブが停められている。そのうちの一機にはパイロットが乗っていた。

夏樹は後部スライドドアを開けて陳龍を乗せると、自分は副操縦席に座った。

ドゥルーブのメインローターが回転を始める。エンジンは温まっていたらしい。すぐにドゥルーブは夜空に飛び立った。


「上手くいったようですね」

ヘリポート脇の格納庫の陰に立っていたダワンが、遠ざかるドゥルーブのナビゲーションライト（航空灯）を見つめながら言った。

「おまえの部下が名演技だったのだろう」

傍に立っている浩志はにやりとした。

地下室の廊下に倒れていた兵士もそうだが、特にゲートの警備兵が夏樹に空砲で撃たれた際のアクションは見事だった。夏樹は警備に就く兵士を何人か事前にオーディションしたらしいが、さらに演技指導したと聞いている。

「加藤、発信機は作動しているか？」

浩志はスマートフォンを見ている加藤に尋ねた。

「作動しています。現在時速二百キロで移動中です」

加藤が即答した。気を失っていた陳龍の下着には、トラッカー（ＧＰＳ発信機）を縫い込んであるのだ。夏樹は陳龍の脱出を助ける中国の諜報員に扮し、彼から梁羽の居場所を探り出すことになっている。浩志らリベンジャーズは、不測の事態に備えて陰ながらサポートするのだ。

「俺たちも行くか」

浩志は仲間らに声をかけた。

3

午前七時四十分、夏樹が乗ったドゥルーブは、パラム空軍基地に着陸した。

副操縦席から降りた夏樹は、後部スライドドアを開けて陳龍を連れ出した。

二人は身をかがめてドゥルーブのローターの風圧から逃れ、格納庫の傍に置かれているジプシーに乗り込んだ。

「これから、どうするんだ？」

助手席に乗った陳龍は、運転席の夏樹に尋ねた。

「クアラルンプール経由で広州に入るつもりだ。直行便は明日の午前七時十五分。とりあえず、私の用意したホテルに行く」

夏樹はいつものように淡々とした口ぶりだ。

「明日？　トランジットでもいいからすぐにデリー、いやインドから発(た)てないのか？」

陳龍は不満げに言った。

「おまえは、パスポートを持っているのか？」

夏樹は冷ややかな目で見た。

「パスポート、くそっ！　……待てよ。デリーの中国大使館に行けばいいんじゃないのか？」

陳龍は手を叩いた。

「おまえは馬鹿か。中央統戦部工作部は、表に出るような機関じゃないだろう。その少校が、大使館の窓口に行ってパスポートを発行してくれと民間人のように言うのか？」

夏樹は鼻先で笑うと、車を出した。

「………」

陳龍は押し黙った。さすがに素人(しろうと)のようなことを言って気恥ずかしさを覚えたのだろう。彼らも諜報員には違いないが、夏樹のように単独で行動したことがないため、非常事態に備える能力に欠けているらしい。

夏樹は空軍基地のゲートを難なく出ると、ステーション・ロードからサダー・バザー・ロードに入って北に向かい、一・五キロほど先の交差点角にあるスーパーマーケットの駐車場にジプシーを停める。スーパーマーケットはまだ開店しておらず、トラックが搬入口に停まっているだけだ。

「降りるんだ」

怪訝(けげん)な表情をしている陳龍を無視し、夏樹は車を降りた。周囲を見回した夏樹は近くに停めてあるマルチスズキのセダン、〝ディザイア〟の運転席側に跪(ひざまず)き、車体の下に手を伸ばした。ちなみにかつて英国の植民地だったインドは日本と同じ右ハンドルである。

インドでは国営企業との合弁会社であるマルチスズキの車がシェアの五割を占める。よく見かけるのが、〝ワゴンR〟、その次は日本では見かけない〝スイフト〟のセダンバージョンである〝ディザイア〟だろうか。とはいえ、昔ながらの三輪車である〝オートリキシャ〟も市街地ではよく見かける。

「あった」

夏樹は車体の下から小さなボックスを取り出すと、中から車のキーを出した。

「この車も事前に用意していたのか？」

陳龍は首を傾(かし)げている。あまりにも手際(てぎわ)がいいので疑っているのだろう。

「用意したのは、私じゃない。総参謀部・第二部の息がかかった地元の工作員だ。彼らは世界中に何万人もいる。もっとも、インドは極端に少ないから苦労するがな」

夏樹は運転席に乗ると、手に入れたキーでエンジンをかけた。スカンパック陸軍基地からの脱出はインド軍の協力を得ていたが、ディザイアは実際に地元の中国の工作員に用意させた。新しく手に入れた総参謀部・第二部の諜報員の肩書を利用しているのだ。

「総参謀部・第二部……なるほど。私の救出は中央統戦部からの依頼か？」

陳龍は小さく頷くと、助手席に座った。

「いや、私の判断だ。インド軍に潜入していたところ、おまえが拉致されたという情報を得た。デリーの上司と相談して急遽救出作戦を立てたのだ」

「海外で諜報活動するということは第三処か？　帰国命令は受けていないのか？」

陳龍は訝しげな目を向けてきた。

「受けている。しかし、このまま帰国すれば第三処に所属している諜報員は、なぜか処罰、あるいは左遷だと聞いている。それを防ぐためにおまえを救出し、党幹部からも文句を言われないような手柄を立てるんだ。命懸けで助けるのは、おまえのためじゃない。私と私の一族の未来を懸けている。おまえが拒否しても無理やり帰国させるつもりだ」

夏樹は陳龍を睨みつけた。

「おまえは……、いや、何でもない。よろしく頼む」

陳龍は何かを言いかけたが、首を振って言葉を呑んだ。

「後部座席にある服に着替えてくれ」

夏樹は戦闘服の上着を脱いだ。下には白のポロシャツを着ており、ズボンの下には薄手のジーンズを穿いていた。脱いだ服を後部座席に放り投げると、車を出した。

パレード・ロードを東に進み、バンデマタラム・マーグ通りを抜ける。

「オールドデリーに行くつもりか?」

陳龍は周囲の景色を見ながら聞いた。デリーでもこの辺りに来ると古い建物が多い。だが、オールドデリーはまだ先だ。

十二世紀から各王朝が置かれたデリーをオールドデリーと呼び、イギリス統治下で首府として建設されたのがニューデリーである。現在、首都機能はニューデリーに置かれている。

「すぐ着く」

夏樹は面倒臭そうに答えた。

突き当たりは地下鉄ブルー・ラインの高架下にある巨大な環状交差点（ラウンドアバウト）である。

観光客はよく「インドでは絶対車を運転するな」と言われる。渋滞とマナーのないドライバーに悩まされるばかりか、交通事故に遭うからだ。インドでは金で免許証が買えるため、交通法規を知らないドライバーも多い。サイドミラーをぶつけて壊してしまったり、畳んだりしている車も普通に走っている。

夏樹は時計回りにラウンドアバウトの渋滞に突っ込み、警笛を鳴らしながら左折してカロル・バックのアルヤ・サマージ・ロードに入った。必ずしもそうとは言えないが、インドでは警笛を多く鳴らした方が勝ちである。

ラウンドアバウトから数百メートル先にある四階建てのホテル・デラックスデリーに隣接する駐車場に車を停めた。見てくれは、どう見ても二つ星ホテルである。

「こんな場所まで来る必要があったのか？」

陳龍は車を降りながら不満顔で言った。ここまで来るのに四つ星、五つ星クラスのホテルをいくつも素通りしたのが気に入らないのだろう。

「空港に近い五つ星は、敵に察知されやすい。おまえはこの国の軍だけでなく、ＣＩＡからも追われているんだぞ。ホテルの監視カメラから情報が漏れる可能性もある。見つかりたいのか？」

夏樹は腕組みをしながら尋ねた。

「いや、そんなつもりはない」

陳龍は首を振った。

「チェックインすれば、このホテルのサービスが気に入るはずだ」

笑みを浮かべた夏樹はホテルのエントランスに入る。

フロント係が、顎にかけていたマスクを慌(あわ)てて直して立ち上がった。椅子に座って雑誌を眺めていたようだ。

「予約しておいた、バラガンラハ・プタッパだ。こちらは、連れの台湾人呂豪(ろごう)だ」

夏樹はフロントのカウンターに肘をかけてヒンディー語で言った。ヒンディー語に関してはこの程度の簡単な会話ならできる。

「プタッパ様、お伺いしております。お連れ様のパスポートは、チェックアウトの時にお渡しすればよろしいですよね」

フロント係は、陳龍を見ながら戸惑っているようだ。陳龍の顔の腫れは幾分引いたが、左目は痣になっている。

「それでいい。商売はどうだ？」

頷いた夏樹は、宿泊カードに二人分のサインをした。

「暇で仕方がありませんよ。四階は貸切ですよ。他も似たようなものですが」

フロント係は、笑いながら二つの鍵を渡してきた。

「コロナだから仕方ないな」

夏樹は鍵を受け取ると、エレベーターホールに向かった。

「『パスポート』とフロントは言っていたようだが、説明してくれ」

陳龍は小声で尋ねてきた。外国人がパスポートを提示しなければチェックインできないのは万国共通である。もっとも、どこの国ももぐりはある。

「このホテルは、写真データさえ渡せば、偽造パスポートを作る裏のサービスをしている。だが、おまえの顔が腫れているから戸惑っていたんだ。パスポートは台湾国籍で注文してある。少し下がってくれ。この壁をバックに写真を撮るぞ」

夏樹は壁の前に陳龍を立たせてスマートフォンで撮影した。

「この顔で大丈夫なのか？」

陳龍も不安になっているようだ。

「心配するな。地元の腕のいい業者に写真の加工修正を頼んでくる」

夏樹はエレベーターの呼び出しボタンを押した。

「聞きたいことがある」

陳龍は真剣な表情で言った。

「なんだ？」

「第三処の職員は、梁羽老師に薫陶を受けていたと聞く。君はどうなんだ？」

「老師は常に正しい道を歩き、我々を導いていた。そればかりか、中国を正しい方向に導こうとされていた。だが、そんなことを今さら言ったところでどうなる？」

「いや、聞いただけだ。私は老師の人となりを知らないから」

陳龍は消えそうな小さな声で答えると、エレベーターに乗り込んだ。

「部屋で休んでいてくれ。一時間ほどで戻る」

夏樹は陳龍に部屋の鍵を渡すとホテルを出た。

三百メートルほど歩き、交差点の角にある三階建ての〝ガネッシュ・レストラン〟の階段を上がっていく。串焼きのタンドリーチキンが美味いと評判の店らしい。

店の客は一階のイートイン・スペースで食べるが、この店の上階には特別室もあると地元の工作員から情報を得ている。まだ仕込みの時間だが、金を払って屋上席を貸し切りにしてあるのだ。

階段を上り切り、ドアを開けて屋上に出た。三階だが、遮るものがないので見晴らしはいい。屋根がある一角に二つのテーブル席があり、浩志が奥の席に座ってチャイを飲んでいる。

「早いですね」

夏樹は浩志の対面の椅子に腰を下ろした。

「着いたばかりだ。様子はどうだ？」

浩志はティーカップにケトルからチャイを注いで夏樹に渡した。パータプール基地から田中が操縦するドゥルーブにリベンジャーズと柊真は乗り込んで、夏樹らの後を追ってきたのだ。トラッカーは陳龍の下着に仕込んであり、今のところ見失う恐れはなかった。また、あらかじめ夏樹から待ち合わせ場所も聞いていたので、浩志は先回りしていたのだ。

「たぶん、私を信じたでしょう。仕上げはパスポートです」

仲間は近くのホテルにチェックインしている。

夏樹は外の景色を見ながらチャイに砂糖を入れた。写真はパリ在住のハッカーである森本に送って修正を頼んだ。ここに移動する時間で彼は作業を完了させている。

「動きはありそうか?」

浩志も外の景色を眺めている。ニューデリーの大気汚染は酷いと聞いていたが、意外と空気は澄んでいる。コロナのせいで交通量が減っているからだろう。

「地元の工作員を使って、総参謀部に連絡をさせました。情報はすでに中央統戦部にまで届いているはずです。早ければ今夜中に動くでしょう」

夏樹はチャイを飲みながら口角を僅かに上げた。彼が声を出して笑う時は演技であることは分かっている。本当に笑ったらしい。

「俺たちも準備しておこう」

浩志もにやりとすると、ティーカップのチャイを飲み干した。

4

カロル・バック、午後十一時二十分。

ニューデリーは息絶えたかのように静まり返っていた。

インドは新型コロナ感染者数が累計で四十五万六千人(二〇二〇年六月二十四日、ロイター)を超え、世界で第四位と不名誉な結果になっている。三月二十五日のロックダウンは緩和されているが、経済への打撃は著しく、夜のとばりが訪れるのも早くなっているのだ。

アルヤ・サマージ・ロードに車影が途絶えてから数時間が経つ。軍が要所を封鎖しているることもあるが、夜間出歩く者は皆無のようだ。

ホテル・デラックスデリーの反対側の歩道に乗り上げて停めてあるワゴンＲの運転席に加藤、助手席に柊真が座って監視活動をしていた。二人が組んでいるのは、機敏に動くことができるというのもあるが、二人ともバイクを乗りこなすからだ。二台のインドホンダのＣＢＦ１２５をワゴンＲのすぐ後ろに停めてある。インドは狭い路地も多いため、追跡ならバイクが有利だ。

浩志と辰也と田中は、ホテルから三十メートルほど離れた反対側の道路に停めてあるマルチスズキのミニバンであるオムニに乗っていた。

宮坂、瀬川、鮫沼、村瀬の四人は、ホテル脇の路地に停めたオムニの中である。彼らの車はホテルの駐車場のすぐ近くに停めてあるので、宿泊客の動きもすぐ摑める。

車とバイクは、返却時のトラブルを避けるためにニューデリーの傭兵代理店で借りていた。便宜的に浩志らをＡチーム、柊真らをＢチーム、宮坂らをＣチームとしている。

また、ダワンも二人の部下を伴って引き続き作戦に参加していた。ただし、ニューデリーの管轄ではないので、首都防衛軍である中央コマンドの小隊と五百メートルほど離れた公園で待機している。ダワンにも無線機を渡してあった。

「なかなか現れませんね」

柊真が欠伸を嚙み殺して言った。外から見えないようにシートを倒している。楽な姿勢になるため、眠気が襲ってくるのだ。

「この国には、他の国に比べて中国のスパイが極端に少ないらしいじゃないか。敵も人員を集めるのに苦労しているんじゃないのかな」

加藤はつられて欠伸をしながら答えた。

「少ないと言っても何百人もいるそうですよ。影山さんの勘が外れたことはないので、夜が明けるまで油断できませんね」

柊真は目を覚ますために両手で頰を叩いた。

「君は影山さんのことをよく知っているようだけど、どんな人物なんだい？」

加藤も眠気を覚ますためにガムを嚙んだ。

「一言では言い切れませんが、あえて言うのなら、変装の名人で、武道の達人、世界を股にかける優れた諜報員ということでしょうか」

柊真は首を傾げながら答えた。

「仕事ができることは、今回の作戦でも分かる。こう言っちゃなんだが、それって小学生の説明だよ。私が知りたいのは、どんな人物かということなんだ。いつもポーカーフェイスで摑みどころがないからね」

柊真は苦笑した。加藤は浩志から夏樹の希望でコミュニケーションを取らないように言われているので、逆に興味があるのだろう。

「難しい質問ですね。影山さんは仕事柄感情を表現することはありませんし、あまり会話をしませんから。ただ、あの人には藤堂さんと通じるものを感じます」

柊真は数十メートル先にある浩志の乗ったオムニを見ながら言った。

「具体的に頼むよ」

加藤は話の続きを促した。

「信念の人ですね。自分の正義を貫く人ですよ」

柊真は誇らしげに答えた。

「うーむ。『信念の人』ね。分かった。参考になったよ」

加藤は頷いた後で溜息（ためいき）を吐（つ）いた。もっと具体的な話が聞きたかったのだろう。真面目な柊真らしい説明だったが、会話が続かないのだ。

「加藤さん！」

柊真は頭を下げた。ラウンドアバウトの方角から乗用車が前を通り過ぎたのだ。車はホテルの交差点を曲がった。

「こちら、リベンジャー、現代自動車（ヒュンダイ）のグランド・i10がCチームの方に行ったぞ」

助手席の浩志は無線で宮坂らに注意を促した。規制が緩んでいるため夜間外出する者もまったくいないわけではないが、油断はできない。

——こちら針の穴。グランドはホテル脇に停まりました。スーツケースを持った若い男女が降りてきます。どうしますか？

宮坂からの返事がきた。

「待機」

浩志は判断に迷った。男女のカップルだとしても夜更けに行動するのは怪しい。だが、民間人の可能性は捨てきれない。たとえヒットマンだとしても夏樹なら対処できるだろう。

「こちら、リベンジャー。ボニート、応答せよ」

浩志は念のために夏樹にも無線で呼びかけた。

——こちらボニート、無線はモニターしている。ありがとう。

夏樹からすぐさま応答があった。落ち着いた声をしている。

若い男女は、ホテルのエントランスに入って行く。

「トレーサーマン、そこからエントランスが見えるか？」

浩志らの位置からは、エントランスは見えないのだ。

——エントランスは見えますが、フロントは見えません。車から降りて確認します。

「頼む」

浩志がワゴンRを見ると、加藤が運転席から降りた。

――男女が出てきます。問題ないようです。

加藤が慌てて車に戻った。

「うん？」

浩志は首を傾げた。若い男女は手ぶらで出てきたのだ。

「おかしいぞ。スーツケースを置いて来たのか？」

「そう言えば、どうしたんでしょう？」

運転席の辰也が首を傾げた。

「調べてくる。Cチーム、男女を拘束しろ。丁寧（ていねい）にな」

――針の穴、了解。

浩志は車から降りると、駆け出した。フロントには怪しまれるだろうが、スーツケースをどうしたか聞くつもりだ。

エントランスまで十メートル。

轟音（ごうおん）。

エントランスから炎が吹き出し、浩志は爆風でなぎ倒された。

5

浩志は頭を振りながら両手を突いて体を起こした。爆風で耳鳴りがする。

若い男女が持ち込んだスーツケースは、爆弾だったようだ。

銃声。

ホテル脇の路地からグランドi10が、飛び出して来た。

――こちら針の穴、逃げられました。

男女が、捕縛しようとする宮坂らに発砲したのだろう。

膝立ち（ひざだ）になった浩志はベレッタ92を抜き、走り去るグランドi10に向かって発砲した。

だが、トランクに火花を散らしただけで逃げられた。

「くそっ！」

舌打ちをした浩志は、立ち上がってベレッタ92をズボンに差し込んだ。

「ボニート、応答せよ。大丈夫か？」

――私は大丈夫だ。これから、ターゲットの部屋に行く。

「了解」

浩志は足元をふらつかせながらもホテルの前に停めてあるワゴンRに近付いた。運転席側の窓ガラスが割れているのだ。

車の後ろに回ると、歩道に頭から血を流して加藤が倒れており、その近くで柊真が跪いている。額から血を流しているがたいしたことはないらしい。柊真は負傷した加藤を車から運び出したようだ。

「大丈夫か？」

浩志はワゴンRにもたれ掛かって尋ねた。爆風をまともに食らったのでまだ頭がふらつくのだ。

「大丈夫ですか？」

辰也と田中も駆けつけて来た。田中は医療キットを手にしている。

「私は大丈夫です。咄嗟に両手で頭を覆いましたから」

加藤はしっかりとした口調で答えた。よく見ると、両腕にも怪我をしているようだ。

「奴らを追います。加藤さんをお願いします」

柊真はCBF125に跨ると、エンジンをかけて瞬く間に走り去った。

「本当に私は大丈夫です」

加藤は上体を起こそうと、手を突いた。

「横になっていろ！」

口調を荒らげた辰也が加藤の肩を押さえつけ、田中がペンライトで傷の具合を確かめはじめた。

パトカーのサイレンが近付いてくる。宿泊客に通報されたのだろう。

「こちら、リベンジャー。トレーサーマンが負傷した。他に負傷者はいないか？」

浩志は辰也らから目を離し、ホテルを見た。

エントランスは煙が立ち込めている。小さな炎も見えるので、放っておけば火事になるかもしれない。

――Cチーム、サメ雄が左肩を撃たれました。

「状態は？」

――かすり傷です。後で縫合すれば大丈夫でしょう。

「分かった」

――どうしますか？

サイレンが気になっているのだろう。地元の警察との接触は避けたい。

「鮫沼の救急処置を優先してくれ。ダワンを呼ぶ」

浩志は無線でダワンに連絡をした。

――連絡をしようと思っていたところです。ジャナックプリで爆弾テロ事件がついさきほどあり、待機していた小隊が駆り出されました。

ジャナックプリはニューデリーの西にあるエリアだ。敵は軍や警察を分散させる作戦に出たらしい。

「陳龍のホテルが爆破された。おまえたちだけでも来てくれ。地元警察と接触したくないんだ」

――本当ですか。すぐそちらに向かいます。

ダワンへの無線連絡中に、三台のパトカーがホテルのエントランス前に停められた。ガスマスクをした警察官がパトカーから次々と飛び出し、白煙立ち込めるエントランスに果敢に飛び込んでいく。遅れて救急車も到着する。

浩志は警察官に見つからないように車の陰に隠れた。

警察官らは運転手を除いて各パトカーから三人ずつで九人、それに二人の救急隊員もガスマスクを装着して突入した。

「インドの警察や救急隊は、優秀ですね」

辰也は妙に感心している。加藤の応急処置は田中に任せているのだろう。

「待てよ。消防隊はどうした？」

浩志は彼らを見て首を捻（ひね）った。火災の恐れがあるのなら、警察は現場を保全して消防隊の到着を待つはずだ。下手に突入すれば、消火活動の邪魔になる。日本とは違うのでなんとも言えないが、消防隊より先に動くのはおかしい。

「辰也、ここで援護してくれ」

浩志は道を渡って、パトカーに近付いた。

中央に停められているパトカーの運転席に座っていた警察官が、浩志に気が付いて車を降りてきた。

「俺は目撃者だ。捜査責任者と話がしたい」

浩志は英語で話しかけた。

「ここは危ない。それに捜査の邪魔だ。立ち去るように」

英語で答えた警察官は、両手を振った。取ってつけたような高圧的な態度である。

「分かった」

不機嫌そうな顔をした浩志は、ワゴンRまで戻った。本物の警察官なら目撃者を追い払うはずがない。それに彼らの銃も制式銃のベレッタではなかった。〝H&K　USP〟に似ていたが、おそらくノリンコ社製の92式手槍だろう。だが、それ以上に見逃せない装備をしていた。

「どうしたんですか？」

辰也が首を傾げている。

「奴らは偽(にせ)警官だ。ホルスターからサプレッサーがはみ出している。突入するぞ」

目の前の偽警察官を倒すのは簡単なことだったが、ホテルに突入するとなれば態勢を整えなければならない。そのために戻って来たのだ。

「了解！」

両眼を見開いた辰也は、眉間に皺を寄せた。

「こちら、リベンジャー。ボニート、応答せよ」

浩志は夏樹に呼び掛けた。

「ボニート、応答せよ」

再度呼びかけたが、返事がない。

「こちらリベンジャー。今到着したのは偽警官だ。これより、爆弾グマとホテルに突入する。針の穴、コマンド1、ハリケーンは援護。サメ雄はヘリボーイと待機」

浩志は銃を抜き、スライドを引いて初弾を込めた。

辰也もズボンから銃を引き抜く。

「殺すなよ」

浩志は車の陰から出ると、パトカーの傍に立っている偽警官の太腿(ふともも)を撃ち抜いた。前後のパトカーからも偽警官が銃を抜いて飛び出す。右の男の腕と肩を撃つと、足を撃った男の顎(あご)を蹴(け)り上げて昏倒(こんとう)させ、左の男は無視してエントランスに駆け込む。辰也が左にいる三人目の男の右肩と右胸を銃撃して、浩志に続いた。殺すのは簡単だが、あえて戦闘不能にする。敵は逃げる際に負傷者を連れて行くことになるだろう。足かせにすることで敵の機動性を削(そ)ぐのだ。

フロントは押しつぶされたように破壊され、フロントマンは吹き飛んで肉片と化したらしく、大量の血飛沫(ちしぶき)はあるものの姿はない。

「お待たせしました」

遅れて宮坂と瀬川と村瀬が、銃を手にエントランスに現れた。

――こちらへリボーイ。サメ雄と位置につきました。

田中から連絡だ。彼らはホテルの表で待機させてある。むろん、敵が浩志らを倒してホテルから出て来た場合に備えてのことだ。

浩志はハンドシグナルで宮坂と瀬川と村瀬の三人に一階のエレベーターホールに待機させ、辰也と非常階段を駆け上がった。

6

午後十一時三十四分、浩志と辰也は、夏樹がチェックインした部屋がある四階まで上がった。

九人もの偽警察官が侵入したはずだが、異常に静まり返っている。夏樹からの連絡も未(いま)だにない。

四階フロアに通じる鉄製のドアを開ける。

途端に目と喉を刺激する白煙が漏れてきた。

「むっ！」

浩志は慌ててドアを閉めた。敵は催涙ガスで四階を制圧したようだ。夏樹は無線連絡ができない状態に陥っているに違いない。

「……くそっ！」

辰也は左手で口元を押さえて咳き込んだ。偽警察官と偽救急隊員がガスマスクをしていたのは爆弾の煙に対処するためではなく、催涙ガスを使用するためだったのだ。

非常口のドアが開き、隙間から催涙弾が投げ込まれる。

「階段を下りろ！」

浩志は銃を非常口のドアに向けたまま階段を駆け下り、下の踊り場で銃を構えていた辰也を抜かす。

「辰也！」

次の踊り場に下りて銃を構えると、声をかけた。

辰也が階段を下りてくる。すると新たに催涙弾が投げ込まれた。

――こちら針の穴。エレベーターが開き、催涙弾が投げられました。我々は一旦退避します。

「了解！」

敵は催涙弾で逃走経路を作っているのだ。

「付いてこい！」

浩志は階段を駆け下りると、二階のフロアに出た。催涙ガスは大丈夫のようだ。彼らは非常階段とエレベーターを同時に使っているようだが、関係のないフロアは無視しているらしい。

廊下の奥に進み、突き当たりの部屋のドアを蹴破った。

「たっ、助けて！」

インド人らしき男が悲鳴を上げ、ベッドの上に飛び退いた。

浩志と辰也は運の悪い男を横目に窓を開け、二階から下の植え込みに飛び降りた。ホテル脇の路地である。表のアルヤ・サマージ・ロードは白煙に包まれていた。

銃声が聞こえる。

――こちら針の穴。敵がホテルから出て来ました。ガスマスクをした制服でない人物の姿も確認。それが、ターゲットなのか、ボニートかまでは確認できません。応戦しますか？

催涙ガスが立ち込め、はっきりと確認できないらしい。

「無理をするな。トラッカーは作動しているのか？」

トラッカーが作動していれば、不利な状況で闘う必要はない。

――駄目です。反応しません。

宮坂が悲痛な声で答えた。

「分かった。だが、交戦する必要はない」

浩志は路地を渡った。

意を汲んだ辰也が先回りをし、ホテルの駐車場の出入口脇に停めてあるオムニの運転席に乗り込んだ。浩志は助手席に座った。敵はまだ車を出していない。負傷者を乗せているために手間取っているのだろう。

「こちらリベンジャー、針の穴、応答せよ」

――針の穴、どうぞ。

「催涙ガスが晴れたら、ボニートを捜索してくれ。無線機に応答できない状態に陥っているらしい。俺と爆弾グマは敵を追尾する。後は頼んだぞ」

夏樹が襲撃者らに負けるはずはないが、催涙ガスで動けなくなったところを銃で撃たれた可能性もある。一刻も早く見つけ出す必要があった。

――了解しました。

「陳龍にトラッカーを隠し持たせていたことを予知し、着替えさせたんでしょうか」

辰也はエンジンをかけながら尋ねた。

「もし、そこまでしたというのなら陳龍を殺す目的ではなかったということだ。だが、トラッカーの電波を拾えないということは、見つけたトラッカーを破壊したことになる。そこまでする必要があるか？」

浩志は素直に疑問を持った。もし、トラッカーを見つけたのならホテルに置いてくるだけでいい。その方が、追跡者をかく乱することができるからだ。

「とすれば、拉致される際に偶発的に壊れた可能性が高いですね」

辰也は何度も頷いた。陳龍は腕に覚えがあるそうだ。襲撃してきた連中と揉み合いになったに違いない。敵は捕縛する際に暴れる陳龍を、特殊警棒等で袋叩きにした可能性もある。トラッカーは、厚さ四ミリ、二・五センチ四方の樹脂製である。小型で防水性だが、衝撃で壊れることはあるだろう。

「故障と解釈するのが自然だろう」

浩志は右手を前に振った。四台の車両が動き出したのだ。

辰也はライトを点灯させないで、路地を出ると左折した。

車列は西に向かっている。

ワゴンRが正面から走って来た。ダワンの車に違いない。

浩志はすれ違いざまに、助手席のダワンに現場に急行するようにハンドシグナルで指示した。

ポケットから衛星携帯電話機を出し、友恵に電話をかけた。代理店スタッフに過度の負担を与えていることが分かっていたため、今回の作戦ではサポートは頼んでいなかった。

——ご指示ください。

浩志が話しかける前に、友恵がいきなり言った。

「俺の現在地は分かるか？」

腕時計を見ながら尋ねた。午後十一時五十二分になっている。日本時間は午前三時二十二分ということだ。

——もちろんです。

彼女は即答した。自主的に徹夜で陰ながらサポートしていたらしい。

「三台のパトカーと救急車を追っている。衛星で先頭車両をロックオンできるか？」

——今、しました。

彼女には愚問だったらしい。

「そのままサポートしてくれ。ありがとう。ＩＰトランシーバーに切り替える」

浩志は素直に礼を言った。「頭が下がる」とはこのことである。

「しかし、敵は四台ですからね。もし、別行動を取ったら困りますね」

辰也は浮かない顔をした。軍事衛星のサポートだけでは心配らしい。

「分かっている。悟られずにアジトに行くことを望むだけだ」

アジトに入れば、仲間を呼び寄せて急襲することができる。

「そうでない場合は？」

辰也は浩志をちらりと見て言った。尾行に気付かれたらと言いたいのだろう。

「俺たちだけで襲撃する」

浩志はきっぱりと答えた。敵は十一名、そのうち負傷者三名である。辰也となら数に問題はないだろう。だが、その場合、陳龍の命は保証できない。攻撃だけで救出する手立てがないからだ。

――こちらバルムンク、リベンジャー、応答願います。

柊真から連絡が入った。

「戻ったのか？」

――すみません。爆弾カップルは見つけられませんでした。現在、オムニの後方百メートルです。

「いつの間に」

浩志は後ろを振り返った。バックミラーでは確認できなかったのだ。後方に無灯火のバイクが走っている。

――無線は聞いていましたから。

柊真はさりげなく答えた。

「了解」

浩志が無線連絡を終えると、辰也が親指を立てていた。

処刑

1

　午後十一時四十八分、浩志と辰也を乗せたオムニは、ラニー・ジャンシー・ロードを北に進んでいた。ＣＢＦ１２５に乗る柊真は、オムニの十メートル後方についている。

　偽(にせ)警察官らを乗せた四台の車は、百メートル先を走っていた。途中で順番を変えて、最後尾だった救急車は前から三番目を走っている。このまま進むのならニューデリーを抜け、オールドデリーに入るようだ。

「負傷者が三人もいるのに病院に行く様子はないですね」

　ハンドルを握る辰也は首を振った。浩志が最初に撃った男は、比較的軽傷のはずだが、あとの二人は治療が遅れたら命に関わるだろう。

「銃創だからな。病院には行けないだろう」

浩志はスマートフォンの地図を時折見ながら、独り言のように言った。大きなミスを犯したと後悔しているのだ。

ホテルを襲撃されるということは可能性の一つとしては考えていたが、備えが足りなかった。今回の作戦を立てたのは夏樹である。浩志らは彼の作戦をサポートするという立場であった。それゆえ、リベンジャーズが作戦の主体でないという考えが、甘さに繋がったのだ。

「この先、複雑な四叉路になるぞ」

浩志はスマートフォンの地図アプリを見ながら舌打ちをした。パトカーの車列が急にスピードを上げたのだ。

「むっ！」

辰也が両眼を見開いた。

先頭の車だけが手前のロシャナーラ・ロードに左折した。敵は交差点を利用して尾行をまこうと、ここまで来たに違いない。催涙弾の白煙のせいで、どの車に陳龍が乗せられたのか誰も見ていないのだ。

「やばい！　どうします？」

辰也が声を上げた。

続いて二台目が八十メートル先のララ・ジャガン・ナス・マーグに左折する。

「モッキンバード、二台目を追跡してくれ」

浩志は咄嗟に友恵に命じた。

――了解です。

友恵から返事がきた。一台目は勘に過ぎないが無視した。

三台目の救急車が右折し、ララ・ハーデブ・サハイ・マーグに曲がった。

「バルムンク、救急車を頼む」

本命は救急車だと思っている。あえて柊真に追わせた。バイクの方がまかれる心配はないからだ。

――了解！

柊真は浩志らの車を追い越し、救急車を追って行く。

案の定、最後尾の車はドクター・カリンウォル・ロードに直進した。

「俺たちはあの車ですね」

辰也が張り切ってアクセルを踏み込んだ。

午後十一時五十分、アルヤ・サマージ・ロード。

ホテル・デラックスデリー前の風上に宮坂、瀬川、田中、鮫沼、村瀬の五人が立っていた。爆風で飛ばされたガラス破片で負傷した加藤は、Ｃチームのオムニの後部座席で休んでいる。鮫沼は銃で肩を撃たれたが、田中がかなりきつめに包帯を巻いて復帰した。

また、合流したダワンと二人の部下は、ＩＮＳＡＳ小銃を手にホテルの前に立っていた。軍に応援を要請したのだが、他の地区で起きた爆弾テロの被害が大きいためか、まだ到着しないのだ。

「もう大丈夫だろう」

宮坂がホテルのエントランスに入り、周囲の匂いを嗅いだ。四階建ての小さなホテルだが換気が悪いらしく、ホテル内に充満した催涙ガスの濃度がなかなか下がらなかった。夏樹からの連絡はなく、出てくる様子もない。最悪の場合、負傷している可能性もあるため、捜索は急を要した。だが、立ち入ることができずにいたのだ。

村瀬がエレベーターの呼び出しボタンを押した。エレベーターのドアはすぐに開いたが、中から独特な刺激臭がする。村瀬はまともに吸ったらしく、咳き込んだ。五人ともマスクを二重にしているが、気休めにもならない。

「エレベーター内は換気されていないんだ。階段で行くぞ」

宮坂がすぐ隣りの階段を上がる。

四階まで上がり、階段ドアを開けると、まだ刺激臭がするもののなんとか耐えられる程度まで濃度は下がっている。だが、四階の電源は落ちており、廊下の照明はすべて消えている。

「ガスは大丈夫だ。四〇五号室と四〇六号室だと聞いている」

宮坂はハンドライトを点灯させ、先頭で廊下に出た。田中、鮫沼、村瀬、瀬川の順にそれぞれハンドライトを手にしている。

廊下を中ほどまで進んだ宮坂は、夏樹がチェックインした四〇五号室の前で立ち止まった。田中と鮫沼に隣りの陳龍の部屋を調べるようにハンドシグナルで指示する。宮坂と田中は同時にそれぞれのドアを蹴破(けやぶ)った。

「クリア」

宮坂がベッドの下まで確認した。

「クリア」

村瀬が洗面所とシャワールームから声を上げた。

宮坂は念のため、窓を開けて周囲も窺(うかが)う。

「宮坂！」

隣室から田中が大声で呼んでいる。

銃を抜いた宮坂は、村瀬、瀬川と四〇六号室に飛び込んだ。

「これを見てくれ」

田中がシャワールームを指さした。

「何！」

銃を仕舞った宮坂は、シャワールームを覗(のぞ)いて両眼を見開いた。

下着姿の東洋人が白目を剝いて蹲(うずくま)っているのだ。

「死んでいます」

男の首筋に指先を当てて脈を確かめていた鮫沼が、小さく首を振った。

2

午後十一時五十六分、オールドデリー。

ドクター・カリンウォル・ロードは、カムラ・ネイルー・リッジという南北に三キロという長細い自然公園の中にある医療センターに通じる林道である。

オムニに乗る浩志と辰也は、外灯もない林道を疾走する偽パトカーを追っていた。さすがに無灯火では運転できないため、辰也はライトを点灯させている。

「道が狭いので横に並べませんね」

辰也が渋い表情をしている。尾行が知られた以上、パトカーを強制的に止めるほかない。幅寄せしようとしてもパトカーは尻を振って邪魔するのだ。

無理に突っ込んで道から飛び出すことになれば、樹木に激突して大破という事態もありうる。敵を殲滅(せんめつ)させるのならそれでいいのだが、陳龍が乗っている可能性がある以上、無茶はできない。

「この先にある病院の前にラウンドアバウトがある。そこで決めるぞ」

浩志はスマートフォンの地図アプリで確認しながら言った。

「ラウンドアバウトに出たところで右横に割り込みます。運転手かタイヤを撃ち抜いてください」

辰也は嬉しそうに言った。

「了解！」

浩志はウインドウを開け、ベレッタ92を抜いた。最近ではグロックを使うことが多いが、十数年前は45口径ガバメントかベレッタ92を主に携帯していた。

以前のベレッタ92はスライドの軽量化を図るために先端が削り取られて段になっていたが、最近では意味がないと平らになっている。手に馴染みやすい銃だが、グロックに比べると、重量はある。近接戦では銃は軽いに越したことはないが、武器としての安心感はあった。

数十メートル先が開けている。ラウンドアバウトだ。

パトカーがいきなり加速し、直進した。

「何っ！」

辰也の反応が一テンポ遅れた。

ラウンドアバウトでパトカーがサイドターンし、助手席から銃口が覗いた。

「くそっ！　バンだと思って馬鹿にするな」

辰也は左にハンドルを切り、アクセルを床まで踏む。

後ろから銃弾が襲ってきた。

「待ってくださいよ！」

辰也は浩志に呼びかけると、ラウンドアバウトから別の道に出ると見せかけてサイドブレーキを引き、砂煙を上げながら一気にターンさせた。

浩志は正面から突っ込んでくるパトカーの運転手の頭部に銃弾を集めた。辰也は右にハンドルを切ってバンパーの角を相手の左フェンダーフロントに当てて直進し、ラウンドアバウトの端で再びサイドターンを決める。

弾かれたパトカーはラウンドアバウトから外れ、森に突っ込んだ。

浩志と辰也は銃を手に車から飛び出し、森に分け入った。

パトカーはラウンドアバウトから十数メートル離れた大木の前で停まっている。

助手席と後部座席から偽警官が飛び出し、発砲してきた。

二人は左右に分かれて反応した。

銃弾が交差する。

浩志が助手席から出て来た男の頭部を撃ち、辰也が後部座席から出て来た男に三発の銃弾を浴びせた。二人は銃を構えてパトカーに近づき、内部を確認した。トランクも開けてみたが、陳龍の姿はない。

「ハズレですか」

トランクを覗いた辰也は舌打ちをした。

「モッキンバード、応答せよ」

浩志はオムニに戻りながら友恵をＩＰトランシーバーで呼び出した。辰也は先に運転席に戻っている。

――モッキンバードです。

「こっちはハズレだ。ロックオンした車の場所を教えてくれ」

――ＧＴカルナル・ロードのラウンドアバウトで停止しています。おそらく、一台目の車と合流するのでしょう。

浩志の勘が当たったらしい。一台目のパトカーは、囮（おとり）だったようだ。

「トラッカーマップに表示してくれ」

友恵が開発した追跡用のアプリである。彼女は常に自分の作ったソフトをバージョンアップしており、以前よりも使いやすくなっていた。

――表示済みです。

トラッカーマップを見ると、ターゲットが赤く点滅しており、浩志の位置がブルーの矢印に、仲間はグリーンの点でマークされている。

「サンキュー」

浩志はオムニの助手席に飛び乗った。


ララ・ハーデブ・サハイ・マーグへ右折した救急車は、地下鉄のレッド・ラインの高架下を抜けた。

柊真は、救急車の三十メートル後方を走っている。彼らは無灯火で走っているバイクに気が付いてないようだ。その証拠に救急車は、交差点を右折して浩志らの車をやり過ごしてから速度を落とした。

「仕掛けるか」

独り言を呟（つぶや）くとアクセルを開いて加速し、救急車の左に並んだ。助手席に陳龍は座っていない。念のためにスピードを落として救急車の後ろから回り込んで右側に並んだ。

当然ではあるが、運転手は陳龍ではない。二人とも中国人らしき男である。後部寝台に乗せられている可能性があるということだ。拘束しておくのに寝台は都合がいい。浩志もそう思ったからこそ、柊真に救急車を託したのだろう。だが、それを確認するには、強制的に車を止める必要があった。

「おっと！」

柊真はバイクを右に寄せてスピードを落とした。救急車が幅寄せしてきたのだ。尾行にようやく気が付いたらしい。

運転席から銃を握った男が身を乗り出して来た。助手席の男がハンドルを持っているのだろう。相手がバイクだけに反撃できないと思っているに違いない。男は狙（ねら）いすまして銃撃してきた。

苦笑した柊真は、バイクを左に寄せて男の死角に入った。途端に耳元を銃弾が抜ける。助手席からいきなり発砲してきたのだ。助手席から発砲したいので、わざと運転手が銃撃し、柊真が左に寄るように誘導したに違いない。なかなか狡猾（こうかつ）な手口である。

柊真は蛇行運転で銃弾をかわしながら左手でベレッタ92を抜いた。フランス外人部隊の特殊部隊では、左右どちらの手でも銃を扱えるように厳しい訓練を受けた。アクセルを開いて速度を上げ、救急車の右前輪に数発の銃弾を撃ち込んですり抜けた。

制御を失った救急車は尻を振って中央分離帯に激突し、そのはずみでスピンして今度は左の路肩のコンクリートブロックにぶつかって止まった。

柊真は数十メートル先でバイクを停め、銃を構えながら救急車に駆け寄る。

運転席と助手席の男は、膨らんだエアーバックに挟まれて身動きが取れないでいる。

後部ドアを開けた柊真は、銃を構えた。

「むっ！」

柊真は眉間に皺を寄せた。

寝台と床には三人の警察官の格好をした男が乗せられていたのだ。三人とも負傷しており、胸と肩を撃たれている二人の男は瞳孔が開き切っているので死んでいるようだ。もう一人は太腿を負傷しているだけだが、気を失っているらしい。

リベンジャーズと交戦して負傷した男たちなのだろう。後部寝台に乗せたのは、どこかに捨てるつもりだったのかもしれない。治療するつもりなら、他の仲間が一緒に乗り込んで応急処置をしているはずだ。いずれにせよ、陳龍は乗っていなかった。

柊真は衛星携帯電話機で浩志に電話をかけた。無線機の受信範囲ではないと判断したからだ。

「バルムンクです。救急車には乗っていませんでした」

——そっちも空クジか。こっちもだ。前を走っていた二台は合流するつもりらしい。うち一台は軍事衛星でロックオンしている。だが、近道がないから追いつけそうにない。とりあえず、トラッカーマップに表示してある。そっちからも追跡してくれ。

「了解です」

柊真は通話を切ると、スマートフォンを出し、トラッカーマップを表示させた。日本の傭兵代理店の好意で、柊真にも友恵が作る新しいアプリが無償で提供される。マップに赤い点が表示された。

「これか」

地図を頭に叩(たた)き込んだ柊真は、バイクに跨(また)がった。

3

ロシャナーラ・ロードへ左折したパトカーの後部座席に、警察官の制服を着てガスマスクを装着した夏樹の姿があった。

ホテル・デラックスデリー前で監視活動していた浩志から無線で怪しいカップルが現れたと連絡を受けた夏樹は、ただちに必要な装備を身に付けていつでも脱出できるように準備を整えた。

ホテルのエントランスが爆破されるとは予想していなかったが、直後にフロアに催涙弾が放たれた時には、敵の作戦を予測して行動している。

夏樹は携帯している耐熱性のビニール袋を頭から被(かぶ)り、テープを使って首元で留めた。単純な方法ではあるが、有毒な煙や催涙ガスでも通用する。いつもは畳んであるので荷物にもならない。

内部の空気は五分も持たないが、それだけの時間があれば煙やガスが充満する場所から脱出するチャンスを得る可能性はあるのだ。

催涙ガスが立ち込める中、ガスマスクを装着した複数の偽警察官が四階フロアに雪崩れ込んできた。夏樹は最後尾にいた男を部屋に引き摺り込み、首を絞めて殺した。急いで男の着ていた警察官の制服を脱がせて着替え、ガスマスクを着用して敵に紛れ込んだのだ。敵は陳龍の居場所を特定していたようだ。

中国の要人には、本人に気付かれないようにGPSチップが埋め込まれるということを聞いたことがあった。陳龍自身も知らなかったようだが、それを確かめなかったのは痛恨のミスである。

陳龍は自分の部屋に侵入した男たちにかなり抵抗したらしく、おかげで時間は稼げた。夏樹が敵に化けて廊下に出たところで、リーダー格の呉という男から撤収を命じられた。ホテル前に三台のパトカーと救急車が停められており、夏樹は命じられるままに陳龍とは別の車に乗らざるを得なかった。催涙ガスで視界が悪く陳龍を誤射する恐れがあったため、車に乗る直前の攻撃のチャンスを逃したのだ。

「ガスマスクを付けたまま眠るとは、間抜けなやつですよ」

ハンドルを握る男が、バックミラーで夏樹を見て笑った。顔を隠すためにガスマスクを装着したまま車に乗り込み、眠った振りをしているのだ。

「ガスマスクが緩くて、隙間から催涙ガスをまともに吸ったのかもな。合流地点に着いたら、叩き起こしてやる。一キロを切ったな」

助手席の男が呆れ顔で言った。

ロシャナーラ・ロードは一旦西に向かうが、ロシャナーラ・ガーデンという広大な公園にぶつかって北に進み、GTカルナル・ロードとラウンドアバウトで合流する。

零時七分。

「おい、程大山、起きろ。合流したぞ」

助手席の男が後部座席に身を乗り出し、夏樹の肩を揺り動かした。パトカーがラウンドアバウトで左に曲がり、GTカルナル・ロードに入ったことは認識している。

夏樹は無視して眠った振りを続けた。

「いつまで寝ているんだ」

助手席の男が、ガスマスクを剝ぎ取った。

夏樹は助手席の男の腕を摑んで引き寄せ、男の顎の下に92式手槍のサプレッサーを突き付けた。殺した男から制服だけでなく、武器も奪っていたのだ。

「声を出すな。撃ち殺すぞ」

夏樹は男の耳元で囁くように言った。

「えっ！」

男は慌てて体を引こうとする。

「死にたいのか？」

夏樹はサプレッサーの銃口を押しつけた。

「分かった」

「声を上げれば、シートの後ろから撃つ。何もなかったように振る舞え。『ガスを吸ったせいで気分が悪くなっている』と言うんだ」

夏樹は男を突き放すとガスマスクを被り、運転手から見えないように右側のシートに深く座った。

「程は、ガスを吸って気分を悪くしているようだ」

男は咳払いをすると、助手席に座り直した。

「……そういうことか」

運転している男は一瞬返事が遅れた。同時にハンドルを左右に振った。咳払いが合図だったらしい。

車体が蛇行し、体が大きく揺さぶられる。

助手席の男が、銃を抜いた。すかさず夏樹は、助手席の背面に三発の銃弾を撃ち込んだ。

「ぐっ」

助手席の男は、ぐったりとダッシュボードにうつ伏せになる。

「おまえも死にたいのか？」

夏樹は左手に銃を持ち替えると運転席の男の首にサプレッサーを突き付け、右手で男のホルスターから銃を奪った。

「しっ、死にたくない。だが、無駄な抵抗だ。リーダーはすでに怪しいと思っている。俺を殺しても何にもならないぞ」

運転席の男はバックミラーを見ながら言った。車を蛇行させることで緊急事態を知らせたのかもしれない。二十メートル先を走っていたパトカーが速度を落とし、右側に並走した。

夏樹が頭を下げた途端、後部座席が銃撃された。

両手に銃を持った夏樹は、足を右側に向けてシートに横になる。軽く息を整えると、左手だけ持ち上げ、窓越しに銃を数発撃って威嚇射撃をする。すかさず体を起こして右手の銃で、並走しているパトカーの運転手の頭に三発の銃弾を撃ち込んだ。

並走していたパトカーが中央分離帯に激突して宙に舞い、一回転して道路に叩きつけられた。ただ単純に車を止めるつもりが、銃を撃ち込まれた衝撃で運転手がアクセルを踏み込んだらしい。

「停めろ！」

舌打ちをした夏樹が声を上げた。

運転席の男は急ブレーキをかけて車を停めると、すかさず死んだ助手席の男のホルスターの銃に手をかけた。訓練された軍人なら当然の行動である。

夏樹は男より速く、左手の銃で運転席の男の頭を撃った。予測されるような行動は取るべきではない。プロなら覚えておくことだ。

脳漿（のうしょう）をぶちまけた男を一瞥（いちべつ）することもなく、夏樹はドアを開けて車を降り、大破したパトカーに近付いた。

「むっ？」

車内を覗いたが、運転席と助手席に男が乗っているだけだ。ホテル前でパトカーに乗る際、陳龍がこの車に乗せられるのを見ている。

首を捻った夏樹はトランクオープナーを引いてトランクを開けた。

「どういうことだ？」

首を捻った。陳龍の姿がないのだ。

4

零時十一分。ＧＴカルナル・ロード。

夏樹はクラッシュしたパトカーの助手席から、気を失っている男を引き摺り出した。頭を強打し、脳震盪（のうしんとう）を起こしているのだろう。

自分の乗っていたパトカーから二つの死体を路上に転がすと、負傷した男を助手席に乗せた。念のために三人の体を調べたが、銃が中国製というだけで、見た目通り警察官の装備をしている。

手錠まで持っているのは、陳龍を拘束するために用意したのだろう。もっとも完璧に扮装したところで、中国系の警察官だけのチームがインドの首都圏にあるとは思えない。彼らもそれが分かっているから、逃走の際に軍の検問を避けていたのだろう。

「むっ！」

助手席の男に手錠を掛けた夏樹は、舌打ちをした。イビキをかいているのだ。脳震盪ではなく、頭部を強打して脳内出血している可能性がある。首を振りながらも乗ってきた車を走らせることにした。

車影はまったくないので、壊れたパトカーと死体を見つけるのは、夜明けにパトロールする警察か軍だろう。だが、今後の作戦に支障を来さないように、浩志を介してダワンに連絡してもらって処理させた方がいいはずだ。

五百メートルほど進み、バーマ・シャー・マークとの交差点でUターンした。ロシャナーラ・ガーデンの交差点から二キロ近く離れた場所だ。

右手でハンドルを握り、衛星携帯電話機で浩志に電話をかけた。

オムニに乗っている浩志と辰也は、ドクター・カリンウォル・ロードからGTカルナル・ロードに入り、西に向かっている。

ポケットの衛星携帯電話機が反応した。

浩志はにやりとした。夏樹から電話がかかってきたのだ。

「やはり、無事だったか」

軍事衛星で監視していた友恵から、ロックオンしたパトカーと別のパトカーが銃撃戦の末、一台が大破したと連絡があったばかりだ。また、ホテル・デラックスデリーを調べた宮坂から、夏樹の部屋から身元不明の死体を発見したと連絡が入っていた。夏樹が偽警官になりすまして敵に潜り込んだと考えれば、辻褄が合うと思っていたのだ。

——ダワンにクラッシュしたパトカーの処理をお願いしてもらえますか。座標は送ります。合流できますか？

夏樹は抑揚のない声で言った。まるで他人事のようである。かなりハードな局面だったのだろうが、すでに眼中にないということだ。

「今、GTカルナル・ロードに入ったところだ。こっちは追跡していたパトカー一台と救急車を調べたが、ターゲットはいなかった」

——やはり、そうですか。ターゲットが乗っていたはずのパトカーに姿はありませんでした。途中で下ろされたようです。呉というリーダーと一緒にいるはずです。連中はGT

カルナル・ロードとロシャナーラ・ロードのラウンドアバウト近くで合流すると言っていました。そこが怪しいですね。ラウンドアバウトの北側で落ち合いましょう。

「了解。たぶんバルムンクが先に到着するはずだ」

浩志は通話を切ると、ＩＰトランシーバーで友恵を呼び出した。

「結果的に四台の車に、ターゲットは乗っていなかった。どこかで車を乗り換えたのか、途中にアジトがあったかのどちらかだろう」

――すみません。気付きませんでした。

友恵は暗い声になった。

「謝るのはこっちだ。パトカーや救急車は、アジトまで行くと勝手に思い込んでいた。軍事衛星でロックオンしていたパトカーが、ＧＴカルナル・ロードで停車していた場所の座標を送ってくれ。そこに何かあるかもしれない」

警察官の制服はともかく、パトカーや救急車はどこかで盗んだのだろう。しかも、警察署以外にそれらの車で乗りつければ、怪しまれる。だとすれば、足がつかないようにどこかに乗り捨て、用意しておいた車で逃走するはずだ。そこまで予測して行動するべきだった。

――了解です。追跡アプリに反映させます。

友恵の息遣(いきづか)いが聞こえた。思わず、安堵の溜息(ためいき)を漏(も)らしたのだろう。責任感が強いだけにかなり張り詰めた状態だったに違いない。

「ありがとう」

通話を終えると、スマートフォンが振動した。追跡アプリの情報が更新されたという合図である。追跡アプリ上の地図を見ると、GTカルナル・ロードとロシャナーラ・ロードのラウンドアバウトのすぐ北側に黄色いチェックマークが点灯している。

浩志らが数分で到着すると、柊真はすでに待っていた。

辰也は柊真のバイクの横に車を停めた。

辺りは商店街らしく、煤で汚れた古びた店がずらりと並んでいる。看板やシャッターは英語表記もあるが、ほとんどがヒンディー語だ。

浩志と辰也は車を降りて、外の空気を吸った。気温は三十七度と、日中に比べれば八度ほど下がっている。だが、この季節は夜になっても涼しくはならない。ただ、排ガス臭くはないのが救いだ。二〇一九年の記録だが、インドでは大気汚染による呼吸器疾患などで約百七十万人が亡くなっている。街全体が煤けているのも、排気ガスのせいだろう。

「派手にやられましたね」

柊真はオムニの後部ドアを見て苦笑した。後部ウインドウが割れ、ボディにも数発の銃痕が残っている。ニューデリーの傭兵代理店から車を借りる際に、乗り捨てにしてもいいように余分に金を払っていたが、少々上乗せする必要がありそうだ。

「暑いから風通しを良くしたんだ」

辰也は笑いながら言った。

「来たぞ」

ラウンドアバウトと反対側を見ていた浩志は、近付いてくるヘッドライトを見てベルトに差し込んであるベレッタのグリップに手をかけた。夏樹だとは思うが油断はできない。反対車線を走ってきたパトカーが、オムニの隣りに滑り込むように停まった。

「お待たせしました」

運転席から警察官の制服を着た夏樹が現れた。インド人に見える特殊メイクをしているだけに、誰しも現地の警察官だと思うだろう。

「助手席の男は人質か？」

浩志は助手席でぐったりとしている男を指差した。

「尋問しようと思って連れてきたんですが、打ち所が悪かったみたいです」

夏樹は肩を竦(すく)めた。どうやら死んでいるらしい。

「ホテル襲撃の状況から見て、彼らは陳龍の正確な居場所を知っていたようだ。おそらく、陳龍の体内にはＧＰＳチップがインプラントされているのだろう。あの男は、それを特定する手段を持っていたんじゃないのか？」

浩志は助手席の男を見て尋ねた。香港で亡命の手助けをした徐誠は、腕にインプラントされていた。陳龍もそうなのだろう。それを考慮に入れるべきだったと思っている。

「私もそう思います。それで、彼らのスマホも調べましたが、探知する方法は分かりませんでした。おそらく敵のリーダーである呉が、特殊な装置を持っているのでしょう」

夏樹は溜息を漏らした。

「万事休すか」

渋い表情の辰也は、首を振った。

5

零時二十一分。GTカルナル・ロード。

「一旦、引き揚げますか？」

辰也は、浩志の背中越しに尋ねた。

「どうして、連中はここで合流したんだと思う？」

商店街を見つめていた浩志は、振り返って辰也に質問で返した。

「単純にGTカルナル・ロードとロシャナーラ・ロードの交差点の近くだからじゃないですか？」

辰也は即答したものの、首を傾げた。

「この場所は、俺たちをまいたララ・ハーデブ・サハイ・マーグとの交差点から一キロほどしか離れていない。振り切ったから合流地点は近くても当然とも考えられる。だが、俺たちが応援を呼んで追跡する可能性を、彼らがまったく頭に入れずに行動していたとは思えないのだ」

浩志はゆっくりと頭を振った。たった一キロなら二分で追いつける。リスクが大きすぎるのだ。

「そう言えば、連中は『合流地点に着いたら』と言っていました。最初から場所は決めてあったのかもしれませんね」

夏樹は小さく首を上下に動かした。

「合流地点？　無線や電話で場所の連絡をしていたのか？」

浩志は腕を組んで頷いた。

「車内では寝た振りをして耳をそばだてていましたが、地名も道路名も言ってませんでしたね」

夏樹はさりげなく言った。敵の車に乗り込んで寝た振りなど普通の人間にできることではない。

「四台の車列はまとまって移動することになっていたはずだ。尾行に気付いて、急遽予定を変更したんじゃないかな。別のプランがあらかじめ用意されていたのだろう」

浩志は頷いた。

「ただ、仲間と合流したにもかかわらず、停止することはありませんでした。二台のパトカーは、陳龍を連れたリーダーを逃がすための囮だったのかもしれませんね」

夏樹は首を傾げながら言った。先ほどの状況を思い出しているのだろう。

「おそらく、そうだろう。影山さん、一緒に来てもらえないか」

話を聞いていた浩志は再び商店街を見た。すぐ目の前に、ブルーに白文字で書かれたヒンディー語の看板がある小さなアーケードの入口がある。ほとんど読めないが、「いらっしゃいませ」というヒンディー語の発音を英語表記にした「svaagat he」という文字はなんとか読める。そのアーケードの先にある暗闇が気になって仕方がないのだ。

「いいですよ」

夏樹は気軽に答えた。

「辰也、ダワンに連絡してくれ。このパトカーと死体の処理を頼むんだ。柊真、ここで辰也と待機」

浩志は二人に指示を出した。さすがに死体が乗ったパトカーを置き去りにできないため、彼らを残すのだ。

「了解!」

「了解!」

辰也と柊真は声を揃え、顔を見合わせて苦笑している。この場にいるのは日本人だけなので、いつのまにか日本語の会話になっていたことに改めて気付いたようだ。

浩志は夏樹を伴い、ハンドライトを点けてアーケードを潜った。東南アジアにあるような屋台の市場かと思ったが、新宿のゴールデン街のように間口の狭い店が肩を寄せ合うように並んでいる。シャッターが閉じられているので業種が分からない店が多いが、食堂は一軒もないようだ。

商店街は緩いカーブを描き、表の通りに出た。ロシャナーラ・ロードである。浩志が疑問に思っていたのは、友恵が軍事衛星でロックオンしたパトカーを監視していたにもかかわらず、彼女に気付かれずにどうやって立ち去ることができたかということだ。

「ロシャナーラ・ロード。呉は陳龍を連れてこの商店街を抜けたのか」

夏樹も気が付いたらしい。パトカーを停止させた場所から、アーケードに入ってしまえば、気付かれることはなかったはずだ。

「連中は、カーナビを使っていたか？」

浩志は周囲を見回しながら尋ねた。道路には住民の車が何台も停めてある。

「ええ、使っていたようですが、……なるほど」

一瞬、質問の意図が分からなかったようだが、すぐに頷いてみせた。

「この三台の車を調べよう。カーナビのスタンドが付いている。おそらく逃走用に用意した車なのだろう」

浩志は、アーケード街の出入口に近い場所に停めてある三台のワゴンRを覗いて言った。カーナビは見当たらないが、三台とも小型のカーナビを設置するためのスタンドだけがダッシュボードに備え付けてあるのだ。本体は盗難防止用に隠してあるのだろう。

インドのカーナビの普及率は五％ほどである。所得水準が上がれば、広がるはずだ。だが、世界中に普及している安価な中国製のカーナビをインド人は決して使わない。

襲撃犯は、ここでパトカーと救急車から乗り換えるつもりだったのだろう。リーダーの呉は、陳龍を連れて先に立ち去ったに違いない。人数からすれば、もう一台車があってもおかしくはないのだ。

「任せてください」

夏樹は助手席側に立つと、ウィンドウの端を指先で簡単に叩き割った。手品のようだが、一点に力を集中させるコツがあるのだろう。

ドアを開けた夏樹は、グローブボックスから小型のカーナビを出した。スマートフォンより一回り大きいサイズだ。

「さすがですね。中国製のカーナビがありましたよ。インドでは発売されていません。中国製はアンドロイドOSを搭載し、スマートフォンのように使うことができます。意外と優れものですが、アンドロイドだけにｒｏｏｔ化が簡単なんです」

夏樹はポケットから指先ほどのＵＳＢメモリのような物を出すと、カーナビのタイプＣのポートに差し込んだ。反対側には通常のＵＳＢのコネクタも付いているので、様々な機器に対応する仕様になっているらしい。

ｒｏｏｔ化とは、システム内の管理権を書き換えてデバイスユーザーによる操作を可能にすることだ。

オペレーションシステムの完全な除去と置き換えが可能というアンドロイドの脆弱(ぜいじゃく)性は、以前から指摘されている。

夏樹はワゴンＲのワイパーにカーナビを置くと、自分のスマートフォンを出して操作を始めた。

「ほお」

浩志も同じことを考えていた。とはいえ、友恵からｒｏｏｔ化という単語を聞かされていたので、方法は彼女に聞こうと思っていたのだ。浩志らが代理店から提供されたスマートフォンには、友恵が作成したペアリングアプリがインストールされている。他人のスマートフォンと強制的にペアリングし、傭兵代理店のスタッフが操作できるようにするというものだ。

「ＵＳＢメモリには、デバイスのアンドロイドＯＳをｒｏｏｔ化し、私のスマートフォンで操作できるようにペアリングさせるウィルスが仕込まれています」

夏樹はスマートフォンを操作しながら説明した。

「アンドロイドOSが搭載されているものなら、パソコンだろうとスマートフォンだろうとなんでもいいわけだ」

浩志は頷いた。傭兵の闘い方は進化しているが、諜報（ちょうほう）の世界はさらに上を行くらしい。

特に彼らの業界では乗り遅れたら負け、それは死を意味することもあるのだろう。

「解析できました。これが走行軌跡です。起点がアジトでしょう」

夏樹はカーナビの画面を見せた。ニューデリーのマップの上に複数の線が描かれているが、集中している場所があった。

「招集をかける」

頷いた浩志は、無線機を手にした。

6

ニューデリー、バサント・ビハール、午前三時五十五分。

このエリアは街路樹が生い茂り、至る所に公園がある。緑が溢（あふ）れる街は、公園の中に街があるかと錯覚を覚えるほどだ。バサント・ビハールはニューデリー一の高級住宅街で、各国の駐在員の中でも富裕層が集まっており、日本人も多く住んでいる。

浩志と辰也は、バサント・ビハールの北西の街角に停めたオムニの前に立っていた。時折、猿の鳴き声が聞こえるが、周囲は郊外の森の中にいるような静けさに包まれている。鳴いているのはアカゲザルかもしれない。

ニューデリーでは野生のアカゲザルの獣害が頻発していた。政府は〝モンキーワラ〟と呼ばれる猿駆除専属の職員を雇うほどである。彼らはアカゲザルの天敵であるラングールという攻撃的な猿の鳴き真似(まね)をし、パチンコで小石を飛ばして追い払う。

浩志らの目の前に陸軍のジプシーが停車し、助手席からダワンが降りてきた。

「やっと、周囲を固めることができました」

ダワンはポケットから折り畳んだ地図を出し、オムニのボンネットの上で広げた。

地図上の住宅にバツ印が付けられ、そこに通じる道路の要所に赤い丸が書き込まれている。赤い丸は軍を配備したという意味だろう。

バツ印がつけられているのは、陳龍が連れ込まれたと思われる住宅である。偽警察官が乗り換え用に用意したらしきワゴンRのカーナビから、夏樹が特殊なソフトで得た情報で割り出したのだ。夏樹は念のために並べて停めてあった別の二台のワゴンRからもカーナビを見つけ出して解析し、同じ結果を導き出している。

「地元警察には知らせてないだろうな」

浩志は念を押した。偽警官らは警察が検問している場所を知っていたと夏樹から聞いている。警察に内通者がいる可能性があるらしいのだ。そこで、ダワンを介して首都圏の軍の協力を得て、交通規制により警察をシャットアウトした。

「もちろんです。しかし、我々ができることはここまでです。私や部下が参加することも禁じられました」

ダワンは悔しそうな表情で言った。

夏樹が手に入れたカーナビは陳龍を拉致した犯人の物と思われるが、確証がない。そのため、そこから得られた情報も不確定ということになる。そもそも、拉致された陳龍は軍が不法入国させているため、公になれば軍の立場も悪くなるだろう。不確かな情報をもとに立案された作戦に、軍としては関与できないと上層部で判断されたのだ。

ただし、構成メンバーがすべて日本人という浩志のチームの行動は黙認するという形で、許可が下りた。万が一、一般人の住宅に押し入ったり、目撃者が出たとしても、外国人の泥棒の仕業として処理されることになっている。

「あとは任せてくれ。ガルワン渓谷の借りは、俺たちが返してやる。無線機はモニターしておいてくれ」

浩志はダワンの肩を叩いた。

「私はこの交差点の警備をします。上層部からは、くれぐれも騒ぎは起こさないようにと念を押されていますが、気にしないでください。作戦の成功を祈ります」

　ダワンは浩志と辰也に会釈し、ジプシーの助手席に戻った。近くにサウジアラビアの大使館もあるだけに神経質になっているのだろう。こちらとしても、銃撃戦になるようなことは避けたい。

「時間がかかりましたね」

　辰也は長い息を吐いた。

　夏樹がカーナビから手に入れた情報で偽警察官らのアジトを見つけたのは、零時半のことである。浩志はそこからすぐに仲間を招集し、午前一時にはバサント・ビハールに到着していた。

　だが、ダワンから軍上層部に許可を得るため、突入を待つように要請されたのだ。バサント・ビハールは高級住宅街だけに、ホテル・デラックスデリーのような爆破事件が起きた場合の責任をどうするか心配だったからだろう。

「ダワンが必死に催促したから、たったの二時間半で済んだんだ。夜中に軍の上層部が叩き起こされて決めたにしては早い方だろう。もっとも、それ以上、待つつもりはなかったがな」

　浩志は午前四時には決行するとダワンに伝えていた。なんとか間に合うようにしてくれたようだ。

　浩志はオムニの車体を軽く叩いた。運転席に乗っている加藤が頷いてみせた。頭部を三針、両腕を九針ほど田中が縫っている。作戦からは外していないが、いつでも脱出できるように車で待機することになっていた。

「予定通り、〇四〇〇時に決行する」

浩志は無線機で仲間全員に連絡をした。

目的の住宅は、二人がいる交差点から百メートル北にある。敷地は百七十坪ほどで、三階建ての屋敷は、コンクリートのしっかりとした造りだ。屋敷の裏側は、ダックパークという自然公園になっている。

屋敷からさらに百メートル北の交差点に停めてあるオムニに宮坂と田中が待機していた。瀬川と村瀬と鮫沼は、目的の住宅のすぐ近くで見張りをしている。柊真と夏樹は、隣接する高級マンションの敷地で待機している。加藤が負傷しているため、彼らが最初に屋敷に侵入するのだ。

「俺たちも行こうか」

浩志はサプレッサー付きの92式手槍のスライドを引いて初弾を込めた。ホテル・デラックスデリーを襲撃した偽警察官の所持していた銃をすべて回収し、ベレッタの代わりに使うことにしたのだ。92式手槍は、〝H&K　USP〟をコピーしたと言われるだけに違和感はない。

辰也も92式手槍に初弾を込めると、ベルトに差し込んだ。

二人は急ぐでもなく、通りを北に進む。

「時間です」

腕時計を見ていた辰也が、呟いた。

7

午前四時。柊真と夏樹は一メートル八十センチほどのコンクリート塀を軽々と飛び越え、屋敷の裏側から侵入した。

周辺に街灯はないため、屋敷は暗闇にどっぷりと浸かっている。

二人はベルトポーチから単眼の暗視スコープを取り出し、左手で握って右目に当てる。右手に銃を持つため少々不自然な姿勢になるが、照準を合わせるためには仕方がないのだ。

屋敷の西側には奥行きが五メートルほどの庭があり、パラソルにテーブルと椅子が置かれている。西側だけコンクリート塀ではなく、同じ高さの柵になっていた。おそらく自然公園の緑を借景にするためだろう。また、北側は広い通路のような駐車スペースになっており、ベンツSクラスとワゴンRが停められている。柊真と夏樹は、外から見える範囲で屋敷の中をすでに調べ、監視カメラと警報装置の位置を確認してあったのだ。

コンクリート塀に沿って先を歩く夏樹が右手を上げて立ち止まると、監視カメラを撃ち抜いた。

銃と暗視スコープをベルトポーチに仕舞った柊真は、壁を蹴った反動で二階のベランダに飛び付き、体を軽く振って大理石の手摺りも飛び越える。裏庭に面した一階のテラスには赤外線警報装置が張り巡らされているため、潜入できないのだ。

今度は夏樹が同じ要領で二階のベランダに飛び付き、手摺りを乗り越えた。彼の身体能力も柊真に劣らず高いのだ。

柊真は、ガラス窓のロックを外すべく、ガラスカッターを取り出した。

二階は五十平米ほどある西向きの贅沢なリビングで、シャンデリアがぶら下がり、ソファーとバーカウンターが窓から見える。

暗視スコープで部屋の中を窺っていた夏樹が、柊真の肩に手を乗せて制した。

「ドア横に警報装置のパネルがある」

夏樹は部屋の奥のドア横にあるパネルを指差す。パネルは緑のライトがいくつも点滅している。セキュリティーを集中制御できるタイプだ。窓のロックを外せば、警報装置は作動するだろう。

「カッターを貸してくれ」

夏樹は窓の上部をガラスカッターで丸く切り抜いて外すと、銃のサプレッサー部分を差し込んで二発撃った。銃弾は壁に埋め込まれているセキュリティーシステムに命中し、緑のライトはすべて消えた。

「さすが」

柊真はにやりと頷くと、夏樹から受け取ったガラスカッターで窓の端を切断し、ロックを外した。

「こちらバルムンク、セキュリティーシステムを解除」

柊真は外で待機している浩志らに小声で連絡をした。

――リベンジャー、了解。

さっそく浩志から返事があった。外で待機している仲間が、一斉に踏み込んでくる手筈になっていた。

「我々は二階から上に行きます」

柊真は無線連絡を終えると、部屋に潜入した。

夏樹はすでに奥にあるドアを開け、外を窺っている。廊下の照明は点いており、光が差し込んでいる。廊下の反対側に階段が見える。

柊真も銃を構え、夏樹に続いて部屋を出た。

足元に銃弾が跳ねた。上階から撃たれたのだ。

夏樹は反撃しながら階段下に逃げ込み、柊真も上階に向けて発砲しながら元の部屋に転がり込む。

——バルムンク、ベランダから行け！

夏樹からの無線が飛び込んだ。彼は階段下から銃弾を撃ち込んでいる。敵を引きつけている間に回り込めということだ。

「了解！」

急いで部屋を出た柊真はベランダの手摺りに上り、上階のベランダに摑まった。両手の力だけで大理石の手摺りまで上り、三階のベランダに侵入する。窓ガラスをガラスカッターで切断し、ロックを外す。サプレッサーのせいで銃声こそ聞こえないが、銃弾が壁や床に当たって跳ねる音は聞こえる。

三階は五十平米ほどの寝室であった。キングサイズのベッドが一つに、ソファーとテーブルがある。主寝室かもしれない。

銃を構えながら部屋を抜けて廊下に出る。

目の前でパジャマ姿の男が階下に向けて銃を撃っていた。

「フリーズ！」

柊真は男に銃を向けて警告した。

男は振り向きざまに発砲する。

柊真は横ではなく、前に飛んで男の心臓に二発命中させた。男の右腕の動き、トリガーを握りしめるタイミングをすべて見切った行動である。倒した男は四十代後半の中国系で、特徴は夏樹から聞いていた呉という人物に似ている。

「バルムンク。クリア。三階の他の部屋も確認します」

——こちらボニート。お疲れさん。私は二階を調べる。

夏樹は気負いのない普段の声で返答してきた。

柊真は、廊下の左右にあるドアを覗き、二つの部屋を確認した。四十平米ほどの部屋に二段ベッドが四つずつある。一つの部屋に八人ずつ宿泊可能だ。偽警察官らが泊まっていたのかもしれない。各ベッドに荷物が置いてある。

——こちら、リベンジャー。地下室でターゲットを発見した。ボニート、バルムンク、急行せよ。

柊真と夏樹が一階まで駆け下りると、玄関脇のドアの前に浩志らが立っていた。壁紙が貼ってあるので、隠しドアのようだ。ドアの向こうは地下に通じる階段がある。

「生きているようだが、状態は良くない。あとは任せる」

浩志は夏樹に言った。インド人に扮した夏樹に、尋問するようにという意味だ。

「ありがとうございます」

夏樹は軽く頭を下げると、柊真に目配せして階段を下りていく。柊真に合図したのは、証人になれということだろう。

階段下は倉庫かと思ったが、意外にも大理石の床の部屋になっていた。洗面所とトイレ付きのシャワールームも完備してある。

ソファーとテーブルを端に寄せてあり、中央にブルーシートが敷かれている。その上に陳龍が椅子に縛りつけられていた。拷問を受けたらしく、胸や腕の複数箇所から血を流している。ナイフで刺されたらしく、ブルーシートに血溜まりができていた。

「陳龍、目を覚ませ！」

夏樹は陳龍の頰を軽く叩いた。無線機はオンになっているので、会話は浩志らも聞いている。

柊真は陳龍の視界に入らないように彼の背後に立ち、証言を録音すべくスマートフォンのレコーダーアプリのスイッチをタップした。

「……許楚欽か、懲りずに助けに来たのか」

陳龍は薄らと目蓋を開けた。

「おまえに死なれては困るからな」

夏樹はポケットから折り畳みのタクティカルナイフを出し、陳龍の手足のロープを切断した。

「呉を殺したか？」

「殺した」

夏樹はあっさりと答えた。

「俺より先に死んだか。あいつは、……中央統戦部の中でも嫌な奴だった。私を裏切り者だと言って……切り刻んだのだ」

「おまえは、本当に梁羽の監禁場所を知っているのか？」

陳龍は力ない笑みを浮かべた。話すのも辛いらしい。

夏樹は陳龍の目を覗き込んで尋ねた。

「……知っている。老師は鄧威上校と一緒にいるはずだ。……俺は死ぬのか？」

陳龍は苦しげな表情を見せた。上校とは諸外国での大佐クラスである。

「おまえは、この世から脱出するんだ」

夏樹は躊躇(ためら)いもなく言った。

「……この世から？　……面白い表現だ。……素顔を見せてやると言っていたな」

陳龍の声のトーンが下がってきた。

夏樹はふっと息を漏らすと、洗面所で顔に貼り付けてあるラテックスを剝ぎ取り、顔を洗って素顔になった。

「本当に中国人だったんだな」

陳龍は夏樹の顔を見て満足そうに頷いた。

「鄧威はどこにいる？　梁羽の場所を教えろ」

夏樹は苛立ち気味に尋ねた。

「……DY0013025、私がインプラントしたから間違いない。もう一度言うぞ。DY0013……025、それで……」

陳龍は言葉の途中で目を閉じると、首をがっくりと垂れた。

「コードの意味は、分かりますか？」

レコーダーアプリを閉じた柊真は尋ねた。

「陳龍は梁羽を拘束した際に、密かにGPSチップを打ち込んだのだろう。番号はGPSチップのIDコードだ。党本部にあるパソコンや専用の探索機に入力すると、座標を割り出すことができると聞いたことがある」

夏樹は陳龍を冷たい視線で見下ろしながら答えた。

「でも、どうして、そんなことをしたんですか？」

柊真は首を傾げた。

「梁羽が拉致されたことで、軍部が不安定になっている。もし、クーデターになった場合、老師を助け出して手柄にするつもりだったに違いない。反体制側にいつでも寝返る準備をしていたのだろう」

夏樹は鼻先で笑うと、一階に通じる階段を上がった。

浩志が無言で立っている。他の仲間の姿はない。無線を聞いていたので、GPSチップを探索する機械を探しているのだろう。

「ご苦労さん」

浩志が頷くと、夏樹は右の拳を上げて応えた。

南海の戦闘

1

オーストラリアのモリソン首相は、二〇二〇年三月二十日からすべての渡航者の入国禁止を発表した。だが、物流が止まったわけではないので、貨物輸送機の離着陸はこれまで通りなされている。

六月二十四日、午前八時三十分、シドニー国際空港。

カンタス航空の貨物機であるボーイング767-300Fのタラップを、白い防護服を着た男たちが小さなバックパックを手に下りてきた。先頭を歩くのは浩志で、後に続くのはリベンジャーズの仲間と柊真の仲間である。

気温は十一度、風が強いので体感温度はもっと低い。

数メートル先に停められているマイクロバスの前に、オーストラリア軍制式アサルトライフルであるステアーＡＵＧを構える防寒ジャケットを着た兵士が立っている。トランジットのため入管手続きをすることもなく、バスで別の場所に移動するのだ。

「ちゃんと出国できるかな」

浩志の後ろを歩く、辰也が心細そうな声を出している。

ニューデリーからサンフランシスコに入り、ワットとマリアノと合流している。また、柊真の仲間であるセルジオ、フェルナンド、マットの三人とも合流した。彼らはパリから来ているので本来なら日本経由の方が早い。だが、民間旅客機がオーストラリアに乗り入れていない関係で、サンフランシスコで集合して輸送機のチャーター便に便乗したのだ。

チャーター便に乗れるように手配したのは、ＣＩＡの誠治である。オーストラリアの情報機関であるＡＳＩＯ（オーストラリア保安情報機構）と連絡を取り合い、スムーズに出入国できるように便宜を図ってもらった。

〝ディープ・ブルー〟という作戦名で、リベンジャーズがＣＩＡから委託された任務を遂行する形で行われる。そのためＣＩＡから予算が下りていた。機密ではあるが、内容は海洋調査で軍事行動ではないと関係機関には連絡してあるそうだ。

オーストラリア陸軍の協力を得て移動し、そこから先は空軍の支援で移動することになっている。

ただ、リベンジャーズが米国に入国した際に問題が発生した。宮坂、瀬川、加藤、村瀬、鮫沼の五人が発熱しており、ＰＣＲ検査をしたところ新型コロナの陽性反応が出たのだ。彼らはインドですでに感染していた可能性がある。

五人はすぐさま救急車で運ばれて病院で隔離された。他の仲間はＣＩＡの働きかけで抗体検査をし、陰性だったので出国できることになったのだ。感染者が多数出たため、辰也はいつになく心配しているのだろう。また、仲間内でクラスターが発生した可能性もあり、誰しもいつ感染するか疑心暗鬼になっている。

マイクロバスの隣りに停めてある陸軍のベンツＧクラスから、マスクをした二人の兵士が降りてきた。一人は一九〇センチ、もう一人も一八六センチはある巨漢である。

「軍司令部支援中隊のロビー・ビジオ大尉です。ミスター・藤堂ですか？」

身長が高い兵士が敬礼すると、両手を後ろに組んだ。コロナ禍のために握手はしないらしい。軍司令部支援中隊は、特殊作戦コマンドに属する特殊部隊を支援する中隊である。依頼を受けたＡＳＩＯが、極秘任務に相応（ふさわ）しい部隊を派遣したらしい。

「浩志・藤堂だ。世話になる」

浩志は軽い敬礼をした。

「それでは、ジェリコ・ファリナー上級曹長がご案内します」

ビジオはそう言うと、急ぎ足でＧクラスに戻った。接触を短時間で終わらせたかったのだろう。

「どうぞ、こちらへ」

目元をいささかひきつらせながら、ファリナーはマイクロバスのドアを開けた。この時期に海外から入ってきた見知らぬ人間と接触するのが嫌なのだろう。軍人といえども、見えない病原菌は脅威なのだ。

さきほどまでステアーAUGを構えていた兵士が、右手に非接触型体温計を持っている。乗り込む際に検温するということだろう。

浩志らは一人ずつ兵士に体温を測られてバスに乗り込んだ。バスのシートにはビニールシートが被(かぶ)せられており、窓はすべて開け放たれている。しかも、運転手は防護服にゴーグルとマスクという警戒ぶりだ。

「徹底した対応ですね」

すぐ後ろに座った柊真が、首を振っている。

「空港関係者には、俺たちは医療チームということになっているそうだ。対応を誤れば、マスコミが嗅(か)ぎつける。仕方がないだろうな」

浩志も苦笑するほかない。

夏樹は死に際(ぎわ)の陳龍から、梁羽にインプラントしたGPSチップのIDコードを聞き出すことに成功した。また、陳龍が拉致(らち)されていた屋敷からGPSチップの位置情報を割り出す装置を発見している。

装置のサイズはスマートフォンより一回り大きく、ＩＤコードを入力すると画面の地図上に位置を表示させることができた。しかも衛星通信システムを内蔵しているため、世界中で使えるという優れものである。

便宜上探索マシンと呼んでいるが、ＩＤコードを入力したところ梁羽の信号はバヌアツ共和国を示していた。新型コロナの影響で鎖国状態のバヌアツへ入国するには政府の許可がいるが、それができない事情があった。

バヌアツは、オーストラリアのブリスベンから千九百キロ北東の南太平洋上にあるシェパード諸島の島国である。イギリス連邦加盟国であるが、英国とフランスの植民地であったことから英語とフランス語、それにその二つの言語が混じり合ってできたビスラマ語が公用語となっている。

大自然を利用した国家開発政策で世界中から観光客が押し寄せ、かつては「地球上で最も幸せな国」に選ばれるほどだった。だが、二〇一〇年以降、中国からの多額の投資でインフラが整備され、政府は中国寄りになっている。

また、バヌアツでは高額の申請料を払えば、審査なしで国籍を得られる「国籍売却制度」がある。そこに目をつけた中国人からの申請が相次ぎ、二〇一七年の報告だが、数千人分の申請で政府の歳入の三分の一を占める百十五億円という額になったという。もっとも、バヌアツの国籍を得ても、実際に居住しているのはその二十パーセント以下だそうだ。だが、合法的に中国人が増える一方で、バヌアツも静かな中国の植民地化が進んでいる。

梁羽の捜索と救出への協力をバヌアツ政府に求めれば、政府の動向を監視している中国の諜報員(ちょうほういん)に知られてしまうだろう。そのため、浩志らはオーストラリア経由でバヌアツへの潜入作戦を決行することになったのだ。

マイクロバスは五百メートルほど移動し、空港の最北端にある駐機場で停止した。バスの到着と同時に、近くに停められていた陸軍の輸送機シコルスキーS‐70のローターが回転する。

「乗ってください。ゴー、ゴー！」

一番にバスを降りたファリナーは、輸送機の後部ドアを開けて手を振った。

浩志らが次々とシコルスキーS‐70に乗り込むと、機体は上昇し北東に向かう。

二十五分ほどでシコルスキーS‐70は、シドニー国際空港から百四十キロ離れたウィリアムタウン空軍基地上空に達し、駐機してあったC‐17A輸送機のすぐ後方に着陸した。二〇一一年の東日本大震災では三機も派遣され、活躍した第三十六飛行隊に配備されている機体である。

「急いでください。間もなく離陸します」

ファリナーは、またしても大声で浩志らを急(せ)き立てる。輸送機の後部貨物ハッチは開いており、すぐに乗れと言うことだ。

「俺たちを、牧場の羊と勘違いしているんじゃないのか？　せめて空港ビルでコーヒーを飲む時間ぐらいあっただろう」

ワットがファリナーに見えないように中指を立てている。

「そう言わずに、早く乗ってください」

苦笑したマリアノがワットの背中を押した。

「おまえまで俺を羊扱いするのか？」

ワットが大袈裟(おおげさ)に背中を反(そ)らせた。

「おまえは羊じゃなくて、牛だろう」

浩志は鼻先で笑った。ファリナーが急(せ)かす理由は、浩志らを一刻も早く国外に出すように命じられているからだろう。

「牛か、それなら、よく言われる」

ワットは笑いながら後部ハッチを上がっていく。

「全員、乗りましたね」

ファリナーは後部ハッチの下で叫ぶと、空軍の乗務員に敬礼して立ち去った。実にあっさりとしたものである。

最後に後部ハッチを駆け上がってきた乗務員は、ハッチの開閉ボタンを押した。途端に高バイパス・ターボファンエンジンが唸りを上げて動き出す。

C−17A輸送機が向かう先は、ニューカレドニアのヌメア＝ラ・トントゥータ国際空港である。もともと空軍の輸送機で救援物資を運ぶ予定になっていたらしい。ニューカレドニアも民間航空機の出入りを禁止しているために、物資が不足しているようだ。当初の予定では午後に到着予定だったが、この分では昼前には到着するだろう。

ニューカレドニアから目的地のバヌアツまでは約七百五十キロある。その移動手段は、まだ聞いていない。誠治によれば、まだ交渉中とのことだ。とりあえず、ニューカレドニアで待機するほかないだろう。

輸送機がゆっくりと動き出し、滑走路に入った。

午前九時二十分、四発のエンジンが雄叫びを上げて滑走路を疾走する。

「楽しいな。歌を歌いたい気分だ」

ワットは、久しぶりに仲間と輸送機に乗って興奮しているようだ。米軍最強の特殊部隊であるデルタフォースで中佐まで務め、現在も指導教官として働いているとはとても思えない。もっとも、彼はいつも陽気に振る舞い、仲間のテンションを上げる。

「何をはしゃいでいるんだ？」

辰也が頭を掻きながら尋ねた。

「世界中で新型コロナが流行している。そんな中で、俺たちは闘うことができるんだ。生きている証拠だ。それを喜ばないでどうする?」

ワットは大袈裟に肩を竦めてみせた。

「なるほど、ポジティブシンキングだな。素晴らしい。俺たちも何か歌いますか」

いつものワットのテンションにまんまと乗せられた辰也は、浩志に尋ねた。

「任せる」

苦笑した浩志は、腕を組んで目を閉じた。

2

午前十時五十分、バヌアツ共和国、ポートビラ・バウアフィールド空港。

ボーイング767に対応する二千六百メートルの滑走路はあるが、進入路に小高い山があるため、海側から周回進入しなければならない。また、反対側からの進入は、計器着陸装置が設置されていないため、有視界飛行のみの着陸となる。

メレ湾上空で大きく旋回した中国南方航空機が、雨に濡れる滑走路に水飛沫を上げながら降り立った。

飛行機は滑走路から空港ビルのエプロンに移動する。待機していたパッセンジャーステップ(タラップ車)が中国南方航空機に接続され、貨物トラックが寄ってきた。

パッセンジャーステップを、黒のズボンに白のポロシャツを着たマスクの一団が下りてくる。飛行機は、中国が派遣した新型コロナに対応する援助隊のメンバーと支援物資を積んだチャーター機だ。豪雨のため、傘をさしていても瞬く間にずぶ濡れになる。だが、気温は二十六度あり、不快な雨ではない。

医師と看護師、それにＰＣＲ検査を行う技師という構成で、団長を除いて三十歳前後の若いスタッフ十人で構成されている。

彼らの後ろにグレーのスーツを着た体格のいい二人の男が付き添っていた。中国政府が派遣した団体に必ずと言っていいほど随行する、国家安全部第十局・対外保防偵察局の局員である。北朝鮮と同じで、外国駐在組織の職員や留学生の監視や告発、域外反動組織活動の偵察などが主な任務というお目付役だ。

一人は身長一八〇センチほどで、年齢は四十代前半、もう一人は一七五センチほどで三十代半ばである。

「さっそく、大雨とはな。こんな島でスーツは野暮だろう」

年配の男がぼやいた。ズボンとジャケットの袖は濡れそぼっている。

「許二級警督、バヌアツは初めてでしたね」

若い男が年上の男に尋ねた。

「ああ、南方はね。バヌアツ行きは急に決まったから、正直言って驚いているんだ。君は二回目なんだよね。よろしく頼むよ」

許は穏やかな口調で答えた。だが、その正体は夏樹で、目の下に皺を入れて髪は白髪混じりにしてある。

陳龍から聞き出したＧＰＳチップのコードで得られた位置情報で、梁羽がバヌアツにいることを摑んだ。そこで、夏樹は総参謀部・第二部第三処の生き残りである栄珀に暗号メールで連絡を取り、バヌアツに潜入する手段を調べさせた。すると、六月二十三日に北京を出発するバヌアツ援助隊があることが分かった。

夏樹は構成メンバーのリストを送らせると同時に、援助隊に付き添う国家安全部対外保防偵察局の局員の顔ぶれも調べさせたのだ。栄珀はすぐさま警部クラスの二級警督である石旭を割り出した。諸外国で言うと警部クラスである。梁羽が栄珀の能力を高く評価していたのは、中国のサイバー警察に一切知られることなく自在に情報を得る力である。

ニューデリーから急遽北京に移動した夏樹は、急いで援助隊に潜入する準備を整えた。まずは石旭を交通事故に遭わせて病院送りにした。そして、偽の命令書を作成し、他で得ていた国家安全部の局員の身分を使って潜り込んだのだ。短時間で潜入に成功したのは栄珀の協力があってこそだが、担当者が出発前日に交通事故に遭ったために当局も新しい担当者をチェックする時間がなかったからだろう。

浩志はＣＩＡと連絡を取ってリベンジャーズの潜入方法を得たようだが、夏樹は成功率を高めるために別行動することにしたのだ。

国家安全部の二級警督なら、現地で自由が利くので梁羽が拉致されている場所を怪しまれずに突き止められるはずだ。うまくいけば、夏樹一人で救出できるかもしれないと思っている。また、浩志からは、先にバヌアツに潜入できたら偵察をと頼まれていた。

「前回はルーガンビルの港湾労働者の監視で二ヶ月も滞在しましたから、バヌアツは隅(すみ)から隅までと言いたいところですが、ルーガンビル周辺と首都のポートビラの一部しか知りません。お恥ずかしい話です」

若い男の名は、顔博文(がんはくぶん)。一級警司で英語とドイツが堪能と自慢していた。チャーター機といえども、北京国際空港を出発して成田国際空港で給油し、ポートビラ・バウアフィールド空港に到着するまでに十五時間を要している。夏樹は世間話を装って彼のプライベートなことまで聞き出した。顔博文は上司から気さくに話しかけられていると信じているため、躊躇(ためら)いもなく情報を吐いている。

中国から来た港湾労働者の監視という仕事は実に退屈極まりなく、しかも宿泊所も現場に近いモーテルだったらしい。そんな工事現場に国家安全部の職員が派遣されるとは考えにくい。若いために訓練として送り込まれたのか、彼が上司の機嫌を損ねて左遷扱いになったかどちらかに違いない。

空港で現地のスタッフと地元の保健所の役員に迎えられた一行は、マイクロバスで四つ星のグランド・ホテル&カジノにチェックインした。

ホテル名が示すとおり、カジノがあるホテルだが、ポートビラ・セントラル病院に近いという理由からである。他にも病院に近いリゾートホテルはあったのだが、長期滞在の中国人観光客で満室だった。

カジノホテルだけに、派遣された医療スタッフが仕事もしないでカジノに出入りする可能性も考えられる。そこで対外保防偵察局の局員の出番となるわけだ。その他にも海外に出たという解放感から国家の利益に反する発言をしないか、目を光らせる必要があった。そのため、夏樹と顔博文は、常に援助隊と行動を共にしなければならない。

午前十一時五十五分、ポロシャツにカジュアルなジャケットを着た夏樹は、一階のレストランに向かった。援助隊は午後十二時から四十分まで食事休憩とされており、午後一時には、ポートビラ・セントラル病院に行くことになっていた。

「許二級警督。全員、レストランに入っています」

出入口に立っている顔博文は生真面目な顔で報告した。濡れたスーツは着替えているが、同じようなグレーのスーツに紺色のネクタイを締めている。南国でスーツ姿というのは、スタンガンと特殊警棒を携帯しているためにそれをジャケットで隠す必要があるからだ。また、見張っている援助隊の職員に威圧感を与える意味もある。だが、あまりにも野暮ったい。

「顔博文、そんなに気張る必要はない。リラックスしろ。援助隊は荒くれ者の労働者じゃないんだ。ネクタイは外せ。それに私のことも階級ではなく、先生で呼んでくれ」

夏樹は顔博文の肩を叩くと、レストランに入った。海側はガラス張りになっており、テラスに出られる。三日月形のプールの向こうは海が広がっていて、雨でビーラ湾に浮かぶアイリリキ島も霞んでいた。晴れていれば、エメラルドグリーンの海を背景にした絶景を望むことができるだろう。

「許……先生。いいんですか。そんな緩い感じで？」

顔博文は、戸惑いながらもネクタイを取った。先生というのは、日本語で「さん」と呼ぶのと同じ感覚である。

「我々の仕事は援助隊の監視活動だが、同時に彼らの仕事を円滑にすることでもある。威圧感を与えて萎縮させては、彼らの足を引っ張っているのと同じだろう」

夏樹は援助隊のメンバーが見渡せる壁際の席に腰を下ろした。

「なるほど、そうですね。勉強になります」

顔博文は夏樹の向かいの席に座った。

「今日から三日間はポートビラ、次の三日間は第二の都市ルーガンビルで、援助隊は病院の医療指導とＰＣＲ検査などの活動をする。職場はどちらも病院だ。我々が一緒にいると、現地の医療関係者にもストレスを与えるだろう。正直言って我々の出る幕はないのだ。だから、病院への送迎とホテル内で彼らを監視するだけで充分だろう。団長にはその旨伝えてある」

夏樹は言い聞かせるように説明した。

「えっ、そうなんですか。とすると、自由時間が増えますね」

顔博文は笑みを浮かべた。自由時間に遊べるとでも思っているのだろう。

「実を言うと、私は極秘の任務を帯びている」

夏樹は声を潜めた。

「こんな南国で、どんな任務があるんですか？」

顔博文も小声で尋ねてきた。

「おまえのセキュリティレベルでは、詳しくは言えないが、エスピリトゥサント島に我が国を害する者が、隠れ住んでいるというのだ。私の使命は、その者を見つけ出して処罰、最悪の場合、抹殺することだ。私の仕事を手伝って欲しい」

夏樹は強い視線で顔博文を見た。

梁羽にインプラントされたGPSチップの位置は分かっている。だが、それがポートビラのあるエファテ島ではなく、二百八十キロ近く離れたルーガンビルがあるエスピリトゥサント島だという問題があったのだ。

そのため、夏樹は国内線でエスピリトゥサント島に行くつもりである。

「もっ、もちろんです」

顔博文は「抹殺」という言葉を聞いて生唾を呑み込んだ。

3

午前十一時、リベンジャーズと柊真のチームを乗せたC-17A輸送機は、小雨降るニューカレドニアのヌメア゠ラ・トントゥータ国際空港に着陸した。

C-17Aは滑走路からゆっくりと移動し、空港ビル前のエプロンに到着するが、旅客機ではないのでボーディング・ブリッジを使うことはない。

停止した輸送機の後部貨物ハッチが開き、男たちが続々と降りてくる。霧のようにまとわりつく雨の中、男たちは輸送機の後方に佇んだ。空港ビル内で入管審査を受けないことは分かっている。入国が制限されているので民間人と接触することはないが、無用な接触を避けるために現地の指示に従うように言われていた。

「お出迎えが来たようだな」

浩志の傍に立つワットが、空港ビルの陰から現れた迷彩の四駆とマイクロバスを見て笑みを浮かべた。

四駆は旧式化したプジョーP4の更新用として採用が進んでいるテクナム社製の〝マス

テックT４〟である。国産と言われているが、実際はトヨタのランドクルーザー70系をモデルに改良された車だ。

「ムッシュ・藤堂ですか？」

マステックT４の助手席から降りてきた指揮官らしき迷彩服の男が、フランス語で尋ねてきた。

浩志らを出迎えたのは、迷彩服のフランス外人部隊である。ニューカレドニアはフランスの海外領土のため、守備隊として外人部隊が派遣されているのだ。

「浩志・藤堂だ」

浩志は一歩前に出て軽い敬礼をした。

「私はエルヴァン・ラポルテ少尉です。あなた方をホテルまでお送りするように命じられました。入管手続きはそちらで行います」

ラポルテは敬礼したまま言った。緊張していることは、マスクの上からでも分かる。

「よろしく頼む」

浩志らは外人部隊が用意したマイクロバスで、一・三キロ離れたニュイ・アエロポート・ホテルに案内された。首都であるヌメアは四十キロ以上離れていることもあるが、浩志らが新型コロナの感染者でないと言い切れないため、空港近くのホテルに隔離したようだ。

ホテルは貸し切りになっているらしく、浩志らはホテルのロビーでＰＣＲ検査と入管手続きを受けた。フロントは閉鎖されており、部屋の鍵(かぎ)がフロントのカウンターに並べてある。

「部屋は一室に一人、食事はレーションをお配りします」

ラポルテは、フロント横に積み上げられたレーションを指差した。小さな島なので水際防疫を徹底させているようだ。ホテルの職員は誰もいないのかもしれない。

「私は駐車場に停めてあるマステックＴ４で待機しておりますので、御用の際はご連絡ください」

ラポルテはリベンジャーズの面々を見回すと、敬礼してエントランスから出て行った。なるべく接触しないように命じられているのだろう。

「このホテルを自由に使ってくれということですか。気前がいいといえば、それまでですがね」

辰也がフロントのカウンターに置かれているルームキーを見て首を傾(かし)げた。リベンジャーズは、浩志、辰也、田中、ワット、マリアノの五人、それに柊真、セルジオ、フェルナンド、マットの四人、合わせて九人である。だが、鍵は二十個近く置かれているのだ。

「とりあえず飯を食って、シャワーを浴びようぜ」

ワットがカウンターの鍵を取り、レーションのパッケージを小脇に抱えた。フランス軍のレーションなので喜んでいるのだろう。少なくとも米軍のレーションよりは数倍美味いのだ。

「各自、休憩。出発は未定だが、いつでも出撃できるようにしてくれ」

浩志は二番目にルームキーとレーションを取った。

「藤堂さん、ちょっとお話をしてもいいですか？」

ルームキーとレーションを手にした柊真が尋ねてきた。

「俺の部屋で飯を食いながら話そうか」

浩志は気軽に答えた。仲間から五人の感染者を出し、いまさらながら新型コロナウィルスの凄まじい感染力に戸惑っている。だが、浩志と柊真は新型エボラウィルスの抗体を持っており、それは新型コロナに対しても有効であると、米国のＣＤＣから連絡を受けていた。そのため、柊真には気を遣う必要はなかった。

「ここまでは順調でしたが、ＣＩＡから連絡は入りましたか？」

柊真は浩志の部屋に入るなり、尋ねてきた。目的地まではまだ七百キロ以上離れているので、心配しているのだろう。それに夏樹がすでにバヌアツで単独で行動していることを知っているので焦っているに違いない。

「日が暮れるまでには連絡があるだろう」

浩志はレーションのパッケージを開けながら答えた。フランス軍のレーションは久しぶりである。真空パックを破って細長い段ボール箱を開けると、三食分の缶詰やクラッカーの箱やチョコレートバーのパッケージなど盛り沢山に詰まっている。

　フランス軍は、ムスリムの国々を植民地にしていた関係で、国民にもムスリムが多い。そのためレーションもムスリム向けの豚肉を使用しないバージョンもある。ちなみに今回用意されていたのは、パッケージに〝MENU No. 14〟と記載されていた。浩志の知る限り、フランスのミリ飯は十四種類ある。

「実はさきほどのラポルテ少尉ですが、私は訓練した記憶があります。向こうが覚えているかは分かりませんが」

　柊真は外人部隊に入隊した時点で、武術家としての腕を見込まれて教官補佐をしていた。退官後も臨時ではあるが、格闘技の教官として働いている。

「なるほど」

　浩志は柊真に話の続きをするように促した。

「この島から、バヌアツまで何か移動方法はないか、彼らに協力を頼もうかと思っています」

　柊真は真面目な顔で言った。

「彼らは陸軍の守備隊だ。借りることができるのはせいぜい漁船ぐらいだろう。七百キロを漁船で移動するなら、おそらく二十時間近くはかかるはずだ。最悪の場合は、それも一つの手段だと俺は思っている。すぐに聞いてみてくれ」

「やはり航空機ですよね。もっとも、バヌアツの空港に着陸できますか？」

柊真は首を傾げた。

「ＣＩＡは、ありとあらゆる方策を探っている。近くを航行している原子力潜水艦も視野に入れていたそうだ。だが、一番は、やはり航空機を使った潜入だろうな」

浩志は意味ありげに言った。原子力潜水艦に乗艦する作戦もありだが、海中での速度は六十キロで移動に十時間以上かかってしまう。飛行機なら一時間で行けるのだ。

「潜入？　なるほど。でも飛行機はどうするんですか？」

柊真は浩志の言い回しに気付いたようだ。

「実はＣＩＡがＡＳＩＯを介してオーストラリア空軍と密かに協議を続けているそうだ。だから、Ｃ－17Ａは空港に駐機したままになっているらしい。パイロットと乗員も本部から帰還命令が出ていないので、空港ビルで待機しているようだ」

浩志はレーションのメインの缶詰を開ける前に〝サケのトマトソースパテ〟と〝フロマージュ〈ブルー〉〟の缶詰を開けた。パテは前菜なので同封のビスケットに付けて食べる。以前食べたのは〝イノシシ肉のパテ〟だったが、高級レストラン並みの味だけに普段はこだわりのない浩志でさえワインが飲みたくなる逸品だった。

試しにパテを指で掬って食べてみると、ハーブとトマトソースが絶妙なバランスでサケの味を生かしている。これは、ワインではなくビールだろう。

「ひょっとして、借りる可能性もあるということですか？」

柊真はにやりと笑うと、レーションのパッケージを開けた。

「あくまで可能性だ。場合によっては漁船での出撃も大いにありうる」

浩志はサケのパテを塗ったビスケットを頬張りながら頷いた。

4

バヌアツ、エスピリトゥサント島、午後一時。

島の南端にあるオロオロ海岸に工事用のフェンスで囲まれた小さな入江がある。フェンスの内側の海岸には直径十数メートルのブルーホールがあった。その周囲にはプレハブの作業小屋がいくつも建てられ、入江にはモーターボートが停泊している。

ブルーホールとは、洞窟や鍾乳洞が沈下して出来た穴で、火山活動で誕生したエスピリトゥサント島の海岸付近によく見られる。水深は十メートルから十五メートルほどで大きさも様々だが、非常に透明度が高く、重要な観光資源の一つとなっていた。

工事用のフェンスには、オロオロ海岸リゾートホテル建設予定地と記された看板が掲げられている。だが、フェンスの中央にあるトラック用の出入口の内側には、警備員の小屋があり、屈強な男が常時05式短機関銃を手に見張りに立っていた。

中国南方工業集団製で、5・8ミリ口径、発射速度は毎分九百発、最大射程は四百メートル、短機関銃としては特筆するところのある銃ではない。だが、05式短機関銃の正式名称は05式微声短機関銃といい、サプレッサーを装着している。極秘の作戦を遂行するために開発された消音サブマシンガンなのだ。

花柄のシャツを着た背の高い男が、傘を差し出すグレーの迷彩戦闘服を着た兵士とトレーを持った兵士を従えて歩いていた。男は鄧威、中央統戦部の上校である。中国の軍隊における佐官クラスには、上校よりも上の大校という階級もある。大校は準少将クラスで、上校は大佐クラスである。

鄧威は兵士が見張っているプレハブ小屋の前に立った。

「私が持って行こう。おまえたちは下がれ」

鄧威は兵士が持っているトレーを手に取った。トレーには、フランスパンと魚の缶詰とペットボトルの水、それにスプーンが載せられている。

「開けろ」

鄧威は見張りの兵士に命じた。

「はっ」

敬礼した兵士はドアロックを非接触キーで解除し、ドアを開けた。

ドアの向こうは四畳半ほどの広さの板張りの部屋になっており、テーブルと椅子が置かれている。その部屋の奥は鉄格子で仕切られており、さらにその奥に八畳ほどの部屋があった。ベッドとテーブルと椅子、それに洋式の便器が設置されている。個室の監房になっているのだ。

「珍しいな。ご主人様が直々に昼食を持ってくるとは、光栄だよ。雨はまだ降っているのかね」

椅子に座って本を読んでいた梁羽が、顔を上げた。頬が痩けて手足も細くなり、髭が伸びているが肌の艶は良さそうだ。天気を尋ねたのは、小屋に窓がないからである。

「小雨程度なのに、よく雨が降っていると分かったな。さすがだよ。時には話し相手になろうと思ってね」

鄧威は鉄格子の間にある食事用の小窓からトレーを差し込んだ。

「雨が降ると、古傷が痛むのだ。また魚の缶詰か。一日一食なんだ、時にはステーキでも食べさせてくれ」

梁羽は本をベッドの上に置くと、立ち上がってトレーを受け取った。

「この島では誰も贅沢は言えない。だが、それももう少しの辛抱だ」

鄧威は椅子に座ると、ポケットから煙草を出した。中国製の漢方煙草の一種、〝中南海〟である。

「いよいよ完成か」

溜息(ためいき)を吐(つ)いた梁羽は、小さな木製のテーブルにトレーを載せて椅子に座った。

「明日には完成し、試運転する」

鄧威は煙草にライターで火を点けるとうまそうに吸った。

「恐ろしい男だ。一体何人殺すつもりだ?」

梁羽は食事には手をつけずにペットボトルの水だけ飲んだ。

「せいぜい三百人、多くて五百人といったところだろう。オーストラリアの人口からすると、人数はたいして見込めない。だが、問題は死者の数ではないのだ。人々が恐怖に打ち砕かれる。それが大事なのだ」

鄧威は煙草の煙を勢いよく吐き出し、鉄格子の奥へと送り込んだ。

「そんな馬鹿なことをしてまで、モリソン首相を振り向かせたいのか?」

煙草の臭いを嗅いだ梁羽は、眉間(みけん)に皺を寄せた。

「飴(あめ)と鞭(むち)だよ。オーストラリアを崩せば、目障(めざわ)りなのは日本だけだ。だが、日本の自民党のトップは、中国のシンパだ。どうにでもなる。米国は単独では中国とは闘えない。名実ともに中国は世界の覇者となるのだ」

鄧威は鼻先で笑った。

「計画が成功したら、どう維尼熊(ウェイニーション)に報告するつもりだ。そもそも維尼熊は、おまえの計画を知っているのか？」

梁羽は鄧威を睨みつけた。

「貴様！　主席を侮辱することは許さんぞ！」

鄧威は立ち上がると、火の点いた煙草を梁羽に投げつけた。

「やはりそうか。怒った振りで誤魔化そうとしても無駄だ。おまえは主席に黙って計画を進めているんだな」

飛んできた煙草を手で叩き落とした梁羽は、足の裏で火を消した。

「なっ……」

鄧威は拳を握りしめている。

「主席が計画を喜べば、おまえは自分が作戦の実行者だと報告し、怒りを買えば、私が勝手にやったことだと言うつもりなのだろう。だから、私をここに連れて来たのだ。違うか？」

梁羽は足元の煙草を拾って牢の外に捨てると、本を手に取って椅子に静かに座った。

「梁羽！　すべて知り尽くしたかのような偉そうな口をきくな！」

鄧威は鉄格子を蹴った。

「図星か。どのみち装置が作動したら私を殺すつもりなのだろう。馬鹿な男よ」

梁羽は鼻先で笑うと、再び本を読み始めた。

5

午後五時五十八分、バヌアツ航空のＡＴＲ72は、エスピリトゥサント島の東部に位置するサントペコア国際空港の進入路に入った。

高度が下がったため、夏樹は窓から外の景色を見た。雨はかなり収まってきたが、眼下のタットユーバ島が霞んでいる。まだ日が沈むには早い時間だが、機体は夕闇に包まれていた。

ＡＴＲ72は定刻より十分ほど遅れて着陸した。滑走路は二千メートルと短いが、サントペコア国際空港の周囲は開けているので、パイロットにとってはポートビラ・バウアフィールド空港よりは離着陸の難易度は低いだろう。

二十人ほどの降客に混じって夏樹は飛行機を降り、空港ビルを抜けて表玄関に出た。ほとんどの客は地元住民なのか、迎えの車か乗り合いのマイクロバスに乗り込んで行く。タクシー乗り場には、塩害で塗装の剝げた車が一台だけ停まっていた。

「とりあえず、メイン・ストリートを西に向かってくれ」

タクシーのドアを開けると、夏樹はフランス語で言った。この島はフランス語を話す住民が多いと聞いていたからだ。

「お客さん、フランス語が上手いね。私は英語もフランス語も話せるよ。サミュエルといいます。観光ガイドが必要なら引き受けますよ」

プロレスラーのように体格がいい運転手は、バックミラー越しに笑うと、車を走らせた。髪は真っ白で顔には深い皺が刻まれ、人の好さそうな顔をしている。声は若々しいので五十代後半といったところか。

おそらく旧式のシボレーのスパークだと思われるが、ボディーが凹みエンブレムも無くなっているので車種はよく分からない。かなり走り込んでいるらしく、エンジンは妙な音を立てている。

「お客さん、どこまで行けばいいんだい？」

メイン・ストリートを六キロほど走り、サミュエルは振り返って夏樹を見た。ルーガンビルの街外れに差し掛かり、心配になったのだろう。

「オロオロ海岸に行きたいんだ。料金の他にチップも弾むぞ」

夏樹はスマートフォンの地図を見ながら言った。バヌアツのタクシーは距離で料金が決まっており、ぼったくりがない代わりに、値段交渉で安くなることもない。

「オロオロ海岸！　ここから六十キロもある。明日じゃだめかね。行って帰ってくるだけで三時間以上かかる。それにもし途中で車が故障したら、明日の朝まで誰も助けてくれないよ」

サミュエルは首を大きく、左右に振った。時間もそうだが、車の状態が心配のようだ。それは夏樹も同じである。

「今日中に海岸で確かめてみたいことがある。人命に関わることなんだ。なんとかならないか？」

夏樹は身を乗り出して大袈裟に尋ねた。都会なら車を盗むこともできるが、ここでは車を見つけることも大変である。

「人の命に関わることって、本当かね？」

サミュエルは車を停めると、振り返って夏樹の目を覗(のぞ)き込んだ。

「嘘(うそ)じゃない。私の恩人が監禁されている可能性があるんだ。行かなきゃ分からない」

言ったところで信じてもらえない可能性もあるが、夏樹は正直に言った。

「どうやら、本当のようだね。警察には言えない事情があるのか？」

サミュエルは信じてくれたようだ。

「言えるのなら苦労はしない。勘違いということもあり得る」

夏樹は溜息を吐いた。

「一回、家に帰って車を替えよう。すぐ近くなんだ」

サミュエルは夏樹の返事を待たずにUターンすると、百メートルほど戻ったところで、舗装もされていない路地に入った。

しばらく進み、コンクリートブロックの壁に椰子の葉で葺いてある家の前でタクシーは停まった。

「待っていてくれ」

サミュエルはコンクリートブロックの奥の暗闇に消えた。

「やれやれ。車を盗むべきだったか」

夏樹は息を吐くと、ポケットのスタンガンを握りしめた。中国を出国する時に荷物検査があったため、銃は空港のゴミ箱に捨ててきた。チャーター機だから武器は持ち込めると思っていたが、そうではなかったのだ。そのため武器は支給されているスタンガンと特殊警棒だけである。

暗闇がいきなりヘッドライトで照らされ、タクシーの隣りにグレーのハイラックスが停まった。

「友達に車を借りたんだ。お客さん、助手席に座ってくれ」

サミュエルが運転席に乗っていた。

「いいね」

夏樹はすぐさまハイラックスの助手席に乗り込んだ。

ルーガンビルを抜け数キロ走ったところで、メイン・ストリートは砂利道になり、海岸沿いの名も無き道に入った。エスピリトゥサント島は東海岸に観光名所が多いため開発が進んでいるが、それ以外の場所は未舗装の道も多いらしい。

サミュエルがぼろいタクシーで来るのを拒んだ理由は分かる。乗用車で走れる道ではないのだ。道には轍があり、起伏もある。四駆専用と言っても過言ではない。

午後七時五十分、夏樹は空港から六十キロ離れた場所で車を停めさせた。狭い脇道があるのだが、ドラム缶が置かれて塞がれているのだ。しかし、梁羽の信号はその脇道の先にあった。

「ここから先は、私一人で行く。一時間経って戻らなかったら、帰ってくれ」

夏樹は往復のタクシー代とチップを支払った。

「気を付けるんだよ」

サミュエルは心配そうな顔で手を振った。

夏樹はポケットから単眼の暗視スコープを出した。ジャングルを抜ける脇道であるために、周辺は真の闇を湛えているのだ。

一キロほど進んだところで、夏樹は足を止めた。数百メートル先に灯りが見えてきたのだ。道から外れてジャングルに身を隠しながらさらに二百メートル進む。

「これは……」

単眼スコープの焦点を合わせた夏樹は絶句した。

高さが二メートル近い工事用のフェンスに囲まれた一画があり、その周囲には赤外線警報装置が張り巡らされている。しかも、フェンスの向こうには、三ヶ所の見張り台がある鉄骨製の櫓(やぐら)が建っていた。

見張り台には短機関銃を構える男が、複眼の暗視スコープ付きヘッドギアを装着している。下手な軍事要塞(ようさい)より警戒は厳重だ。これでは陸側からは近付けない。だからと言って、海側から潜入できる保証はないのだ。

夏樹は衛星携帯電話機を出し、浩志に電話をかけた。

6

午後八時三十分、ニューカレドニア、ニュイ・アエロポート・ホテル。

一階のラウンジの壁に小型プロジェクターで映し出された画像を、リベンジャーズの男たちは真剣な眼差(まなざ)しで見つめていた。

「ブルーホールを中心に、プレハブの建物が七つある。怪しいのは、一番西側にある建物だ。軍事衛星の熱感知システムで、敵の人数は、現在二十四人と判明している。遮蔽(しゃへい)されて感知できない人員がいる可能性もある。二、三人の誤差はあるだろう」

浩志はオロオロ海岸の衛星写真を指差しながら説明をはじめた。

「この西側の建物には一人だけだ。しかも外に見張りらしい兵士も立っている。おそらくこれがターゲットだろう。ＧＰＳチップの座標もここを示している。見張りは北側の見張り台に三人、敷地内に八人いる。暗視装置を装着し、05式短機関銃で武装している。また陸地は工事用フェンスで囲まれ、その上赤外線警報装置が張り巡らされているようだ。ちょっとした軍事要塞だ。ターゲットを監禁するだけなら、要塞は必要ないだろう。敵には他にも何か重大な計画があるはずだ」

衛星写真は友恵が送ってきたもので、敵の装備などの情報は、三十分程前に夏樹から報告されていた。彼は現状での潜入は難しいため、一旦撤収すると連絡を受けている。

「05式短機関銃ですか。とすると、敵は中国の特殊部隊という可能性がありますね。特殊部隊を駐留させ、見張りも異常に多い。かなり危ない軍事行動を計画しているんじゃないですか？　そもそも、普通の基地だって赤外線警報装置なんか設置しませんよ。陸側からの潜入は難しいですね」

田中が難しい顔で言った。

「いや、敵の射程外から一斉に銃撃し、見張りを倒せばなんとかなるだろう」

辰也が映像を指差して言った。

「敵は見張り台の三人だけじゃないぞ。攻撃することで、残りの二十人以上と銃撃戦になる。こっちの武器はＭ４だ。射程は05式短機関銃より百メートル長い。確かに見張り台は簡単に始末できるだろう。だが、それから先は持久戦に持ち込まれる。とすれば、基地に立てこもっている連中の方が、有利だろう」

溜息を漏らしたワットは、首を振って答えた。装備は暗視スコープとサプレッサーを装着したM４とグロック17、それにプラスチック爆弾も支給されている。極秘に潜入するということで、ロケット弾などは用意されていない。もっとも、CIAが装備を手配したので、そこまで許すはずがないのだ。

ちなみに装備はC－17Aに積み込んであったので、空港の格納庫に移してある。

「それに人数も限定的だ」

浩志は腕を組んで、口を噤んだ。

ラウンジに柊真らケルベロスの四人の姿はない。

柊真は昼前に外人部隊のラポルテ少尉に会って移動方法の交渉を行った。すると、彼が個人的に知り合ったフランス人が、高速のプレジャーボートを持っているという話が出た。問い合わせて貰ったところ許可が下りたのだ。実業家でニューカレドニアに別荘を持っており、トローリングが目的でオーストラリアから持ち込んだらしい。

ボートは、四十フィートでヤマハの四百三十馬力のエンジンを載せており、最高速度は時速四十三ノット（約七十九キロ）という高速艇である。ただし、帰りの燃料も積み込む必要があるため、定員は乗員を入れて八人と言われたそうだ。そのため、柊真は仲間を連れて先発することになった。

準備を整えて午後一時に出航しているので、バヌアツのエスピリトゥサント島沖には、午後十一時ごろの到着予定である。現地の夏樹と合流することも念頭に入れ、場合によっては彼らだけで潜入を試みることになるだろう。

というのも、空港で待機していたC－17Aは、オーストラリアの空軍基地にすでに帰投していたのだ。誠治はＡＳＩＯを通じて空軍に協力を求めていた。だが、単に浩志らを移送するだけならやぶさかではないが、極秘の作戦行動にまで手を貸すつもりはないと断られたらしい。

作戦というのは、エスピリトゥサント島の上空、高度三千メートルでリベンジャーズを放出するというものだ。浩志らはパラシュート降下で、直接敵のアジトに乗り込むつもりだった。常識から考えれば無謀な作戦である。だが、リベンジャーズはこれまでも何度となく同じような奇襲作戦を敢行したことがあるので自信があった。

また、バヌアツはオーストラリアにとって友好国である。にもかかわらず、オーストラリア空軍がバヌアツの領空を侵犯することは許されないという現実的な理由もあったのだ。たとえ人命救助が目的だとしても、協力したチームが戦闘行為をすれば中国とのさらなる関係悪化に繋（つな）がるということも大きな障害となった。現状でリベンジャーズは足がないため、お手上げ状態なのだ。

「うん、これは……いいぞ」

ラウンジのソファーでスマートフォンを見ていたマリアノが、突然立ち上がって拳を上げた。

「どうした？　宝くじでも当たったのか？」

振り返ったワットが、肩を竦めて尋ねた。

「いやいや、これですよ、これ」

マリアノは、自分のスマートフォンをワットに渡した。

「おお、いけるかも。いや、いけるぞ」

立ち上がったワットは、プロジェクターに繋がっている浩志のスマートフォンを操作し、画面を変えた。

〝エアー・ニューカレドニア〟という会社名とスカイダイビングの写真が出てきた。背後には単発の飛行機も写っている。

「キャラバンか」

田中が興奮した様子で手を叩いた。写っている飛行機は、セスナ社の単発ターボプロップ汎用機である。

「性能を聞かせてくれ」

浩志は田中を指差した。

「これはセスナ２０８Ａ、愛称はキャラバンと呼ばれています。最大巡航速度は時速三百四十一キロ、航続距離は確か二千五百三十九キロだったかな。乗客は通常九名ですが、スカイダイビング用に座席を撤去するなどの改造がされているはずなので、乗員を除いて十二、三人は乗れるはずです」

田中はすぐさま諸元を諳じた。さすがオペレーションのマニアである。

「俺たちは五人だが、武器弾薬も載せて最高速度で飛ぶことは可能だな?」

浩志も写真を食い入るように見て念を押した。

「もちろんです。バヌアツ沖まで二時間ちょっとで行けるでしょう。しかし、民間パイロットは、夜間飛行はしないでしょうね」

田中はにやけた表情で言った。自分に操縦させろと言っているのだ。

「まあ、夜に飛べと言っても断るだろう」

浩志は思わず鼻息を漏らした。

「どうするんですか?」

田中は首を傾げた。

「ブリーフィングは終わりだ。五分後に出発!」

浩志はプロジェクターの電源を落とした。

7

午後九時五分、照明を落とし、ひっそりと静まり返っていたヌメア国際空港に突如エンジン音が鳴り響いた。

格納庫を出たセスナ208Aが、誘導路から滑走路に出る。

「離陸します」

操縦席の田中は、弾んだ声で言った。

後部の乗客用スペースには、浩志、辰也、ワットが乗り込んでいる。マリアノは飛行機が着陸する際に、空港の照明を点ける役割を担うために残ったのだ。また、監視役のフランス外人部隊のラポルテ少尉を誤魔化す必要があったため留守番は必要だった。

田中は浩志らをバヌアツ上空でダイビングさせた後、そのまま旋回して戻ることになっている。バヌアツの空港が夜間は閉鎖しているためでもあるが、下手に警察に嗅ぎつけられても困るからだ。

そのため、約五時間後に帰還する田中をマリアノは待たなければならない。帰ってきた飛行機を給油して元に戻しておけば、〝エアー・ニューカレドニア〟も夜間に使われたことに気付かないだろう。

離陸した機体は空を滑るように上昇し、高度五千メートルに達した。

「ここまでは順調だったな」

浩志は窓の外を見てほっと胸を撫で下ろした。


午後十一時十分、柊真らが乗り込んだ高速ボートは、エスピリトゥサント島の東部海岸の沖合二キロの地点に停泊していた。

雨は止んでいるが雲が厚いため、月明かりもない。気温は二十三度、南の風微風という天気である。

「これ以上近付くのは、やはりまずいですね」

柊真は暗視双眼鏡で、オロオロ海岸を見ていた。

「無理をすれば、あと五百メートルは大丈夫でしょう」

操船している金髪の男が言った。

船のオーナーで、ギリアム・トヴァンというフランス人だ。オルレアンの旧家らしく、製薬会社を所有している金持ちらしい。たまたま別荘に滞在中に新型コロナで帰国できなくなったそうだ。島からほとんど出ることができなかったため、退屈を持て余していたらしく、友人のラポルテ少尉から相談を受けて二つ返事で引き受けた。もともと軍事オタクらしく、積極的に参加している。

「いまのところ、無理をする必要はありません。エンジン音も聞かれたくありませんから。あと数分で仲間がパラシュート降下で島に上陸します。仲間が正面攻撃で敵をひきつけますので、我々は海上から密かに忍び込むことになるでしょう」

柊真は浩志から衛星電話で連絡を受けていた。彼らがパラシュート降下し、攻撃位置につく直前に知らせがくる。それから行動することになるのだ。プレジャーボートを沖合五百メートルまで近付け、そこからゴムボートで敵の基地の桟橋（さんばし）から密かに潜入する。

五百メートル沖で停めるのはゴムボートで無音行動するためだが、敵の銃の射程外から行動することでトヴァンを守るためでもある。

「うん？　聞こえたか？」

背後に立っているセルジオが首を傾げた。

「微（かす）かに聞こえたぞ。あれは確かにプロップエンジンの音だ」

傍のマットが答えた。彼はヘリのパイロットの免許も持っているが、軽飛行機の免許も申請中である。彼に言わせれば、ヘリの操縦の方が難しいらしい。

夏樹はふと夜空を見上げ、頬をピクリとさせた。微かに飛行機のエンジン音を聞いた気がしたのだ。浩志らが乗った飛行機が上空を通過し、リベンジャーズの三人が降下してくる。

敵の基地への潜入が困難と知った夏樹は、一旦ルーガンビルまで戻って装備を整えた。

タクシー運転手であるサミュエルに尋ねたところ、ダイビングショップをしている従兄弟がいるという。サミュエルは一族郎党で夏樹を援助したいと言い出した。金払いが良かったせいだろう。

そこで、ウエットスーツや酸素ボンベなど、スキューバダイビングに必要な一式と船外機付きインフレータブルボートを借りた。ただし、道具が放置されると困るというので、従兄弟のアンリも付いてくることになった。銃撃戦になるかもしれないと脅したら、なおさら一緒に行くと言って聞かないので仕方なく連れてきたのだ。

現在地は、オロオロ海岸から東に一キロ離れた海岸である。

「行くぞ」

夏樹は先にインフレータブルボートに乗り込んだ。アンリも乗り込むと、サミュエルが腰まで海に浸かってボートを押し出した。

「気を付けて」

サミュエルが手を振る。その後ろには、ここまでボートの搬出などを手伝ってくれたサミュエルの兄弟や息子ほか、十一人の姿もある。彼らにはすでにかなり金を払っていた。この調子だと、明日の朝までには、バヌアツの大統領まで出てきそうだ。

アンリが船外機エンジンを始動させる。

苦笑を浮かべた夏樹は、右手を振ってサミュエルらに応えた。

午後十一時十六分、パラシュート降下した浩志と辰也とワットの三人は、暗視スコープ付きＭ４を構えながらジャングルを進んでいた。

先頭の浩志は右拳を上げて止まると、跪(ひざまず)いて木々の隙間(すきま)から前方を見た。二百メートル先に工事用フェンスに囲まれた要塞がある。

「こちら、リベンジャー。Ａチーム、位置についた」

無線で仲間に連絡をした。浩志ら三人はＡチーム、柊真らケルベロスはＢチーム、それに夏樹とも無線は繋がっている。

——こちら、バルムンク。二分で位置につきます。

柊真から連絡が入った。彼らは沖合にいるので多少時間がかかっているようだ。

——こちらボニート。了解。

夏樹も位置についたらしい。

「リベンジャー、了解。待機する。バルムンク、指示してくれ」

浩志らはすでにいつでも見張りを狙撃できる態勢に入っている。

——すみません。恐れ入ります。

柊真の声に余裕がある。苦笑しているのだろう。

浩志は右手を左右に振って、ワットと辰也に待機を指示した。

8

午後十一時十六分、エスピリトゥサント島オロオロ海岸。

ベッドで座禅を組んでいた梁羽は、両眼を見開いた。

数分前に微かに単発のプロップエンジンの音を聞いている。上空をあっという間に通り過ぎたが、民間機が真夜中に飛行するはずがない。ましてバヌアツには空軍はおろか、軍隊すら存在しない。

何かが起ころうとしている。張り詰めた空気を五感で感じるのだ。もっとも、外にいる中国兵の気配は、緩み切っている。彼らは飛行機のエンジン音を聞いても怪しむことはないのだろう。地上の楽園で、極秘のプロジェクトの護衛と痩せ衰えた老人を見張るためだけに一ヶ月以上、彼らはただただ銃を構えているのだ。弛緩していると言っても過言ではない。

ベッドから下りた梁羽は、テーブルのトレーに載せられているパンを摑むと引きちぎって床に落とした。食事は一日に一度、昼ごろ提供され、翌朝にトレーが回収される。缶詰の魚は食べたが、パンはカビが生えていたので食べなかった。

「誰かいるか！」

鉄格子を叩いて叫んだ。

「どうした？」

見張りに立っていた兵士が、表のドアを開けて入ってきた。

「パンを喉（のど）に詰まらせた。苦しい。背中を叩いてくれ！」

梁羽は右胸を押さえて鉄格子にしがみ付いた。

「まったく、今頃、パンを食べたのか、爺さんが」

床に落ちているパンを見た兵士は舌打ちをした。銃を出入口に立てかけると、鉄格子の隙間から右手を差し込んだ。

瞬間、梁羽は兵士の右手を摑んで鉄格子に引き寄せ、左手で男の首を絞めた。男は口から泡を吹いて昏倒（こんとう）する。

梁羽は男の胸ポケットから監房の鍵を出して鉄格子のドアを開けた。

「さて、鬼が出るか蛇（じゃ）が出るか」

出入口に置いてあった05式短機関銃を手に取り、監房前の椅子に座ると銃を膝（ひざ）の上に載せた。もし、助けが現れたのなら、外に出れば流れ弾に遭うだろう。何事も起こらなければ、外にいる残り大勢の兵士と闘うだけである。

柊真ら四人は、桟橋にボートを漕ぎ寄せた。暗視ゴーグルで敵の様子を窺っていたが、見張り台に立つ三人の兵士はすべて背を向けていたのだ。来客は陸からと思い込んでいるらしい。その他の見張りは、適当に敷地内を歩いている者もいれば、雑談している者もいる。あえて海を警戒する兵士はいないようだ。

桟橋には六十フィートクラスの小型艇が停泊している。桟橋から覗き込んだが、人の気配はない。中を確認したいが、さすがに見張りに見つかってしまうだろう。

「こちら、バルムンク。上陸しました」

柊真は仲間に小型艇の陰に隠れるよう指示しながら無線連絡をした。

——リベンジャー、了解。攻撃に移る。

浩志の返事とほぼ同時に三人の見張りが、撃たれた。一人が見張り台から落ちて、音を立てる。

「敵襲だ！」

見張りの一人が大声で叫んだ。途端に他の兵士が、フェンスより一段低くなっている台に駆け上がった。高さは一メートル二十センチほどあり、フェンスの後ろに防弾の盾が固定してある。銃座が何ヶ所も用意されていたのだ。

柊真らは、敵が正面に気を取られている隙に桟橋を渡って敷地の北に移動する。別の桟橋から突如ウエットスーツの男が現れた。

「なっ！」

柊真はＭ４を男に向けた。だが、男は柊真らを気にすることもなく、ゴーグルを桟橋に置くと西に向かって走り去った。顔はよく見えなかったが、背格好からして夏樹に違いない。

「今のは、なんだ？」

セルジオが目を丸くしている。

「仲間だ。俺たちは他の敵に対処する」

にやりとした柊真は、ハンドシグナルでマットを指差し、セルジオとフェルナンドに援護するように指示した。

セルジオらは柊真の肩を叩くと、数メートル離れたプレハブ小屋の陰に入った。

柊真とマットはフェンスの銃座で銃撃している四人の男たちを次々と撃ちながら走った。銃座下で待機していた別の四人の兵士が、柊真らに銃弾を浴びせる。

無数の銃弾が二人を追って空気を掻き破った。

柊真はひたすら走る。走りながら反撃しても敵には当たらない。今はただ暗視ゴーグルで認識されるより速く走ればいいのだ。

「おおっ！」

マットは、雄叫びを上げながら柊真の後を追うように走る。

セルジオとフェルナンドが小屋の陰から飛び出し、四人の兵士を銃撃した。

柊真はいち早くフェンスに辿り着くと、大きなシャッターの開閉ボタンは押さずに、その隣りの鉄製のドアの鍵を開けた。

ドアから浩志とワットと辰也の三人が次々と飛び込んでくる。すぐ近くで待機していたようだ。

「サンキュー！」

浩志らは、瞬く間に敷地の西に向かって走って行く。

柊真とマットは、彼らと反対の東に進む。

東のプレハブ小屋から、新手が現れたのだ。

――こちらボニート、ターゲット、確保。

夏樹からの連絡だ。梁羽を救出したらしい。

「クリア！」

浩志のチームが西側からプレハブ小屋を確認し、反対側から柊真のチームが小屋の中を検める。

銃撃戦は数分で終わった。二十三人の兵士を確認したが、鄧威の姿はない。

「いつの間に逃げられたんだ」

浩志は敷地内を見回して首を捻った。

大きなシャッターは閉じたままだ。銃撃戦の混乱に乗じて鉄製の出入口から逃げ出したか、海に飛び込んだ可能性も考えられる。

負傷者は五人で一ヶ所に集められ、投降した兵士も二人いる。全員、樹脂製の結束バンドで縛り上げた。

「まんまと、鄧威に逃げられたか」

敷地内の死体と捕虜の顔を確認した梁羽は、首を左右に振った。だが、助けに現れた顔ぶれを見て満足そうな顔をしている。

「ご無事で何より」

浩志も笑顔で梁羽を見返した。

9

「この基地は、一体なんだったんですか？」

傍の夏樹が尋ねた。彼はいつの間にか敵の銃を手にしている。梁羽を助け出したあと、彼を護衛していたらしい。

「私は作業の一部始終を見たわけではないが、この一ヶ月間で得られた情報からして、このブルーホールの下に、プラズマ兵器が設置してあるはずだ」

梁羽はブルーホールの岸辺に立った。

「プラズマ兵器？　まさか」

夏樹は両眼を見開いた。心当たりがあるらしい。

「どういうことですか？」

浩志もブルーホールを見下ろして尋ねた。

「プラズマ兵器は、オーストラリアの第三の都市であるブリスベンの地下十キロに向けられているそうだ。死者は三百人から五百人と鄧威は言っていたから、マグニチュード五か六の人工地震を起こすことができるのだろう」

梁羽は眉間に皺を寄せて答えた。

「そんな巨大地震なら、ブリスベンは廃墟になる可能性がある。死者が三百人以下でも負傷者は何千人と出る。辰也！」

浩志は振り返って辰也を見た。水中でも作動する爆薬を彼は用意してきたのだ。すぐにでも破壊すべきだろう。

「あいつは『飴と鞭』と言っていた。ブリスベンを破壊すれば、オーストラリア経済は再起不能なまでに壊滅する。そこで、中国が援助の手を差し伸べれば、オーストラリアは二度と歯向かうことができなくなるだろう。極端な話、中国資本で実質的に植民地化することもできる。しかも、オーストラリアを排除すれば、日米印豪の中国包囲網は崩れ去るのだ」

「狡猾（こうかつ）な中国人の考えそうなことですね。失礼」

夏樹は梁羽を見て珍しく苦笑している。

「えっ！」

柊真が声を上げた。ブルーホールの底で赤いライトが点灯したのだ。

「まずいぞ。プラズマ兵器が作動をはじめたらしい。遠隔操作されているのだ」

梁羽が叫んだ。

「爆弾を用意してくれ」

夏樹は桟橋に向かって駆けて行く。

「了解！」

辰也はすでに背中のタクティカルバッグを下ろしていた。中から出した爆薬に起爆装置を取り付ける。

「使い方を教えてくれ」

水中ゴーグルを手に夏樹は戻ってきた。ウェイトは、桟橋に上がる際に身軽になるために水中で外したのだろう。

「起爆ボタンを押せば、二分後に爆発する。遠隔の起爆装置もあるが、水中じゃ動作しないんだ」

辰也はすまなそうに言うと、弁当箱ほどの大きさの爆弾を渡した。

「二分もあれば、問題ない」

夏樹は爆弾を足元に置くと水中ゴーグルを嵌め、防水の小型ライトのスイッチを入れてゴーグルのベルトに挟み込んだ。

「俺も一緒に潜ります」

靴を脱いだ柊真は、ブルーホールの縁に立った夏樹に声をかけた。

「一人で充分だ」

夏樹は近くに転がっている石を適当に選んで右手で拾った。三キロほどの重さがある。ウェイトの代わりとしては少々軽いが、爆弾があるのでちょうどいいだろう。左脇に爆弾を挟んで石を左手に持ち替えると、右手でゴーグルを押さえてブルーホールに飛び込んだ。

石のせいで体は吸い込まれるように沈下する。それでもなんとか耳抜きをし、あっという間に水底に足が着いた。水深は十六メートルほどだろう。ゴーグルに挟み込んでいた小型ライトを右手に握って周囲を照らすと、高さと奥行きが一メートル、幅は二メートル近くある機械が数メートル先にあった。フィンを履いてないので、水底を歩くように機械に近付く。

「ぐっ！」

左肩に激痛が走った。

振り返ると、いつの間にか右手にナイフを握ったダイバーがいる。ナイフの切っ先に血がまとわりついていた。鄧威に違いない。プラズマ兵器は遠隔操作ではなかったらしい。鄧威は襲撃されて逃げたのではなく、自ら兵器を起動させるために潜っていたようだ。

夏樹はナイフを避け、左手の石で鄧威のこめかみを殴りつけた。石を投げ捨てた夏樹は落とした爆弾を拾って兵器の端を摑むと、必死に体を引き寄せた。刺された際に息を吐き出してしまったために苦しくなってきたのだ。

装置の下にある隙間に爆弾を差し込み、起爆ボタンを押した。爆弾に赤いシグナルが点灯する。あとは浮上するだけだ。

「うう！」

今度は右腿を刺された。石で殴りつけて気絶したかと思っていたが、鄧威はナイフを握りしめて再び襲ってきたのだ。

夏樹は左足でナイフを蹴り落とした。だが、鄧威は夏樹の両足に抱きついてきた。

「くっ……」

意識が遠のいてきた。抵抗する力はすでにない。

突然、鄧威の両腕が解けた。その首から猛烈に血が吹き出し、海水に溶け込む。

柊真が鄧威の首をタクティカルナイフで切り裂いたのだ。柊真が夏樹を抱きかかえて、浮上する。

「夏樹さんをお願いします」

浮上した柊真が叫ぶと、セルジオとマットが飛び込んで手を貸した。

岸まで運ばれた夏樹をワットと辰也が、勢いよく引き揚げた。夏樹は気を失っているようだ。左肩と右腿からかなり出血している。

「これは、酷い」

辰也はタクティカルバッグからファストエイドを出し、夏樹の太腿の止血をすると、傷の手当てを始めた。

セルジオとマットもフェルナンドの手を借りて這い上がる。

「ご苦労さん」

浩志が柊真の手を握って引き上げると、地鳴りとともにブルーホールに水柱が上がった。

「間一髪だったようだな」

梁羽がブルーホールの底を見つめながら呟いた。

エピローグ

二〇二〇年六月二十九日、午後三時。ニューカレドニア、ヌメア。

サングラスを掛けた浩志は、シェラトン・ニューカレドニアのプールサイドにあるデッキチェアーで横になっていた。

気温は二十一度、どちらかという涼しい。だが、海風がどこまでも気持ちいいのだ。

バヌアツのエスピリトゥサント島オロオロ海岸での死闘は、五日前のことである。梁羽の救出とプラズマ兵器の破壊に成功した浩志らは、桟橋に係留されていたボートに中国兵の捕虜を乗せてニューカレドニアに戻っている。

柊真らは沖合で待たせていたギリアム・トヴァンに合図を送り、彼のプレジャーボートで帰ってきた。負傷した夏樹は病院に運び込まれたが、昨日退院している。

捕虜はオーストラリア海軍によって密かに本土に連れて行かれた。彼らは一週間後に反逆罪に問われて、中国に連行されるそうだ。

梁羽がこれまでの経緯を共産党中央委員会に報告したからである。昨日まで審議が行われ、死んだ鄧威と彼が率いていた中央統戦部の暴走だと判断された。その上で、梁羽は復権を許されたそうだ。同時に解体された総参謀部・第二部第三処の復活も許可され、散り散りになった彼の部下も戻されるらしい。

人工地震を起こす気象兵器は一九七八年に〝環境改変技術の軍事的使用その他の敵対的使用の禁止に関する条約〟ですでに禁止されている。また、米露間では独自に禁止条約を結んでいると言われているが、今回の件で中国は米国から厳しく追及されるだろう。

浩志らは作戦終了の翌日に現地解散している。オーストラリア経由で帰るほかないのだが、新型コロナの経過観察を二週間取っているため、ニューカレドニアで足止めを食っているのだ。

仲間はそこで好きなリゾートホテルに泊まって羽を伸ばしている。シェラトンに宿泊しているのは、浩志と柊真と夏樹、それに梁羽の四人である。

ワット、マリアノ、辰也、田中の四人は、ゴルフ。柊真の仲間であるセルジオ、フェルナンド、マットの三人は、イル・デ・パン島という離島のホテルに宿泊している。なんでも美人が大勢宿泊しているという噂(うわさ)を聞きつけたらしいのだが、単なる噂だったらしい。

浩志はどこでもよかったのだが、梁羽がシェラトンに決めたので同じ宿にした。柊真と夏樹も同じ理由である。実際は、梁羽の安全が確保されたわけではないので自主的に警護をしているのだ。とはいえ、ホテル内ではそれぞれ別行動している。他の三人がどこにいるのかは知らない。その代わり、夕食は一緒に摂る約束をしていた。

「ここだったの。捜したわ」

聞き覚えのある女性の声だ。

「えっ！」

浩志は飛び起きた。

「驚くことはないでしょう」

サンドレスを着た美香が、目の前に立っていた。デジャブを覚える。過去に何度も同じような経験をしているのだ。

「どうして？」

ニューカレドニアは民間機の制限をしている。入国できるはずがないのだ。

「実はね。バヌアツのオロオロ海岸の調査をするために、ある組織が派遣されたの。そこでチャーター機に便乗させてもらったわけ。ニューカレドニア経由だったから、途中で降りて来たの」

美香は浩志の耳元で話した。ある組織とはＣＩＡだろう。

「ある組織ね」

浩志は鼻先で笑った。父親である誠治が、手を回したに違いない。美香は父親と長らく疎遠だったが、最近になって心を開くようになった。そのため誠治は気を良くして、娘孝行をしているようだ。

「二週間の足止めなら、バカンスに丁度いいわね。私の職場も身動きが取れなくて暇なの」

美香は隣りのデッキチェアーに座り、サングラスをかけた。

「お待たせしました。奥様にはダイキリ、ご主人様はターキーですね。ごゆっくりおくつろぎください」

ウェイターがカクテルグラスとターキーのショットグラスを近くのテーブルに置いて行った。美香が注文していたのだ。

「どう？　バカンスを味わう気になった？」

美香はダイキリのグラスを手に尋ねてきた。

「もちろん」

浩志はショットグラスを掲(かか)げた。

この作品はフィクションであり、登場する人物および団体はすべて実在するものといっさい関係ありません。

一〇〇字書評

切り取り線

購買動機（新聞、雑誌名を記入するか、あるいは○をつけてください）	
□（　　　　　　　　　　）の広告を見て	
□（　　　　　　　　　　）の書評を見て	
□ 知人のすすめで	□ タイトルに惹かれて
□ カバーが良かったから	□ 内容が面白そうだから
□ 好きな作家だから	□ 好きな分野の本だから

・最近、最も感銘を受けた作品名をお書き下さい

・あなたのお好きな作家名をお書き下さい

・その他、ご要望がありましたらお書き下さい

住所	〒				
氏名		職業		年齢	
Eメール	※携帯には配信できません	新刊情報等のメール配信を 希望する・しない			

この本の感想を、編集部までお寄せいただけたらありがたく存じます。今後の企画の参考にさせていただきます。Eメールでも結構です。

いただいた「一〇〇字書評」は、新聞・雑誌等に紹介させていただくことがあります。その場合はお礼として特製図書カードを差し上げます。

前ページの原稿用紙に書評をお書きの上、切り取り、左記までお送り下さい。宛先の住所は不要です。

なお、ご記入いただいたお名前、ご住所等は、書評紹介の事前了解、謝礼のお届けのためだけに利用し、そのほかの目的のために利用することはありません。

〒一〇一－八七〇一
祥伝社文庫編集長　坂口芳和
電話　〇三（三二六五）二〇八〇

祥伝社ホームページの「ブックレビュー」からも、書き込めます。

www.shodensha.co.jp/bookreview

祥伝社文庫

紺碧の死闘 傭兵代理店・改

令和 3 年 5 月 20 日　初版第 1 刷発行

著　者　渡辺裕之

発行者　辻　浩明

発行所　祥伝社

東京都千代田区神田神保町 3-3
〒 101-8701
電話　03（3265）2081（販売部）
電話　03（3265）2080（編集部）
電話　03（3265）3622（業務部）
www.shodensha.co.jp

印刷所　萩原印刷

製本所　積信堂

カバーフォーマットデザイン　芥 陽子

ISBN978-4-396-34724-6 C0193

祥伝社文庫の好評既刊

渡辺裕之　傭兵代理店

「映像化されたら、必ず出演したい。比類なきアクション大作である」――同姓同名の俳優・渡辺裕之氏も激賞！

渡辺裕之　悪魔の旅団（デビルズ・ブリゲード）　傭兵代理店

大戦下、ドイツ軍を恐怖に陥れたという伝説の軍団再来か？　孤高の傭兵・藤堂浩志（こうじ）が立ち向かう！

渡辺裕之　復讐者たち（リベンジャーズ）　傭兵代理店

イラク戦争で生まれた狂気が日本を襲う！　藤堂浩志率いる傭兵部隊が、米陸軍最強部隊を迎え撃つ。

渡辺裕之　継承者の印（けいしょうしゃのしるし）　傭兵代理店

ミャンマー軍、国際犯罪組織が関わるかつてない規模の戦いに、藤堂率いる傭兵部隊が挑む！

渡辺裕之　謀略の海域（ぼうりゃくのかいいき）　傭兵代理店

海賊対策としてソマリアに派遣された藤堂。渦中のソマリアを舞台に、大国の謀略が錯綜する！

渡辺裕之　死線の魔物（しせんのまもの）　傭兵代理店

「死線の魔物を止めてくれ」――悉（ことごと）く殺される関係者。近づく韓国大統領の訪日。死線の魔物の狙いとは!?

祥伝社文庫の好評既刊

渡辺裕之
万死の追跡（ばんしのついせき） 傭兵代理店
米の最高軍事機密である最新鋭戦闘機を巡り、ミャンマーから中国奥地へと、緊迫の争奪戦が始まる！

渡辺裕之
聖域の亡者（せいいきのもうじゃ） 傭兵代理店
チベット自治区で解放の狼煙（のろし）を上げる反政府組織に、藤堂の影が⁉ そしてチベットを巡る謀略が明らかに！

渡辺裕之
殺戮の残香（さつりくのざんこう） 傭兵代理店
最愛の女性を守るため。最強の傭兵・藤堂浩志が、ロシア・アメリカの謀略機関と壮絶な市街地戦を繰り広げる！

渡辺裕之
滅びの終曲 傭兵代理店
暗殺集団〝ヴォールグ〟を殲滅させるべく、モスクワへ！ 襲いくる〝処刑人〟。藤堂の命運は⁉

渡辺裕之
新・傭兵代理店 復活の進撃
最強の男が還ってきた！ 砂漠に消えた人質。途方に暮れる日本政府の前にあの男が……。待望の2ndシーズン！

渡辺裕之
悪魔の大陸㊤ 新・傭兵代理店
この戦場、必ず生き抜く――。藤堂に新たな依頼が。化学兵器の調査のため内戦熾烈なシリアへ潜入！

祥伝社文庫の好評既刊

渡辺裕之
凶悪の序章(下) 新・傭兵代理店

アメリカへ飛んだリベンジャーズ。そして"9・11"をも超える最悪の計画が明らかに。史上最強の敵に挑む!

渡辺裕之
追撃の報酬 新・傭兵代理店

アフガニスタンでテロリストが少女を拉致! 張り巡らされた死の罠をかいくぐり、平和の象徴を奪還せよ!

渡辺裕之
傭兵の召還 傭兵代理店・改

リベンジャーズの一員が殺された――。復讐を誓った柊真は、捜査のため単身パリへ。鍵を握るテロリストを追え!

渡辺裕之
血路の報復 傭兵代理店・改

男たちを駆り立てたのは亡き仲間への思い。京介を狙撃した男を追って、リベンジャーズは南米へ。

渡辺裕之
死者の復活 傭兵代理店・改

人類史上、最凶のウィルス計画を阻止せよ! 絶体絶命の危機を封じるべく精鋭の傭兵たちが立ち上がる!

渡辺裕之
怒濤(どとう)の砂漠 傭兵代理店・改

米軍極秘作戦のため、男たちはアフガンへ。しかしその道中、仲間の乗る軍用機に異常事態が……。

〈祥伝社文庫　今月の新刊〉

渡辺裕之
紺碧(こんぺき)の死闘　傭兵代理店・改
反国家主席派の重鎮が忽然と消えた。コロナが蔓延する世界を恐怖に陥れる謀略が……。

安達　瑶
政商　内閣裏官房
政官財の中枢が集う〝迎賓館〟での惨劇。内閣裏官房が暗躍し、相次ぐ自死事件を暴く！

河合莞爾
スノウ・エンジェル
究極の違法薬物〈スノウ・エンジェル〉を抹消せよ。全てを捨てた元刑事が孤軍奮闘す！

南　英男
怪死　警視庁武装捜査班
天下御免の強行捜査チームに最大の難事件！ブラック企業の殺人と現金強奪事件との接点は？

小杉健治
容疑者圏外
夫が運転する現金輸送車が襲われた。共犯を疑われた夫は姿を消し……。一・五億円の行方は？

笹沢左保
取調室　静かなる死闘
完全犯罪を狙う犯人と、アリバイを崩そうとする刑事。取調室で繰り広げられる心理戦！

睦月影郎
大正浅草ミルクホール
未亡人は熱っぽくささやいて――美しい母娘が営む店で、夢の居候生活が幕を開ける！

鳥羽　亮
追討(ついとう)　介錯人・父子斬日譚
兇刃に斃(たお)れた天涯孤独な門弟のため、唐十郎らは草の根わけても敵を討つ！